Abbé Prévost

Histoire du Chevalier Des Grieux et de Manon Lescaut

*Préface
de Jean-Louis Bory
Notice et notes
de Samuel S. de Sacy*

Gallimard

Préface

MANON
OU LES DÉSORDRES DU MONDE

manon : *n. f. prostituée (par allus. à*
Manon Lescaut). *Larousse du XX*e *siècle.*

Stendhal raconte que le petit Henri Brulard (il avait
dix ans), au moment où la nouvelle de la condamnation
de Louis XVI bouleverse sa très bourgeoise famille, par-
tage peu l'émotion générale : à la lueur de sa lampe, et
séparé de son père par une fort grande table, « je faisais
semblant de travailler, mais je lisais les Mémoires d'un
Homme de qualité, *de l'abbé Prévost, dont j'avais décou-*
vert un exemplaire tout gâté par le temps ». Voilà qui
souligne sans attendre le caractère essentiel de ce roman,
et particulièrement de cet épisode séduisant qu'on appelle
communément Manon Lescaut : *susciter du trouble;*
appeler, favoriser le désordre. Nul doute, si le père de
H. B. avait surpris son fils, il eût retrouvé la vertueuse
indignation des gazetiers de 1733 obtenant la saisie du
livre « abominable » et son autodafé.

Car enfin, dans Manon, de quoi s'agit-il? D'un escroc [a]
amoureux d'une putain. Qui plus est, mineurs l'un et

a. Grieux serait une déformation de *grec* qui signifierait
à peu près, en vieux français, *escroc* (sous toutes réserves).

*l'autre et se « détournant » l'un l'autre : Des Grieux a
dix-sept ans, Manon à peine seize. Ce charmant jeune
homme trompe le meilleur des pères, trahit, exploite son
ami et quel ami! capable de courir au bout du monde, à
travers mers et pirates, pour offrir son argent. Cette
intéressante jeune fille possède un frère soldat, plus tueur
à gages que brave militaire, et qui rêve d'être le maquereau
de sa sœur ou, à tout prendre, celui de son joli beau-frère
de la main gauche. De « fieffés libertins ». Ils finiront,
le nervi de frère : abattu sans histoire, en pleine rue, le
couple de tourtereaux : condamnés de droit commun.
« Les pauvres enfants! Ils sont bien aimables l'un et
l'autre; mais ils sont un peu fripons... » Humiliant
verdict, qui tombe, il est vrai, des lèvres d'un vieux volup-
tueux prêt à payer le prix fort pour couchoter avec la
fillette. Du joli monde.*

*Et le plus beau est que l'escroc et la putain ont réussi
une « entourloupette » suprême : ils ont pris place, pour
l'éternité, aux côtés de Roméo et Juliette* [a]*.*

Le désordre du monde. L'argent.

*L'histoire de Des Grieux et de Manon se déroule
pendant le peu d'années que dure la Régence. Mais ce
peu d'années, c'est tout un siècle. Énorme « brisement
d'intérêts, d'idées, d'hommes, d'âmes et de caractères* [b] *» :
quel tumulte! Le « ouf! » que pousse tout un peuple après
les derniers lugubres moments d'un roi, époux bigot et
autoritaire d'une protestante agressivement convertie au
catholicisme, ouvre les vannes aux frénésies du plaisir.
Il se passe ce qui se passe toujours quand une brutale*

---

a. Il paraît qu'on montre encore aujourd'hui en Amérique, près du lac Pontchartrain (Louisiane) — comme à
Vérone celui de Juliette — le tombeau de Manon. Est-il
l'objet d'une pareille ferveur idolâtre?

b. Michelet.

décompression suit une longue période de compression
— ce qui se passera, par exemple, en 1815-1820, après
la Révolution et l'Empire, ou en 1920-1925, après la
guerre de 1914-1918. L'appétit de liberté et de jouissance
devient une fièvre.

Ce fut d'abord cette accélération de tout qu'apporta la
Régence. Démarrage qui nous semble piaffant, et qui
précipite les bouleversements économiques et sociaux sur
un rythme d'autant plus endiablé que l'hypocrisie n'est
plus là pour freiner. On ne se gêne plus. Se cache-t-on
seulement? La Régence, ce fut aussi cette révélation :
« celle, soudaine, d'un monde arrangé et masqué depuis
cinquante ans; le dessous devient le dessus, les toits sont
enlevés et l'on voit tout; il n'y eut jamais une société tellement percée à jour [a] ».

L'incroyable nudité de l'histoire de Des Grieux et de
Manon est faite d'une imprudence et d'une impudeur qui
se nourrissent l'une l'autre.

Certaines vies illustrent au mieux les aventures de certaines périodes historiques. Dans celle du cardinal de
Retz, voilà peintes les convulsions qui précédèrent l'établissement de la monarchie absolue; dans celle de Vidocq,
les troubles souterrains qui formèrent les générations
romantiques. Pour symboliser la Régence, les vies exem-
plaires ne manquent pas. A commencer par celle du Régent
et de son précepteur, le cardinal Dubois, « ministre infâme
de ses plaisirs secrets » au point d'introduire furtivement
au Palais-Royal les beautés subalternes dont il avait
lui-même marchandé les complaisances. Nous avons choisi
celle d'une grande dame : aussi bien, l'époque, névrosée,
sensuelle et « sensible », élégante, frivole, pourrie de goût
et de grâce piquante, est plutôt femelle.

L'histoire commence dans un couvent, près de Grenoble.

a. Michelet.

La très jeune Claudine, religieuse contre son gré, s'y morfond, en dépit des agréments d'une conduite résolument scandaleuse. Claudine est jolie, elle est « de qualité ». Chance supplémentaire : elle a un frère de six ans son aîné, abbé comme on savait l'être en ce temps-là. Le frère, un Lescaut de plus haute volée mais ému du même sentiment de solidarité familiale, se sent très vite fort peu disposé à laisser moisir dans la solitude une fille bien faite et d'esprit à l'aider à « pêcher » en eau trouble. On défroque la sœur. Claudine monte à Paris. Elle y collectionne avec industrie les amants puissants. D'un très cher chevalier (le sien s'appelle Destouches), elle a un enfant, qu'elle se hâte d'abandonner sur le parvis d'une église [a]. Parce qu'un de ses amants, à qui elle avait efficacement conseillé de mettre tous ses biens sous son nom (à elle), est trouvé tué (chez elle) d'un coup de pistolet, elle tâte de la Bastille, sinon de l'hôpital (elle est « bien née »). Puis l'âge aidant, et l'argent, Claudine devient une dame excessivement bien. L'éclat de son salon littéraire, de sa bonté, de son esprit (on alla même jusqu'à parler de vertu), rayonne sur l'Europe pendant une bonne partie du XVIIIe siècle. Claudine, c'est la fameuse Mme de Tencin — c'est-à-dire : quoi? une Manon qui a réussi.

Mais qu'est-il besoin — si ce n'est pour le plaisir de présenter en portique à cette préface un destin dont celui de Manon est le négatif — d'évoquer Mme de Tencin? La vie de notre auteur est une vie exemplairement Régence. « Médor, héros si chéri des belles [b] » bien que tonsuré, jeune homme d'une « heureuse physionomie » (selon son propre aveu, et l'on sait combien l'heureuse physionomie favorise peu la sérénité, surtout en des temps où la soutane ne protège de rien), l'abbé Prévost est lui-même le champ

---

a. Recueilli, comme dans les romans, par la femme d'un pauvre vitrier, il deviendra le célèbre d'Alembert.

b. Selon l'expression ricanante d'un de ses ennemis.

*clos de ce duel que se livrent autour de lui, à l'échelle de
toute une société, Ordre et Désordre, le Ciel et le Monde,
Tiberge et Manon. Et pour la victoire de qui? Le bien
saint homme des années cinquante, le sage ermite de
Chaillot et de Saint-Firmin, finira tout de même foudroyé
par la mort comme le don Juan de Molière. On pourrait
imaginer ce bénédictin pieusement penché sur sa* Gallia
Christiana? *Il est l'auteur, tendre et passionné, d'un des
plus célèbres romans d'amour, d'une histoire que Proust
(alors, il est vrai, amoureux d'Albertine) considère comme
l'histoire-d'amour type. Un petit peu aventurier, un petit
peu escroc, beaucoup traqué tantôt par ses maîtres
jésuites puis bénédictins, tantôt par la police française
ou hollandaise ou anglaise, toujours par ses créanciers,
le bon abbé a longtemps partagé les heurs et malheurs
d'une dame redoutablement dévorante. Soldat puis jésuite,
re-soldat puis re-jésuite, derechef soldat mais officier, puis
bénédictin, et peut-être même réformé, Prévost — comme
Julien Sorel un siècle plus tard et pour des raisons qui
se ressemblent fort — a été tiraillé entre le Rouge et le
Noir, entre Lescaut et Tiberge. Il estime la sagesse, il
goûte la vertu, avoue-t-il à travers une déclaration de
l'Homme de qualité; mais il a toutes les peines du monde
à les pratiquer — toujours un peu trop prêt à sacrifier,
comme dit Des Grieux, « tous les évêchés du monde
chrétien ». Et si, comme Des Grieux se réfugiant à Saint-
Sulpice, Prévost finit par choisir le Noir, c'est à cause,
lui aussi, de « la malheureuse fin d'un engagement trop
tendre ». On demeure songeur lorsqu'on s'aperçoit que,
l'année où le jeune Prévost (d'autre part accusé par ses
contemporains de connaître « le bas peuple de Cythère »)
court « s'ensevelir » chez les bénédictins, figure sur l'état
des filles « bonnes pour les isles » une Marie-Madeleine
Chavigny, dite Manon, âgée de dix-neuf ans, de Versailles,
enfermée sur lettre de cachet à la Salpêtrière, « pour pros-
titution publique et scandaleuse, étant toujours déguisée*

en homme dans Paris [a] ». *Résistons, bien sûr, à la tenta-
tion de faire de* Manon Lescaut *un roman étroitement
autobiographique. Il reste que le climat passionnel, la
peinture des désordres le sont, autobiographiques. Prévost
a eu, à très peu près, ses dix-sept ans à l'époque où Des
Grieux a les siens.*

*Ces désordres de la Régence, qu'ont-ils donc de par-
ticulier? C'est que fripon et polisson ne font qu'un (une
fois qu'on a commencé d'aimer Des Grieux et Manon,
ces termes perdent beaucoup de leur force péjorative).
Les désordres du monde sont aussi les plaisirs de ce
monde. On s'amuse. Manon s'amuse et veut, à tout prix,
s'amuser. Voilà ce qui éclate aux yeux. Elle est « badine »,
elle est « folâtre », elle aime rire, et comme elle rit! comme
elle rit bien! et comme le chevalier aime entendre ce rire!
Si l'on « entôle » le vieux dégoûtant de G... M..., c'est,
oui, pour lui soutirer de l'argent, mais plus encore pour
se donner « le plaisir d'une scène agréable », pour la
joie de jouer un bon tour, une jolie comédie, où Des Grieux
interprète à ravir le rôle d'un naïf de province, et que
Manon manque de gâter par l'éclat de sa gaieté. L'évasion
de Manon hors de la Salpêtrière, à grand renfort d'habits
masculins (voir plus haut la troublante habitude de
Marie-Madeleine Chavigny), frise le carnaval, et il s'en
faut de peu que l'oubli de la culotte ne fasse perdre leur
sérieux aux conspirateurs. Le rire de Manon, ce rire qui
coûtera si cher aux deux jeunes gens, on croit l'entendre :
très clair, en roulades, des perles, et qui éveille des scin-
tillements au coin des jolis yeux mouillés de larmes rien
moins que touchantes. M. de T... lui-même, jeune homme
d'excellente famille et de très bonne mentalité (au demeurant complice à tous crins de notre gentil truqueur et de*

---

a. Cf. Henri RODDIER, *L'Abbé Prévost, l'homme et son
œuvre*. Hatier-Boivin.

notre rieuse catin), « *est dans un certain goût de plaisirs, comme la plupart des jeunes gens de son âge* »; *lui aussi a des initiatives fort plaisantes* : « *il lui semblait que je (Des Grieux) ne pouvais me venger plus* agréablement [a] *de mon rival (qui est, notons-le au passage, un des meilleurs amis de M. de T...) qu'en mangeant son souper et en couchant, cette nuit même, dans le lit qu'il espérait d'occuper avec ma maîtresse... cela lui paraissait assez facile si je pouvais m'assurer de trois ou quatre hommes qui eussent assez de résolution pour l'arrêter dans la rue et de fidélité pour le garder à vue jusqu'au lendemain...* » La bonne farce.

Bref, on joue. A escroquer, à duper, à tromper. On se déguise. En 1717 (*Des Grieux va rencontrer Manon*), parce que le chevalier de Bouillon a imaginé une machine pour amener le parterre au niveau de la scène, commencent les bals masqués dont l'Opéra gardera près d'un siècle le privilège exclusif; bals qui connaîtront, à raison d'une séance tous les dimanches de la Saint-Martin à l'Avent et des rois à la fin du carnaval, une vogue incroyable — foyer d'intrigues en tous genres. A Chaillot, campagne très proche de Paris, donc très commode pour les financiers et gens de qualité qui peuvent y camoufler leurs parties fines avec la complicité de la police, à Chaillot où Des Grieux et Manon se réfugient (et où, détail piquant, notre diable d'abbé Prévost commencera de se faire ermite), les aubergistes ne sont pas surpris de voir Manon en habit d'homme, « *parce qu'on est accoutumé, à Paris et aux environs, à voir prendre aux femmes toutes sortes de formes* ».

Rien d'étonnant, dès lors, à ce qu'on joue à jouer. Au pharaon et à divers jeux de dés et de cartes. Et pas seulement Des Grieux, et pour gagner sa vie en acquérant beaucoup d'habileté à filer la carte, mais Manon, les

---

a. C'est moi qui souligne.

G... M... senior et junior, M. de T..., tout le monde
et par plaisir. *Dancourt, Regnard, Voltaire*, de très
nombreux témoignages nous avertissent d'avoir à considérer le jeu comme la caractéristique numéro 1 de l'époque
Régence. Les « académies », les maisons de jeu plus ou
moins louches, dont l'authentique hôtel de Transylvanie
(il était situé rue Bonaparte et 9, quai Malaquais) nous
donne une image, pullulent.

On joue aussi à aimer. Ou plutôt à faire l'amour. Les
soupers du Régent, les orgies du Palais-Royal donnent
le ton. Là encore, il s'agit de plaisir et non d'amour.
Ou, si l'on parle d'amour, c'est en faisant implicitement
cette rectification que la marquise de Merteuil apportera
cinquante ans plus tard, dans Les Liaisons dangereuses :
« L'amour que l'on nous vante comme la cause de nos
plaisirs n'en est au plus que le prétexte. » C'est l'appétit
du vieux G... M... pour Manon. M. de T..., le beau, le
brave, le noble M. de T..., « ne saurait être ennemi des
femmes, ni ridicule au point de refuser ses services pour
une affaire d'amour ». Dans la passion de Des Grieux
lui-même il y a bien de la voracité sensuelle, les sensations
du plaisir comptent pour le moins autant que les sentiments
de l'amour.

On comprend qu'aient alors régné, dans les maisons de
plaisir et ailleurs, celles qu'on appelle si justement les
filles de joie. Les chroniqueurs de la Régence ont tous sou-
ligné l'apparition d'une faune particulière (qui suivit
de peu celle des traitants à la Turcaret nés des difficultés
du trésor royal) : les filles d'Opéra. Dépenses folles,
luxe éclaboussant, tapageurs catalogues d'amants, spectaculaires « explications » avec les dames de la cour; la
puissance sociale de ces dames de plaisance étonne. Les
Louison, les Fanchon, les Ninon, les Pelissier et les
Deschamps, soi-disant figurantes à l'académie de Musique,
croquent avec allégresse les millions des fermiers généraux.
En fait, l'Opéra joue le rôle d'un cloître un peu... spécial :

les grands seigneurs et les seigneurs moins grands,
qu'agacent les résistances de la vertu et les lenteurs d'une
cour selon les règles de la bienséance, y séquestrent tout
bonnement les demoiselles qu'ils enlèvent. Il suffit de les
faire inscrire sur les contrôles du théâtre pour les soustraire
aux réclamations des familles. Et, si ce que l'on murmure
est vrai, Manon, avec ses seize ans, eût fait, au cœur de
ce jeune troupeau pas toujours mécontent de son sort,
figure d'aïeule. On raconte même qu'un directeur de
l'Opéra, un nommé Gruer, fut renvoyé pour avoir, au
cours d'un souper intime, servi sur un plat immense une
naïade grandeur nature vêtue de seules touffes de persil.
On raconte aussi — mais que ne raconte-t-on pas de cette
époque un peu folle?...

Plaisirs du jeu, plaisirs d'amour, l'agitation atteint
un tel degré de fébrilité que les violences sont inévitables.
On va jusqu'à tuer et faire tuer. L'homme de main Lescaut
est abattu en pleine rue, en plein jour; Des Grieux assassine
le portier de Saint-Lazare : deux meurtres qui ne paraissent
soulever une émotion démesurée pas plus chez Des Grieux
que dans l'opinion publique. Des Grieux enlève, est enlevé,
fait enlever; il songe à assiéger la Salpêtrière, à faire
assiéger Saint-Lazare; il n'hésite pas une seconde à
fomenter une attaque à main armée contre les archers
responsables du convoi de filles vers Le Havre — mobi-
lisant d'ailleurs, pour cet exploit de gangster, de vrais
soldats, auxquels il n'est besoin que de fournir trois
habits « communs », vu qu'ils « n'oseraient paraître dans
une affaire de cette nature avec l'uniforme du régiment ».

Oui, cela est vrai, Des Grieux nous en avertit : c'est
pour le plaisir qu'est passionnée Manon, non pour
l'argent. « Elle n'eût jamais voulu toucher un sou si
l'on pouvait se divertir sans qu'il en coûte. » Mais il en
coûte. L'argent est le nerf de cette guerre en dentelles. Cela
vaut pour tout temps — encore plus pour une époque où,

*John Law et son système aidant, les spéculateurs sont la
proie d'une frénésie délirante; où le capitalisme financier
dont La Bruyère a aigrement épié la naissance se déve-
loppe à toute vitesse; où le désordre économique est intense :
crise de 1720 qui vit la banqueroute de Law, crise de 1725
qui suivit l'opération réalisée sur les monnaies par Paris-
Duverney. Sans doute, comme le remarque M. G. Matoré* [a],
Prévost ne parle pas du prix du pain ni des salaires,
mais l'histoire de Des Grieux et de Manon est inséparable
du climat moral et social résultant de ces catastrophes
économiques. L'argent est roi. Banques, tripots, bordels :
il court, il court, ici puis là. Ah! quelle rage de rester en
marge de la ronde.*

*Aussi la logique de l'époque ne fait-elle aucun doute
pour Des Grieux. Tout se vend, tout s'achète, et non
seulement le plaisir, mais la complaisance des geôliers,
la fidélité des domestiques, la discrétion des cochers de
fiacre, la hardiesse des militaires. Très bien, on a compris.
Si Des Grieux se révolte, c'est contre le Ciel, la Nécessité,
le Destin, non contre le jeu social. « Et mon argent eut un
fort bon effet », constate-t-il. « Tais-toi, lui dis-je, il y a
un louis d'or à gagner pour toi. Il m'aurait aidé, après
cela, à brûler l'Hôpital même. »*

*Il est significatif de voir, dès l'ouverture du roman,
le tout-puissant argent présent sous les espèces des six
louis d'or donnés par l'Homme de qualité; significatif de
remarquer tout de suite que ce que Des Grieux doit à
cet argent, c'est de pouvoir approcher Manon. Significatif
aussi que l'intervention fatale du malheur soit représentée
par un incendie qui dévore l'argent gagné par Manon.
Oui, Des Grieux a fait cette constatation : « L'augmentation de nos richesses redouble notre affection. » L'argent
ne fait pas l'amour, pas plus qu'il ne fait le bonheur,*

---

a. **Dans son introduction à l'édition critique de** *Manon*
qu'il a publiée chez Droz.

« *l'amour est plus fort que l'abondance, plus fort que les trésors et les richesses, mais il a besoin de leur secours; et rien n'est plus désespérant, pour un amant délicat, que de se voir ramené par là, malgré lui, à la grossièreté des âmes les plus basses* ». Quant à Manon, poser la question, c'est la résoudre : « *Crois-tu qu'on puisse être bien tendre lorsqu'on manque de pain? La faim me causerait quelque méprise fatale; je rendrais quelque jour le dernier soupir, en croyant en pousser un d'amour.* » Aussi l'argent obsède-t-il Des Grieux (c'est-à-dire Prévost, longtemps poursuivi par les dettes, longtemps esclave de ses libraires, et que la plaie d'argent aura tourmenté jusqu'à l'inciter, au moins une fois dans sa vie, à une escroquerie très Des Grieux). Obsession pré-balzacienne, serait-on tenté de dire quand on s'aperçoit que, comme chez Balzac, elle va jusqu'à la précision des chiffres : 60 000 francs, deux cents pistoles, deux mille écus. Nous ignorerons toujours si Manon est brune ou blonde, mais nous savons que la mobilisation à titre privé des trois soldats destinés à délivrer Manon a coûté cent pistoles, plus une prime de dix pistoles par militaire « *pour les mettre en confiance* ».

Il faut payer, payer, payer. Pour payer, il faut de l'argent. Lapalissade torturante pour qui n'en a pas. Il faut beaucoup d'argent. Et vite. On peut l'emprunter, et Des Grieux n'y manque pas; tapant son père, et M. de T..., et l'inlassable Tiberge, toujours prêt à offrir sa bourse et sa vie. Le gagner honnêtement? Cela demande du temps, et le temps, les plaisirs le dévorent : personne de moins oisif que les gens qui s'amusent. Il vous reste de compter sur le hasard et sur l'adresse. Sur l' « industrie », qui s'impose d'autant plus à un homme de qualité qu'il ne peut s'abaisser à n'importe quel travail. Et voilà que s'ouvre à notre chevalier de Malte la cruelle nécessité d'une carrière de chevalier de cette industrie d'un genre particulier. Après tout, c'est troquer ordre pour ordre. Parrainé par Lescaut,

Des Grieux entre comme novice à l'hôtel de Transylvanie.

Pourquoi pas? Son raisonnement est limpide. M. de T..., par exemple, qui est riche et de bonne famille (et parce qu'il est riche et de bonne famille) est dans un certain goût de plaisir ordinaire à la plupart des jeunes gens de son âge. Comme il est riche, pas de problème. Mais Des Grieux a l'âge de M. de T...; il est, lui aussi, de bonne famille. Il lui faut seulement être riche. Heureusement, la Providence a arrangé les choses fort sagement : « La plupart des grands et des riches sont des sots, cela est clair à qui connaît un peu le monde, [...] et c'est un fonds excellent de revenu pour les petits, que la sottise des riches et des grands. » On peut prendre part à leurs richesses en servant à leurs plaisirs. Mais Des Grieux aime trop Manon pour devenir maquereau ou gigolo. Conséquence : il reste le jeu comme le moyen le plus convenable à la naissance du jeune homme. Pour preuve de l'excellence de son raisonnement : le fait qu'il ne se trouve pas seul à y conformer sa conduite. « Je vis avec une maîtresse sans être lié par les cérémonies du mariage : M. le duc de... en entretient deux, aux yeux de tout Paris; M. de F... en a une depuis dix ans qu'il aime avec une fidélité qu'il n'a jamais eue pour sa femme; les deux tiers des habitants de Paris se font honneur d'en avoir. J'ai usé de quelque supercherie au jeu : M. le marquis de... et le comte de... n'ont point d'autres revenus; M. le Prince de... et M. le duc de... sont les chefs d'une bande de chevaliers du même Ordre. » Tricheur, assassin, emprisonné, Des Grieux reste homme de qualité jusqu'à la pointe de son épée — cette épée, signe distinctif de sa classe, qu'il ne rompra qu'à la fin, et par amour, pour enterrer Manon.

Quelle époque! Tel est le soupir qu'on attend du père de Des Grieux — lequel père ne soupire pas.

Le désarroi des sentiments. L'amour.

Vingt ans après, dans les Mémoires d'un honnête homme, *Prévost soulignera le dégoût que son héros éprouve à partager (mais il les partage) les plaisirs des belles dames et brillants marquis spécialistes des parties fines et champions des bals amusants; ce que cache si peu cette scintillante élégance, l'honnête homme le découvre avec étonnement — avec lassitude, surtout. Des Grieux n'en est pas à la découverte. Il n'en est pas encore, on s'en doute, à la fatigue. Mais il connaît déjà le désarroi. A plusieurs reprises, il lui faut s'avouer qu'il ne sait plus très bien ce qu'il est, où il en est — à la façon du dormeur qui s'éveille. La tête lui tourne, sinon le cœur. Par chance, Tiberge est là qui ne se contente pas d'avancer les fonds, mais permet à l'inquiétude de Des Grieux de passer ses nerfs. Dans quelle direction aller? Sans doute, Des Grieux n'est pas « un de ces libertins outrés qui se font gloire d'ajouter l'irréligion à la dépravation des mœurs ». Mais à quels saints se vouer? Le bonheur veut la vertu, Des Grieux l'accorde volontiers; encore existe-t-il différentes vertus. Celle du style Tiberge est sévère, pénible, elle excède les forces de Des Grieux. De la vertu laïque, le chemin se confond avec celui du bonheur individuel. S'en remettre alors, contre les préjugés sociaux et religieux animés par les sermons de Tiberge et les rigueurs d'un père, à la « nature des choses », à « leur vérité profonde » — comme Manon et Des Grieux tenteront de le faire en Louisiane? Cela sera peut-être possible plus tard, en dernier recours. Pour l'instant, à Paris, au creux du tourbillon, « et de la manière dont nous sommes faits, il est certain que notre félicité consiste dans le plaisir [...] or, le cœur n'a pas besoin de se consulter longtemps pour sentir que, de tous les plaisirs, les plus doux sont ceux de l'amour ».*

*On comprend que Des Grieux, soucieux de concilier
(c'est Baudelaire qui parle)* « *le goût héréditaire et paternel
de la moralité et le goût tyrannique d'une femme qu'il faut
mépriser* [a] », *ne voie pas clair, renonce à la lumière,
préférant après tout la pénombre, voire la nuit. Ce qui
nous évite, Dieu merci, la leçon de morale : avouons que
le bon Tiberge nous ennuie autant qu'il ennuie Des
Grieux.*

*Des Grieux se révèle donc incapable de se conduire. Il
prévoit ses malheurs sans vouloir les éviter. Il les sent,
il en est accablé,* « *sans profiter des remèdes qu'on lui
présente sans cesse, et qui peuvent à tous moments les
finir* [b] ». *Il est en définitive la proie d'une impuissance,
à laquelle l'abbé Prévost, qui a connu ces inquiétudes,
n'hésite pas à donner une couleur métaphysique.* « *Tout
ce qu'on a dit de la liberté à Saint-Sulpice est une chimère.* » *Le bon sens, la raison ne peuvent rien. Non plus
que les conseils, leçons, remontrances, objurgations des
mentors que l'abbé Prévost, à travers ses romans, se plaît
à placer à côté de ses héros comme pour mieux souligner
leur inutilité foncière. Quant aux* « *rigueurs paternelles* »
*(là aussi sentiment vécu par l'abbé, qui a longtemps
craint pour lui-même les réprimandes d'un père* « *tendre
mais rigide* »), *elles sont plus propres, en écartant de
ce havre naturel qu'est la famille, à précipiter les catastrophes qu'à les éviter. Bref, que peut-on, quand manque
la grâce? On entend le cri d'horreur poussé par Tiberge :
malheureux chevalier! passe encore d'être canaille, mais
janséniste!*

*Jouet d'une destinée dont la direction leur échappe, en
butte à un désordre de la sensibilité dont les désordres de
l'époque sont la raison directe, Manon et Des Grieux
obtiennent sans peine une indulgence, que Des Grieux,*

---

a. BAUDELAIRE, *Choix de maximes consolantes sur l'amour.*
b. Avis de l'auteur.

d'ailleurs, est le premier à ressentir pour lui-même. *Ils sont irresponsables. Ce sont des enfants* [a]. *La sagesse demande des précautions. Songe-t-on aux précautions quand on n'a pas vingt ans? et quand on est si joli?* Prévost ne précise pas le physique de ses personnages (ce qui permet à tout lecteur de cristalliser, en prêtant à l'un ou l'autre des héros les traits qu'il aime), mais nous savons qu'ils sont beaux. D'une beauté telle qu'elle provoque l'admiration des postillons et des aubergistes lors de l'enlèvement initial. Il est très difficile d'être jeune quand on est « ravissant », c'est-à-dire « ravissable ». A deux êtres si gracieusement en fleurs, si physiquement sains dans leurs appétits et leurs feux, comment peut-on marchander sa sympathie — mieux, sa complicité? Tout lecteur réagit comme M. de T... On rêverait d'aider.

Est-ce à dire que Prévost nous oblige à nous ranger du côté du mal? Un escroc et une catin, oui, bien sûr... Le Mal, le Vice : cela me paraît de bien gros mots pour désigner les irrégularités de conduite, les impatiences de nos deux tourtereaux. Des Grieux a l'excuse de sa passion, Manon celle de son innocence. Ou si innocence semble forcé, disons ingénuité; Manon a l'excuse de l'ingénuité libertine, en vraie petite femme, c'est-à-dire : en délicieux petit animal très familier... Mais non, c'est innocence qui va. L'innocence de Manon est la véritable innocence : celle des enfants, incapables de faire le mal parce qu'ils ne savent pas ce qu'il est, et à qui il arrive souvent de jouer à des jeux que les grandes personnes, qui savent, elles, estiment interdits. Cette plainte de Manon nous prévient : « Il faut bien que je sois coupable..., puisque j'ai pu vous causer tant de douleur et d'émotion; mais que le Ciel me punisse si j'ai cru l'être, ou si j'ai eu la pensée de le devenir! » Si, à Des Grieux qui l'espère dans un carrosse, elle envoie l'ex-maîtresse de l'homme avec qui

a. Changeons les âges. Donnons à Des Grieux cinquante ans, quarante à Manon : l'histoire devient terrifiante.

*elle s'apprête à coucher, ce n'est pas perfidie ou sadisme;
l'explication est beaucoup plus simple, plus « naturelle » :
Manon a trouvé la fille jolie, « et comme je ne doutais
point que mon absence ne vous causât de la peine, c'était
sincèrement que je souhaitais qu'elle pût servir à vous
désennuyer quelques moments ». Une inconscience aussi
monumentale ne peut être feinte. Des Grieux a raison :
Manon pèche sans malice; « elle est légère et imprudente,
mais elle est droite et sincère ». Il parle même (et je ne
pense pas qu'il soit ridicule) de « pureté angélique ».
C'est vrai, Manon est chimiquement pure, pour l'excellente raison qu'elle est totalement inconsciente. D'une
inconscience de poupée.*

*Ce qui ne signifie pas qu'elle soit naïve. Cette inno-
cence s'accommode fort bien d'une certaine habileté; d'une
espèce d'astuce innée. C'est à Manon que reviennent
généralement les initiatives; c'est elle qui, dès le coup
de foudre d'Amiens, invente le stratagème qui permettra
l'escamotage vers Cythère. Mélange ambigu. Quant à la
« rédemption » de Manon... voilà encore un bien gros mot.
Gardons-nous de romanticiser le destin de cette malheureuse poupée, en évoquant les résurrections à la Tolstoï,
les rachats-par-la-souffrance-ou-par-la-passion à la Hugo
ou à la Dumas fils, l'ennoblissement-par-la-mort, et toutes
les balançoires du même modèle : « Manon » Delorme ou la
Caillette-aux-Camélias. L'hôpital, la prison, la déportation ont tout simplement raison d'une inconscience qui
n'était que la conséquence ordinaire d'un charmant égoïsme.
Manon comprend enfin. Elle comprend quel genre d'amour
Des Grieux a nourri pour elle, et qu'elle s'est conduite en
écervelée. Dommage que ce soit si tard.*

*Oui, curieuse fille. Parfois inquiétante. Souvent déconcer-
tante. Toujours désarmante. Et puis, est-ce sa faute s'il
y a des nécessités insupportables pour une fille « délicate », accoutumée à une vie commode et abondante?*

*Allons, disons-le : Des Grieux et Manon sont des vic-
times. Ils sont plus malheureux que misérables. La pitié
entre dans l'affectueuse complicité que nous nous sentons
à leur endroit.*

*Victimes de qui? De quoi? Par ordre chronologique :
de M. de B..., du frère de Des Grieux, de son père, des
G... M... vieux et jeune, du lieutenant de police qui est
aux ordres des G... M..., des geôliers de Saint-Lazare,
de la Salpêtrière, du Petit-Châtelet, des archers du convoi
de filles en route pour les Indes Occidentales. Victimes des
autres. Prison, hôpital, déportation : leur condamnation
est avant tout sociale, comme leur déchéance. « Ce n'est
rien..., c'est une douzaine de filles de joie », tel est le
verdict sur lequel se termine l'histoire, c'est-à-dire sur
lequel l'abbé Prévost ouvre son récit. Le drame pour
Des Grieux et pour Manon naît de ce qu'il faut être riche
pour mener la vie dont rêve Manon. L'ignoble — mais
riche — G... M... triomphe alors que Manon est condamnée
à « la chaîne des Indes ». Le malheur des amants apparaît
donc comme une fatalité sociale : la fatalité qu'il y a
d'être pauvre.*

*D'accord. Mais cette fatalité serait irréparable si Manon
était laide, ou idiote. Ce qu'elle n'est pas. Elle sait, et
Des Grieux avec elle, très exactement ce qu'il faut faire
pour se glisser dans le camp des G... M... Il suffit de
jouer le jeu, on l'a vu. Et ils le jouent, et l'on sait à quel
point il faut prendre cette expression au pied de la lettre.
Des Grieux et Manon mènent leur assaut contre la société
(non pour la détruire mais pour y pénétrer) avec un
allant, un courage (celui de l'inconscience chez Manon
mais nullement chez Des Grieux), qui ne laisse pas de
donner l'impression d'un certain héroïsme. Les choses
étant ce qu'elles sont, c'est à la société de se défendre, et
l'histoire montre (et pas seulement celle de Des Grieux
et de Manon) qu'elle sait se défendre.*

Est-ce encore dire que Des Grieux et Manon sont vic-

*times de cette société? Les Des Grieux et les Manon
qui gagnent sont légion. A deux, trois reprises Manon
frôle la réussite; et Des Grieux aussi, à Saint-Sulpice.
C'est de réussir ensemble qui leur est impossible. Pourquoi? Ils sont surtout victimes d'eux-mêmes. Manon est
passionnée pour le plaisir, Des Grieux l'est pour Manon.
Le drame est là. Manon aime Des Grieux, aucun doute,
mille détails du récit le prouvent, et il faut qu'elle ait bien
de la patience et de l'amour pour ne pas envoyer promener
cet empêcheur de danser en rond : c'est bien par amour
pour Des Grieux, tout de même, que la carrière de Manon
débouche sur la ruine et la mort. Mais voilà : Manon
aime Des Grieux à sa façon. Tout le malheur du monde
veut que ce ne soit pas la façon dont Des Grieux aime
Manon. « La fidélité que je souhaite de vous est celle du
cœur. » Quelle importance peuvent avoir les complaisances qui ne sont que physiques? Quel pauvre adorable
chevalier qui ne veut pas comprendre que s'amuser
n'a rien à voir avec l'amour! Hélas, pour Des Grieux,
fidélité du cœur, fidélité du corps, c'est tout un; l'amour
que l'on fait, si plaisant quand il ne s'agit que de le faire,
et qui peut même offrir une source de revenus, n'existe pas,
car il n'existe pas sans l'amour qui ravage le cœur.*

*Si le malheur d'être pauvre devient proprement mortel
pour Manon, c'est parce qu'elle est aimée de cet amour-là.
A la différence d'une Moll Flanders, Manon n'est pas
victime des hommes, elle est victime d'un homme. Elle
n'est pas écrasée par son monde — qui est celui des B...
et des G... M... et qui n'attend que l'occasion de la fêter
— mais par le monde de Des Grieux. Je ne suis pas loin
de penser que le plus grand malheur, la plus grande mal-
chance se placent du côté de Manon. Sans Des Grieux,
elle eût été reine — à l'Opéra.*

*Dans une société comme celle de la Régence, l'amour
de Des Grieux, maladroit par excès (trop passionné,
trop fidèle), est anachronique, en porte à faux. Des Grieux*

*offre le cœur d'Antony à une Vénus de boudoir, « figure
nourrie de roses », descendant, avec des grâces ingénument érotiques, d'une toile de Boucher. Il s'est trompé
d'époque, comme il se trompe d'objet. C'est une Didon
qu'il aurait dû aimer. Le plus constant des amours aspire
à l'amour de la plus inconstante des femmes, erreur fami-
lière à l'amour. On reconnaît le thème, et Des Grieux,
tout comme Alceste, serait prêt à courir au désert, avec
Manon. Ils y courront en effet, mais pour en mourir.*

*Des Grieux et Manon sont victimes de l'amour. C'est
l'amour leur ennemi numéro un, puisque c'est lui qui
les empêche de jouer le jeu avec le sang-froid qu'il y
faudrait. C'est l'amour qui veut le malheur de ce jeune
homme de bonne famille, qu'il fait galoper vers l'abîme,
comme poussé par une force noire, quasi démoniaque,
arborant le joli masque de la rieuse Manon. L'amour
est du même ordre que la fatalité. Il fond sur vous, comme
la capricieuse colère des dieux et, victime de ce coup de
foudre, on tombe amoureux comme on tombe foudroyé.
Sur-le-champ. Au premier regard. Phèdre voit Hippo-
lyte, et*

Je rougis, je pâlis à sa vue,
Un trouble s'éleva dans mon âme éperdue,
Mes yeux ne voyaient plus, je ne pouvais parler;
Je sentis tout mon corps et transir et brûler.

*Des Grieux voit Manon et « je me trouvai enflammé
tout d'un coup, jusqu'au transport ». A Saint-Sulpice,
il revoit Manon et « je demeurai interdit à sa vue »,
attendant « les yeux baissés et avec tremblement » qu'elle
s'expliquât.*

*Pareil tumulte physiologique et psychologique demeure
inexplicable, irrationnel. Comme la fatalité. Pas de place
pour l'estime sur cette galère. Bien au contraire. Le*

*mépris s'entend très bien avec l'amour. Baudelaire connaît
la question : «De nombreuses et ignobles infidélités, des
habitudes de bas lieu, de honteux secrets découverts mal
à propos vous inspirent de l'horreur pour l'idole, et il
arrive parfois que votre joie vous donne le frisson. Vous
voilà fort empêché dans vos raisonnements platoniques.
La vertu et l'orgueil vous crient : Fuis-la. La nature vous
dit à l'oreille : Où la fuir? Alternatives terribles où les
âmes les plus fortes montrent toute l'insuffisance de notre
éducation philosophique* [a]. »*

Alors? Le reste aux dieux! comme on dit pour se
débarrasser de l'angoisse. Et l'on répète, avec tout le
monde, cette explication qui n'explique rien : l'amour est
un charme, un philtre, une magie, un miracle. L'intervention du hasard. Ou de la Providence, « qui n'est que
le nom de baptême du hasard [b] ». Ou de cette destinée,
qui rendra Zadig à la fois si songeur et si sage. C'est la
faute du hasard — ou de la Providence — ou de la destinée —, si Des Grieux n'a pas avancé d'un jour son départ
d'Amiens; si Manon, alors entretenue, entend parler de la
soutenance de thèse de Des Grieux à la Sorbonne; si
le feu dévore le magot caché à Chaillot; si les domestiques
sont des voleurs; si le bateau pour l'Amérique quitte
Le Havre le matin même du jour où Des Grieux espère
le secours de Tiberge; s'il se trouve, ô ironie, que Synnelet
n'est pas mort alors que Manon n'est plus. Autant d'acci-
dents imprévisibles, imparables. Autant de « cruelles
nécessités ». Autant de « ces coups particuliers du destin,
qui s'attache à la ruine d'un misérable et dont il est aussi
impossible à la vertu de se défendre qu'il l'a été à la sagesse
de les prévoir ».

On retrouve ici l'impuissance de Des Grieux, et son
irresponsabilité. Comment lutter contre pareil pouvoir si

a. *Choix de maximes consolantes sur l'amour.*
b. Chamfort.

*mystérieux qu'il n'offre prise pas plus à la volonté qu'à
la raison? Se révolter? L'appeler « mauvais génie », pour
mieux l'accuser de travailler à perdre ses victimes? Ou
l'appeler « Ciel », et gémir de sa rigueur en lui reprochant
— comme Des Grieux rattrapé par le malheur en Amérique — de souffrir le pécheur avec patience tandis qu'il
marche aveuglément sur la route du vice, et de lui réserver
ses plus rudes châtiments lorsqu'il commence à retourner
à la vertu?*

*Reproche justifié. Mais quoi! il ne suffit pas, pour trou-
ver la paix, de rentrer dans le droit chemin. Trop simple.
Ce n'est pas parce que Manon a enfin compris et que sa
passion répond enfin au « prodigieux attachement » de
Des Grieux que le bonheur est accessible. Trop beau.
Aussi bien à Paris qu'en Amérique, l'amour « à la
Des Grieux » exige trop. Il réclame l'absolu, lors que,
partout où il y a des hommes, il n'y a que des demi-mesures.*

*Aussi l'amour est-il inséparable du désordre. La brutale
passion, elle aussi fatale, de Synnelet pour Manon le
montre bien, suscitant le dernier drame inévitable. Et
nécessaire : l'atmosphère de la passion n'étant pas la
paix, ni le repos, même bien gagné (la passion s'y étiole),
mais la mer immense des infortunes.*

*« L'amour et la jeunesse avaient causé tous nos désordres.
L'expérience commençait à nous tenir lieu d'âge; elle fit
sur nous le même effet que les années. » Le seul vrai
combat de l'homme, l'homme le mène contre le Temps.
Surtout lorsque l'amour s'en mêle. La jeunesse, la beauté,
la fraîcheur, la meilleure grâce du monde ne vivent qu'un
éclair, leur triomphe est sans cesse menacé. Pourvu que
ça dure — et tout le monde sait (à commencer par les
amants qui se barbouillent les lèvres du mot toujours
comme d'un miel) que cela ne durera pas. D'où cette
hâte, sensible dès les premières pages de cette histoire et
qui précipite Manon et Des Grieux, encore inconnus l'un
à l'autre, sur la route de Paris.*

Ce qui aura mortellement manqué à Manon et à Des Grieux, c'est un sursis. Encore un moment, monsieur le bourreau. Le temps, par exemple, que le père de Des Grieux meure : il est âgé, il peut mourir, Des Grieux hérite. Ou le temps que, l'âge aidant, Des Grieux se montre plus complaisant, ou que Manon se range. Et c'est pour eux la victoire.

Un peu de temps, par pitié, pour Manon et pour Des Grieux. Mais il est de la nature du Ciel de faire la sourde oreille à cette prière. Tout au long du roman, il nous semble entendre la respiration haletante de Des Grieux qui court après Manon qui court après le plaisir qui s'évanouit.

Se retirer du monde. La mort.

Il faut bien qu'un jour cette agitation finisse. Au silence de ce Ciel qu'interroge en vain Des Grieux, les Romantiques opposeront de spectaculaires attitudes : la véhémence protestataire, le ricanement douloureux, le dédain, la folie, les paradis artificiels, les eaux du passé, le socialisme ou le suicide. Tout cela, qui vise à forcer la nature, est à venir. Il arrive que Des Grieux songe à se plonger son épée au travers du corps, mais il conserve toujours assez de présence d'esprit pour vouloir examiner auparavant s'il ne lui reste nulle ressource. Et il reste toujours une ressource : la fuite. D'autant plus que chacun est persuadé, Des Grieux tout comme un autre, qu'il doit ses misères aux gens qui l'entourent et à l'endroit où il se trouve, et qu'ailleurs, bien sûr, ailleurs, en un lieu protégé contre les désordres du monde, le désarroi de ses sentiments connaîtra spontanément la bonace. Au vif de ces troubles sans lesquels on ne pourrait pourtant vivre, comme il est suave de rêver aux charmes de la retraite, à ces doux moments que l'on passe, seul, ou avec un ami, à s'entretenir à cœur ouvert des moyens d'arriver au bonheur et cætera.

Dans toute l'œuvre de l'abbé Prévost circule le thème du refuge. Le père de l'Homme de qualité se retire aux Chartreux; l'Homme de qualité à son tour, après la triste mort de sa belle Selima, « range » sa fille dans un couvent et enfouit son chagrin dans un monastère; au plus fort de sa peine d'amour, Cleveland se réfugie à Saumur, alors célèbre par son académie protestante; et Prévost nous cite le cas, dans Le Pour et le Contre, d'un riche Anglais, las de la vie, qui se fait passer pour mort et s'enterre paisiblement à la campagne. En particulier, le couvent, monde en marge, monde clos, symbole d'un ordre préservé et d'une paix qu'enrichit le repos de la conscience religieuse, exerce une puissante fascination sur les héros de Prévost. Et d'abord sur Prévost lui-même. Après que, succombant aux tentations que son « heureuse physionomie » provoque, il s'est embarqué dans de « malheureuses affaires », il court au « tombeau » : « C'est le nom que je donne à l'Ordre respectable où j'allai m'ensevelir et où je demeurai quelque temps si bien mort que mes parents et amis ignorèrent ce que j'étais devenu [a]. » Mais « le sentiment me revint et je reconnus que ce cœur si vif était encore brûlant sous la cendre. La perte de ma liberté m'affligea jusqu'aux larmes. Il était trop tard. Je cherchai ma consolation pendant cinq ou six ans dans les charmes de l'étude [a]. » Les charmes de l'étude, eux-mêmes, ne durent qu'un moment. Et Prévost (du moins jusqu'à ce que l'âge le porte à préférer la retraite bourgeoise où remplacer les plaisirs des sens par ceux de la mémoire) retourne au tourbillon des aventures humaines.

C'est le mouvement même de Des Grieux. Cruellement blessé dans son amour par Manon-Poupée, il étudie avec ferveur, il s'ensoutane; il imagine avec gourmandise « une

a. *Le Pour et le Contre.*

*maison écartée, avec un petit bois et un ruisseau d'eau
douce au bout du jardin, une bibliothèque composée de
livres choisis, un petit nombre d'amis vertueux et de bon
sens, une table propre, mais frugale et modérée ». Jusqu'au moment où il s'aperçoit, le cœur brûlant sous la
cendre, qu'il faut Manon à cette solitude.*

Le voyage en Amérique, que la société impose aux deux
amants comme un châtiment, doit-on le considérer comme
une fuite? Manon et Des Grieux auront bien l'illusion
d'une évasion. Ils pénètrent dans un nouveau monde, et
Des Grieux sent son cœur s'élargir et devenir tranquille.
Tout peut s'arranger. Cette société nouvelle, où ne règnent
pas « les lois arbitraires du rang et de la bienséance »,
leur ouvre le refuge que souhaite enfin leur amour. On
peut le croire. Leur petite fortune s'arrange. Bonheur,
vertu. Idylle. Ce n'est plus Des Grieux et Manon, c'est
Paul et Virginie. Pas pour longtemps. Le sale argent
continue son sale travail destructeur : nouveau monde ou
pas, Des Grieux est pauvre; les prétentions du neveu du
Gouverneur sur Manon le lui rappellent vite. Et puis
Des Grieux et Manon se sont emportés eux-mêmes en
Louisiane, eux et la fatalité de l'amour. Où fuir cette
fois? Puisque qui dit société dit argent et rang social et
pression sociale et entend un certain ordre, quel qu'il soit,
que l'amour dérange : supprimer la société. Manon
et Des Grieux marchent vers les sauvages. A présent
que Manon aime Des Grieux de la façon absolue dont
Des Grieux a toujours aimé Manon, ces enfants qui
s'aiment ne veulent plus être là pour personne. Ils s'en-
foncent dans le désert.

Il serait exagéré d'accorder à ce voyage en Amérique
une valeur exotico-pittoresque. Le voyage, ici, vaut pour
les changements psychologiques qu'il apporte aux héros,
non pour le caractère inouï du paysage. Prévost n'est pas
Bernardin de Saint-Pierre; encore moins Chateaubriand :

l'enterrement de Manon n'annonce pas les funérailles d'Atala. Il serait encore plus exagéré d'accorder au désert de Louisiane une portée symbolique. Prévost n'est pas Vigny, Des Grieux n'est pas Moïse. Il serait anachronique de parler du paysage « état d'âme »; on ne peut nier cependant qu'il devient complice de l'émotion.

Plus : ce désert inhumain est indispensable à la mort de Manon. Il est la mort même pour cette fille éminemment sociable, qui ne prisait rien tant que les aimables assemblées où goûter au mieux tous les plaisirs de la compagnie.

*Et la mort est l'inévitable conclusion de l'*Histoire de Des Grieux et de Manon Lescaut, *comme elle l'est de tout amour fatal. Presque toutes les aventures sentimentales auxquelles l'*Homme de qualité *s'est trouvé mêlé se sont tragiquement terminées. « Partout le deuil accompagne l'amour, si bien qu'à distance les romans de Prévost nous apparaissent comme de grandes allées solitaires bordées non seulement de ruines mais de cloîtres et de tombeaux* [a]. »

La mort ramène tout à l'ordre. C'est l'ultime refuge, le désert définitif. Manon une fois enterrée avec le tronçon d'épée de Des Grieux (suprême sacrifice), la paix devient possible. Des Grieux est prêt pour la sagesse.

C'est Tiberge le vainqueur. Le voilà dédommagé de tous ses sermons et de toutes les fatigues de son dernier voyage. Il l'a, son Des Grieux. Mais cette loque pourrie de chagrin, ce jeune homme de vingt ans qui, dans son renoncement à tout (puisqu'il a tout perdu en perdant Manon), appelle vertu son désespoir et son immense fatigue, ce vieillard soudain, est-ce encore Des Grieux?

a. P. TRAHARD, *Les Maîtres de la sensibilité française au* XVIIIe *siècle.*

Un roman bien mystérieux.

En introduction à la lecture de Manon Lescaut — *et en conclusion à cette préface — je voudrais rappeler ce que Balzac écrit au début du* Père Goriot : *Cette histoire, sera-t-elle comprise au-delà de Paris?* « *Les particularités de cette scène pleine d'observations et de couleurs locales ne peuvent être appréciées qu'entre les buttes de Montmartre et les hauteurs de Montrouge, dans cette illustre vallée de plâtras incessamment près de tomber et de ruisseaux noirs de boue; vallée remplie de souffrances réelles, de joies souvent fausses, et si terriblement agitée qu'il faut je ne sais quoi d'exorbitant pour y produire une sensation de quelque durée.* » *On ne peut imaginer d'autre décor, pour l'histoire de Des Grieux et de Manon, que Paris — ce Paris de la Régence qui vient de prendre une revanche définitive sur Versailles et sur la cour. Le premier* « *réflexe* » *des deux jeunes gens n'est-il pas de galoper à Paris? — ne consentant à ralentir leur fuite que proches de la capitale, c'est-à-dire presque en sûreté. Car le grouillant Paris où l'on se cache si bien, c'est en effet la sécurité.*

C'est aussi le cœur du cyclone; le théâtre par excellence de cette vie qu'on appellera plus tard la « Vie Parisienne » *pour la confondre avec la* « *grande vie* » *après laquelle soupirent toutes les petites Bovary de vertu fragile. Aussi Manon refuse-t-elle de quitter Paris. Tout juste si elle accepte, et de mauvaise grâce, l'exil à Chaillot, à cinq cents pas des Tuileries; et encore, dès que l'hiver approche (et les bals), Des Grieux doit-il louer en ville un appartement meublé.*

Quand Manon, poussée par une volonté qui la dépasse, quittera Paris, elle cessera d'être Manon : ce sera Iseut, Lucrèce.

*Présence de Paris, présence obsessionnelle de l'argent :
voilà deux thèmes qu'on n'hésite pas à qualifier de balza-
ciens. Présentation du héros comme une force-qui-va,
et qui, sous l'emportement de sa passion, se retrouve
hors-la-loi, dressé contre le Ciel et les hommes. Présentation du récit comme une quête, dont Manon est le Graal,
à travers mille épreuves que traverse le héros, tant l'amour
est plus fort que le malheur. On voit où je veux en venir.
Ou plutôt j'indique où l'on voudrait que j'en vienne :
à disserter du préromantisme de l'abbé Prévost, à considérer l'histoire de Des Grieux et de Manon comme un
cocktail de Mme de La Fayette et de Dumas fils, ou, à
tout le moins, comme une transition entre le roman cour-
tois et le roman romantique, entre* Tristan et Iseut
(rayon philtre et voile noir) et Indiana *(côté fatale-
erreur-de-l'amour et chute à deux dans la cascade).*

Je préfère pourtant voir dans Manon Lescaut *le type
parfait du roman Régence. Il n'appartient pas à mon
propos de dégager ce que l'abbé Prévost doit à la littérature
contemporaine, française et anglaise, de* Télémaque *à*
Moll Flanders *en passant par* Mrs. Penelope Aubin.
*Mais il est aisé de constater ce que son style, dans ses
moments de tension, doit à la phraséologie de l'époque :
tous ces « adieu fils ingrat et rebelle », ces « horrible
perfidie! », ces « cœur de père, chef-d'œuvre de la Nature »
alternant avec ces « père barbare et dénaturé », ces déluges
de larmes, ces tendres spectacles, ces transports, ces éga-
rements, ces protestations touchantes, cette dernière inhumanité. Il existe, dans* Manon, *un roman sentimental
très Greuze qui fendait le cœur des lecteurs de l'époque,
a même fendu celui de Gide, et dont l'opéra-comique,
« excellent témoignage de l'affadissement du thème pour
spectateurs petits-bourgeois* [a] *», a comme purgé le roman
de l'abbé. Il serait également facile de montrer combien*

a. Raymond Naves.

*le romanesque de Manon, multipliant les enlèvements
(deux), les évasions (trois), les meurtres, les déguise-
ments, les arrestations, les séquestrations d'héritier, les
voyages en mer, les lieux sauvages et déserts, sans parler
des corsaires du malheureux Tiberge, manque d'originalité.
Et Dieu sait si déjà les* Mémoires d'un Homme de qualité
et Cleveland *nous en ont régalés.*

Et pourtant, on pourrait aussi bien dire que Manon
*est le premier des romans modernes. Est-ce seulement
parce que Prévost (et nous retrouvons une fois de plus
Balzac, dont ce sera la méthode) modernise, actualise les
circonstances et les accessoires du roman? — remplaçant
les pirates par la police, les châteaux ou les îles par
l'hôpital et la prison, les infortunes merveilleuses par le
malaise économique et la crise morale de son temps,
bref, donnant au malheur et à l'aventure romanesques un
visage social?*

*C'est à ce détour qu'on approche du mystère. Ou du
miracle. Le miracle de Manon, qui a doué ce petit roman
d'une incroyable puissance — ou, pour parler un langage de théâtre qu'eût aimé Manon : d'une pareille
présence. Présence aussi difficilement définissable que
celle de Manon elle-même : histoire édifiante? Ou trouble,
née de la curiosité d'un prêtre plus ou moins défroqué
pour la belle putain, réalisation proprement démoniaque?
Pour Jean Cocteau, ce roman dégage une chaleur, la chaleur même de l'amour, « comme d'une rose grande ouverte
dans un corsage entr'ouvert* [a] *». Pour Gide aussi (qui
pardonne cependant mal à l'abbé de l'avoir fait pleurer,
et lui reproche trop de lecteurs et des pires) : « il y coule
un sang chaud* [b] *». Pour Albert-Marie Schmidt, qui*

---

a. Préface à l'édition Stock.
b. *Incidences.* Réponse à une enquête demandant d'indi-
quer « les dix romans français que vous préférez ».

n'hésite pas à voir dans Manon *une courtisane frigide, il y règne une ardeur aussi glaciale que dans l'enfer gelant où Laclos précipite ses personnages. Roman catholique? janséniste? laïc? amoral? Classique pour les uns, qui se gargarisent avec* La Princesse de Clèves; *hyperromantique pour d'autres, qui enfouissent Atala et Marguerite Gautier dans le même sable que Manon; réaliste pour certains, qui discernent dans l'art de Prévost une annonce de l'art de Flaubert.*

Tout cela est vrai. Tout cela est faux. Tout cela dépend du lecteur. Il en est de Manon comme du spectacle de la vie même : l'interprétation qu'on en donne dépend beaucoup moins de ce que l'œil regarde que de l'œil qui regarde. Or, Manon est à la fois limpide et trouble — disons : d'une limpidité trouble (en nous abritant derrière l'obscure clarté des étoiles qu'a chantée Corneille). Impudique. Nu. Et chaste — de la chasteté du nu. Rien de moins grivois que ce récit, raconté, il est vrai, par l'intéressé qu'émeuvent les traces de ses anciens chagrins, et, par surcroît, tombé dans la vertu. Et la chaleur est là, pourtant, dont parlent Cocteau et Gide. Ou plutôt une tiédeur évoquant le lit défait, le linge tout juste abandonné, l'approche des haleines et des paumes, le rayonnement des corps, dont l'entêtement, avec lequel l'abbé traduit les mouvements intérieurs par des signes physiologiques tels que les larmes ou les caresses, rend l'oubli impossible.

Roman nocturne, pourrait-on dire après Cocteau : pénombre des éclairages à la bougie, des bûches qui flambent, des tripots et des chambres où Manon et Des Grieux ont tant à faire, à l'abri des rideaux. Et pourtant roule d'un bout à l'autre de leur destin, d'Amiens à la Nouvelle-Orléans, l'éclatant soleil de l'amour, un soleil à la Van Gogh, tourbillonnant, fou, emporté, au bord de l'explosion.

L'abbé Prévost veut nous persuader qu'il a écrit sa

Manon *pour notre édification. Bonne aubaine : lire*
l'Histoire du chevalier Des Grieux et de Manon Lescaut,
c'est donc joindre l'utile à l'agréable. Baudelaire [a] *partage cet avis. Écoutons-le nous tirer la morale de cette
histoire :*

« *Je vais vous donner une recette bien simple qui...
vous permettra de ne pas écorner votre idole, et de ne pas
endommager votre* cristallisation.

*Je suppose que l'héroïne de votre cœur ayant abusé du
fas et du nefas, est arrivée aux limites de la perdition,
après avoir — dernière infidélité, torture suprême! —
essayé le pouvoir de ses charmes sur ses geôliers et ses
exécuteurs. Irez-vous abjurer si facilement l'idéal, ou
si la nature vous précipite, fidèle et pleurant, dans les
bras de cette pâle guillotinée, direz-vous avec l'accent
mortifié de la résignation : le mépris et l'amour sont
cousins germains! — Non point; car ce sont là les paradoxes d'une âme timorée et d'une intelligence obscure.
Dites hardiment, et avec la candeur du vrai philosophe :
" Moins scélérat, mon idéal n'eût pas été complet. Je le
contemple, et me soumets; d'une si puissante coquine la
grande Nature seule sait ce qu'elle veut faire. Bonheur et
raison suprêmes! absolu! résultante des contraires! Ormuz
et Arimane, vous êtes le même! "*

*Et c'est ainsi, grâce à une vue plus synthétique des
choses, que l'admiration vous ramènera tout naturellement vers l'amour pur, ce soleil dont l'intensité absorbe
toutes les taches.* »

Jean-Louis Bory.

---

a. *Choix de maximes consolantes sur l'amour.*

Histoire du Chevalier Des Grieux et de Manon Lescaut

AVIS DE L'AUTEUR

Quoique j'eusse pu insérer dans mes Mémoires [1] les aventures du malheureux Chevalier Des Grieux, il m'a semblé que n'y ayant point un rapport nécessaire, le Lecteur trouverait plus de satisfaction à les voir ici séparément. Un récit de cette longueur aurait interrompu trop longtemps le fil de ma propre histoire. Tout éloigné que je suis de prétendre dans cet ouvrage à la qualité d'écrivain exact, je n'ignore point qu'une narration doit être quelquefois déchargée de quantité de circonstances qui la rendraient pesante et embarrassée. C'est le précepte d'Horace [2] :

> *Ut jam nunc dicat jam nunc debentia dici*
> *Pleraque differat ac præsens in tempus omittat.*

Il n'est pas même besoin d'une si grave autorité pour prouver une vérité si simple, car le bon sens est la première source de ces sortes de règles. Si le public a trouvé quelque chose d'agréable, et d'intéressant dans l'histoire de ma vie, j'ose lui promettre qu'il ne sera point mal satisfait de cette addition. Il verra dans la conduite de M. Des Grieux un exemple terrible de la force des passions. J'ai à peindre un jeune homme aveugle, qui refuse d'être heureux pour se précipiter volontairement dans les dernières infortunes; qui avec toutes les qualités dont se forme le plus brillant mérite, préfère par choix une vie obscure et vagabonde à tous les avantages de la fortune, et de la nature; qui prévoit ses malheurs sans vouloir les éviter; qui les sent et qui en est accablé, sans profiter des remèdes qu'on lui présente sans cesse, et qui peuvent à tous moments les finir; enfin un caractère ambigu, un mélange de vertus et de vices, un contraste perpétuel de bons sentiments et d'actions mauvaises. Tel est le fond du tableau que je vais présenter aux yeux de mes lecteurs. Les personnes de bon sens ne regarderont point un ouvrage de cette nature comme un amusement inutile. Outre le plaisir d'une lecture agréable, on y trouvera peu d'événements qui ne puissent servir à l'instruction des mœurs et c'est rendre à mon avis un service considérable au public que de l'instruire en le divertissant.

On s'étonne quelquefois, en réfléchissant sur les préceptes de la morale, de les voir tout à la fois estimés et négligés, et l'on se demande la raison de cette bizarrerie du cœur humain, qui lui fait goûter des idées de bien et de perfection, dont il s'éloigne continuellement dans la pratique. Si par exemple les personnes d'un certain ordre d'esprit et de politesse [3] veulent examiner quelle est la matière la plus commune de leurs conversations, ou même de leurs rêveries solitaires, il leur sera aisé de remarquer qu'elles tournent presque toujours sur quelques considérations morales. Les plus doux moments de la vie pour les gens d'un certain goût sont ceux qu'ils passent ou seuls, ou avec un ami, à s'entretenir à cœur ouvert des charmes de la vertu, des douceurs de l'amitié, des moyens d'arriver au bonheur, des faiblesses de la nature qui nous en éloignent et des remèdes qui peuvent les guérir. Horace et Boileau [4]

marquent cet entretien comme un des plus beaux
traits dont ils composent l'image d'une vie heureuse.
Comment arrive-t-il donc qu'on tombe ensuite si aisément de ces hautes spéculations, et qu'on se retrouve
si tôt au niveau commun des hommes? Je suis trompé
si la raison que j'en apporterai ici n'explique bien cette
contradiction de nos idées et de notre conduite; c'est
que tous les préceptes de la morale n'étant que des
principes vagues et généraux, il est très difficile d'en
faire une application particulière au détail des mœurs
et des actions. Mettons la chose dans un exemple.
Les âmes bien nées sentent que la douceur et l'humanité
sont des vertus aimables, et elles sont portées d'inclination à les pratiquer [5] : mais sont-elles au moment
de l'exercice? elles demeurent souvent suspendues.
En est-ce réellement l'occasion? Sait-on bien quelle en
doit être la mesure? Ne se trompe-t-on point sur l'objet?
Cent pareilles difficultés arrêtent. On craint de devenir
dupe en voulant être bienfaisant et libéral, de passer
pour faible en paraissant trop tendre et trop sensible;
en un mot, d'excéder ou de ne pas remplir assez des
devoirs qui sont renfermés d'une manière trop obscure
dans les notions générales d'humanité et de douceur.
Dans cette incertitude, il n'y a que l'expérience ou
l'exemple qui puisse déterminer raisonnablement le
penchant du cœur. Or l'expérience n'est point un
avantage qu'il soit libre à tout le monde de se donner;
elle dépend des situations différentes où l'on se trouve
placé par la fortune. Il ne reste donc que l'exemple qui
puisse servir de règle à quantité de personnes dans
l'exercice de la vertu. C'est précisément pour cette
sorte de lecteurs que des ouvrages tels que celui-ci
peuvent être d'une utilité extrême, j'entends lorsqu'ils
sont écrits par une personne d'honneur et de bon sens.
Chaque fait qu'on y rapporte est un degré de lumière
et une instruction qui supplée à l'expérience; chaque

aventure est un modèle d'après lequel on peut se former; il n'y manque que d'être ajusté aux circonstances où l'on se trouve. L'ouvrage tout entier est un traité de morale réduit agréablement en exercice.

Un lecteur sévère s'offensera peut-être de me voir reprendre la plume à mon âge, pour écrire des aventures de fortune et d'amour : mais si la réflexion que je viens de faire est juste, elle me justifie; si elle est fausse, mon erreur sera du moins mon excuse.

LIVRE PREMIER

Je suis obligé de faire remonter mon Lecteur au temps de ma vie où je rencontrai pour la première fois le Chevalier Des Grieux. Ce fut environ cinq ou six mois avant mon départ pour l'Espagne. Quoique je sortisse rarement de ma solitude, la complaisance que j'avais pour ma fille m'engageait quelquefois à divers petits voyages, que j'abrégeais autant qu'il m'était possible. Je revenais un jour de Rouen où elle m'avait prié d'aller solliciter une affaire qui pendait au Parlement, pour la succession de quelques terres auxquelles elle prétendait du côté de mon grand-père maternel. Ayant repris mon chemin par Évreux où je couchai la première nuit, j'arrivai le lendemain pour dîner à Pacy qui en est éloigné de cinq ou six lieues⁶. Je fus surpris en entrant dans ce bourg d'y voir tous les habitants en alarme. Ils se précipitaient de leurs maisons pour courir en foule à la porte d'un mauvais cabaret, au devant duquel étaient deux chariots couverts. Les chevaux qui étaient encore attelés et qui paraissaient tout fumants de fatigue et de chaleur, marquaient que ces deux voitures ne faisaient qu'arriver. Je m'arrêtai un moment pour m'informer d'où venait l'émotion;

mais je tirai peu d'éclaircissement d'une populace
curieuse, qui ne faisait nulle attention à mes demandes,
et qui s'avançait toujours vers le cabaret, en se poussant
avec beaucoup de confusion. Enfin un archer revêtu
d'une bandoulière et le mousquet sur l'épaule, ayant paru
à la porte, je lui fis signe de la main de venir à moi.
Je le priai de m'apprendre le sujet de ce tumulte.
Ce n'est rien, Monsieur, me dit-il, c'est une douzaine de
filles de joie que je conduis avec mes compagnons
jusqu'au Havre de Grâce, où nous les ferons embarquer pour l'Amérique [7]. Il y en a quelques-unes de
jolies, et c'est apparemment ce qui excite la curiosité
de ces bons paysans. J'aurais passé outre après cette
explication, si je n'eusse été arrêté par les exclamations
d'une vieille femme qui sortait du cabaret en joignant
les mains, et en criant que c'était une chose barbare,
une chose qui faisait horreur et compassion. De quoi
s'agit-il donc, lui dis-je? Ah! Monsieur, entrez, répondit-elle, et voyez, si ce spectacle n'est pas capable de
fendre le cœur. La curiosité me fit descendre de mon
cheval que je laissai à mon valet, et étant entré avec
peine en perçant la foule, je vis en effet quelque chose
d'assez touchant. Parmi les douze filles qui étaient
enchaînées six à six par le milieu du corps, il y en avait
une dont l'air et la figure étaient si peu conformes à sa
condition, qu'en tout autre état je l'eusse prise pour
une princesse [8]. Sa tristesse et la saleté de son linge
et de ses habits l'enlaidissaient si peu, que sa vue
m'inspira du respect et de la pitié. Elle tâchait néanmoins de se tourner autant que sa chaîne pouvait le
permettre, pour dérober son visage aux yeux des
spectateurs. L'effort qu'elle faisait pour se cacher était
si naturel, qu'il paraissait venir d'un sentiment de
douceur et de modestie. Comme les six gardes qui
accompagnaient cette malheureuse bande, étaient aussi
dans la chambre, je pris le chef en particulier, et je lui

demandai quelques lumières sur le sort de cette belle
fille. Il ne put m'en donner que de fort générales. Nous
l'avons tirée de l'Hôpital⁹, me dit-il, par ordre de
Mr. le Lieutenant de Police. Il n'y a pas d'apparence
qu'elle y eût été renfermée pour ses bonnes actions. Je
l'ai interrogée plusieurs fois sur la route, elle s'obstine
à ne me rien répondre, mais quoique je n'aie point
reçu ordre de la ménager plus que les autres, je ne laisse
pas d'avoir quelques égards pour elle; parce qu'il me
semble qu'elle vaut un peu mieux que ses compagnes.
Voilà un jeune homme, ajouta l'archer, qui pourrait
vous instruire mieux que moi sur son sujet. Il l'a suivie
depuis Paris sans cesser presque un moment de pleurer.
Il faut que ce soit son frère ou son amant. Je me tournai vers le coin de la chambre, où ce jeune homme était
assis. Il paraissait être dans une rêverie profonde. Je
n'ai jamais vu de plus vive image de la douleur. Il était
mis fort simplement; mais on distingue au premier coup
d'œil une personne qui a de la naissance et de l'éducation. Je m'approchai de lui. Il se leva, et je découvris
dans ses yeux, dans sa figure, et dans tous ses mouvements un air si fin et si noble, que je me sentis porté
naturellement à lui vouloir du bien. Que je ne vous
trouble point, lui dis-je, en m'asseyant auprès de lui.
Voulez-vous bien satisfaire la curiosité que j'ai de
connaître cette belle personne, qui ne me paraît point
faite pour le triste état où je la vois? Il me répondit
honnêtement qu'il ne pouvait m'apprendre qui elle
était sans se faire connaître lui-même, et qu'il avait de
fortes raisons pour souhaiter de demeurer inconnu.
Je puis vous dire néanmoins, ce que ces misérables
n'ignorent point, continua-t-il en montrant les archers;
c'est que je l'aime avec une passion si violente, qu'elle
me rend le plus infortuné de tous les hommes. J'ai
tout employé à Paris pour obtenir sa liberté. Les solli-
citations, l'adresse et la force m'ont été inutiles; j'ai

pris le parti de la suivre, dût-elle aller au bout du
monde. Je m'embarquerai avec elle. Je passerai en
Amérique; mais ce qui est de la dernière inhumanité,
c'est que ces lâches coquins, ajouta-t-il, en parlant des
archers, ne veulent plus me permettre d'approcher
d'elle. Mon dessein était de les attaquer à force ouverte
à quelques lieues de Paris, je m'étais associé quatre
hommes qui m'avaient promis leur secours pour une
somme considérable. Les traîtres m'ont laissé seul
aux mains, et se sont enfuis avec mon argent. L'im-
possibilité de réussir par la force m'a fait mettre les
armes bas. J'ai proposé aux archers de me permettre
du moins de les suivre, en leur offrant de les récompenser. Le désir du gain les y a fait consentir. Ils ont voulu
être payés chaque fois qu'ils m'ont accordé la liberté
de parler à ma maîtresse. Ma bourse s'est épuisée en
peu de temps, et maintenant que je suis sans un sou,
ils ont la barbarie de me repousser brutalement, lorsque
je fais un pas vers elle. Il n'y a qu'un moment qu'ayant
osé m'en approcher malgré leurs menaces, ils m'ont
allongé deux ou trois grands coups du bout de leurs
fusils [10]. Je suis obligé pour satisfaire leur avarice et
pour me mettre en état de continuer du moins la route
à pied, de vendre ici un mauvais cheval qui m'a servi
jusqu'à présent de monture.

Quoiqu'il parût faire ce récit assez tranquillement, il
laissa tomber quelques larmes en le finissant. Cette
aventure me parut des plus extraordinaires et des plus
touchantes. Je ne vous presse pas, lui dis-je, de me
découvrir le secret de vos affaires, mais si je puis vous
être utile à quelque chose, je m'offre volontiers à vous
rendre service. Hélas! reprit-il, je ne vois point le
moindre jour à l'espérance, il faut que je me soumette
à toute la rigueur de mon sort. J'irai en Amérique. J'y
serai du moins libre avec ce que j'aime. J'ai écrit à un
de mes amis qui me fera tenir quelques secours au Havre

de Grâce. Je ne suis embarrassé que pour me conduire
jusque-là; et pour procurer à cette pauvre créature,
ajouta-t-il en regardant tristement sa maîtresse, quelque
soulagement sur la route. Hé! bien, lui dis-je, je vais
finir votre embarras. Voici quelque argent que je vous
prie d'accepter. Je suis fâché de ne pouvoir vous servir
autrement. Je lui donnai quatre louis d'or, sans que les
gardes s'en aperçussent; car je jugeais bien que s'ils
lui savaient cette somme, ils lui vendraient plus chè-
rement leurs secours. Il me vint même à l'esprit de
faire marché avec eux pour obtenir au jeune amant
la liberté de parler continuellement à sa maîtresse
jusqu'au Havre. Je fis signe au chef de s'approcher
et je lui en fis la proposition. Il en parut honteux malgré
son effronterie. Ce n'est pas, Monsieur, répondit-il d'un
air embarrassé, que nous refusions de le laisser parler
à cette fille; mais il voudrait sans cesse être auprès
d'elle, cela nous est incommode, il est bien juste qu'il
paye pour l'incommodité. Voyons donc, lui dis-je, ce
qu'il faut vous donner pour vous empêcher de la sentir.
Il eut l'audace de me demander deux louis. Je les
lui donnai sur-le-champ; mais prenez garde, lui dis-je,
qu'il ne vous échappe quelque friponnerie; car je vais
laisser mon adresse à ce jeune homme, afin qu'il puisse
m'en informer, et comptez que j'aurai le pouvoir de
vous faire punir. Il m'en coûta six louis d'or. La bonne
grâce et la vive reconnaissance avec laquelle ce jeune
homme me remercia, achevèrent de me persuader qu'il
était né quelque chose, et qu'il méritait ma libéralité.
Je dis quelques mots à sa maîtresse avant que de sortir. Elle me répondit avec une modestie si douce, et si
charmante, que je ne pus m'empêcher de faire en
sortant mille réflexions sur le caractère incompréhen-
sible des femmes.

Étant retourné à ma solitude, je ne pus être informé
de la suite de cette aventure. Il se passa environ deux

ans qui me la firent oublier tout à fait, jusqu'à ce que
le hasard me fît renaître l'occasion d'en apprendre à
fond toutes les circonstances. J'arrivais de Londres à
Calais avec le Marquis de..., mon élève. Nous logeâmes,
si je me souviens bien, au Lion d'or, où quelques raisons
nous obligèrent de passer le jour entier, et la nuit suivante. En marchant l'après-midi dans les rues, je crus
apercevoir ce même jeune homme dont j'avais fait la
rencontre à Pacy. Il était en fort mauvais équipage,
et beaucoup plus pâle que je ne l'avais vu la première fois. Il portait sur le bras un vieux porteman-
teau [11], ne faisant qu'arriver dans la ville. Cependant
comme il avait la physionomie trop belle et trop frap-
pante pour n'être pas reconnu facilement, je le remis
aussitôt. Il faut, dis-je au Marquis, que nous abor-
dions ce jeune homme. Sa joie fut plus vive que toute
expression lorsqu'il m'eut remis à son tour. Ah! Monsieur, s'écria-t-il en me baisant la main, je puis donc
encore une fois vous marquer mon immortelle reconnaissance. Je lui demandai d'où il venait. Il me répondit
en deux mots qu'il arrivait par mer du Havre de Grâce
où il était revenu d'Amérique peu auparavant. Vous ne
me paraissez pas fort bien en argent, lui dis-je, allez-
vous-en au Lion d'or où je suis logé. Je vous rejoindrai
dans un moment. J'y retournai en effet peu après, plein
d'impatience d'apprendre le détail de son infortune, et
les circonstances de son voyage d'Amérique. Je lui fis
mille caresses, et j'ordonnai dans l'auberge qu'on ne le
laissât manquer de rien. Il n'attendit point que je le
pressasse de me raconter l'histoire de sa vie. Monsieur,
me dit-il, étant dans ma chambre, vous en usez si
noblement avec moi que je me reprocherais comme
une basse ingratitude d'avoir quelque chose de réservé
pour vous. Je veux vous apprendre non seulement mes
malheurs, et mes peines, mais encore mes désordres,
et mes plus honteuses faiblesses. Je suis sûr qu'en me

condamnant, vous ne pourrez pas vous empêcher de me plaindre.

Je dois avertir ici le Lecteur que j'écrivis son histoire presque aussitôt après l'avoir entendue, et qu'on peut s'assurer par conséquent, que rien n'est plus exact et plus fidèle que cette narration. Je dis fidèle jusque dans la relation des réflexions et des sentiments que le jeune aventurier exprimait de la meilleure grâce du monde. Voici donc son récit. Je n'y mêlerai jusqu'à la fin rien qui ne soit de lui.

J'avais dix-sept ans, et j'achevais mes études de philosophie à Amiens où mes parents qui sont d'une des meilleures maisons de P... m'avaient envoyé. Je menais une vie si sage et si réglée, que mes maîtres me proposaient pour l'exemple du Collège. Ce n'est pas que je fisse des efforts extraordinaires pour mériter cette qualité; mais j'ai l'humeur naturellement douce et tranquille, je m'appliquais à l'étude par inclination, et l'on me comptait pour des vertus ce qui n'était qu'une exemption de vices grossiers [12]. Ma naissance, le succès de mes études, et quelques bonnes qualités naturelles m'avaient fait connaître et estimer de tous les honnêtes gens de la ville. Je me tirai de mes exercices publics avec une approbation si générale, que Mr. l'Évêque qui y assistait me proposa d'entrer dans l'état ecclésiastique, où je ne manquerais pas, disait-il, de m'attirer plus de distinction que dans l'Ordre de Malte, auquel mes parents me destinaient. Ils me faisaient déjà porter la croix avec le nom de Chevalier Des Grieux. Les vacances arrivant, je me préparais à retourner chez mon père, qui m'avait promis de m'envoyer bientôt à l'Académie. Tout mon regret en quittant Amiens, était d'y laisser un ami avec lequel j'avais toujours été tendrement uni. Il était de quelques années plus âgé que moi. Nous avions été élevés ensemble, mais le bien

de sa maison étant des plus médiocres, il était obligé
de prendre l'état ecclésiastique, et il demeurait à Amiens
après moi, pour y faire les études qui conviennent à
cette profession. Il avait mille bonnes qualités. Vous le
connaîtrez par les meilleures dans la suite de mon histoire, et surtout par un zèle et une générosité en amitié
qui surpassent les exemples les plus célèbres de l'an-
tiquité. Si j'eusse alors suivi ses conseils, j'aurais toujours été sage et heureux; si j'avais du moins profité de
ses secours dans le précipice où mes passions m'ont
entraîné, j'aurais sauvé quelque chose du naufrage
de ma fortune [13] et de ma réputation : mais il n'a point
recueilli d'autre fruit de ses soins que le chagrin de les
voir inutiles, et quelquefois durement récompensés par
un ingrat qui s'en offensait, et qui les traitait d'importunités.

J'avais marqué le temps de mon départ d'Amiens.
Hélas! que ne le marquai-je un jour plus tôt! J'aurais
porté chez mon père toute mon innocence. La veille
même de celui que je pensais quitter cette ville étant à
me promener avec mon ami, qui s'appelait Tiberge,
nous vîmes arriver le coche d'Arras, et nous le suivîmes
par curiosité jusqu'à l'auberge où ces voitures des-
cendent. Nous n'avions point d'autre dessein que de
savoir de quelles personnes il était rempli. Il en sortit
quelques femmes qui se retirèrent aussitôt; il n'en resta
qu'une, fort jeune, qui s'arrêta seule dans la cour; pendant qu'un homme d'un âge avancé qui paraissait lui
servir de conducteur s'empressait pour faire tirer son
équipage des paniers. Elle était si charmante, que moi,
qui n'avais jamais pensé à la différence des sexes, et à
qui il n'était peut-être jamais arrivé de regarder une
fille pendant une minute, moi, dis-je, dont tout le
monde admirait la sagesse et la retenue, je me trouvai
enflammé tout d'un coup, jusqu'au transport et à la
folie. J'avais le défaut naturel d'être excessivement

timide et facile à déconcerter, mais loin d'être **arrêté**
alors par cette faiblesse, je m'avançai vers la maîtresse
de mon cœur. Quoiqu'elle fût encore moins âgée que
moi, elle reçut le compliment honnête que je lui fis,
sans paraître embarrassée. Je lui demandai ce qui
l'amenait à Amiens, et si elle y avait quelques personnes
de connaissance. Elle me répondit ingénument qu'elle
y était envoyée par ses parents pour être Religieuse.
L'amour me rendait déjà si éclairé depuis un moment
qu'il était dans mon cœur, que je regardai ce dessein
comme un coup mortel pour mes désirs. Je lui parlai
d'une manière qui lui fit comprendre mes sentiments,
car elle était bien plus expérimentée que moi; c'était
malgré elle qu'on l'envoyait au couvent, et pour arrêter
sans doute son penchant au plaisir, qui s'était déjà
déclaré, et qui a causé dans la suite tous ses malheurs
et les miens. Je combattis la cruelle intention de ses
parents par toutes les raisons que mon amour naissant
et mon éloquence scolastique purent me suggérer. Elle
n'affecta ni rigueur, ni dédain. Elle me dit après un
moment de silence, qu'elle ne prévoyait que trop qu'elle
allait être malheureuse, mais que c'était apparemment
la volonté du Ciel, puisqu'il ne lui laissait nul moyen
de l'éviter. La douceur de ses regards, un air charmant
de tristesse en prononçant ces paroles, ou plutôt l'ascendant [14] de ma destinée qui m'entraînait à ma perte,
ne me permirent pas de balancer un moment sur ma
réponse. Je l'assurai que si elle voulait faire quelque
fonds sur mon honneur, et sur la tendresse infinie qu'elle
m'avait déjà inspirée, j'emploierais ma vie pour la
délivrer de la tyrannie de ses parents, et pour la rendre
heureuse. Je me suis étonné mille fois, en y réfléchissant
depuis, d'où me venait alors tant de hardiesse et de
facilité à m'exprimer; mais on ne ferait pas une divinité
de l'Amour, s'il n'était accoutumé à opérer des prodiges.
J'ajoutai mille choses pressantes. Ma belle inconnue

savait bien qu'on n'est point trompeur à mon âge.
Elle me confessa que si je voyais quelque jour à la
pouvoir mettre en liberté, elle croirait m'être redevable
de quelque chose de plus cher que la vie. Je lui répétai
que j'étais prêt à tout entreprendre; mais n'ayant point
assez d'expérience pour imaginer tout d'un coup les
moyens de la servir, je m'en tenais à cette assurance
générale qui ne pouvait être d'un grand secours pour elle.
Son vieil Argus étant venu pendant ce temps-là nous
rejoindre, mes espérances allaient échouer, si elle n'eût
eu assez d'esprit pour suppléer à la stérilité du mien.
Je fus surpris à l'arrivée de son conducteur qu'elle
m'appelât son cousin, et que sans paraître déconcertée
le moins du monde, elle me dît que puisqu'elle était
assez heureuse pour me rencontrer à Amiens, elle
remettait au lendemain son entrée dans le couvent,
afin de se procurer le plaisir de souper avec moi. J'entrai
fort bien dans le sens de cette ruse. Je lui proposai de
se loger dans un cabaret, dont l'hôte qui s'était établi
à Amiens, après avoir été longtemps cocher de mon père,
était dévoué entièrement à mes ordres. Je l'y conduisis
moi-même, tandis que le vieux conducteur paraissait
un peu murmurer, et que mon ami Tiberge, qui ne
comprenait rien à cette scène me suivait sans prononcer
une parole. Il n'avait point entendu notre entretien,
s'étant promené dans la cour, pendant que je parlais
d'amour à ma belle maîtresse. Comme je redoutais sa
sagesse je me défis de lui sous prétexte d'une commission, dont je le priai de se charger; de sorte qu'étant
arrivé à l'auberge, j'eus le plaisir d'entretenir seul dans
une chambre la souveraine de mon cœur. Je reconnus
bientôt que j'étais moins enfant que je ne croyais l'être.
Mon cœur s'ouvrit à mille sentiments de plaisir, dont
je n'avais jamais eu l'idée. Une douce chaleur se répan-
dit dans toutes mes veines. J'étais dans une espèce de
transport qui m'ôta pour quelque temps la liberté de la

voix, et qui ne s'exprimait que par mes yeux. Mademoiselle Manon Lescaut, c'est ainsi qu'elle me dit qu'on
la nommait, parut fort satisfaite de cet effet de ses
charmes, je crus apercevoir qu'elle n'était pas moins
émue que moi. Elle me confessa qu'elle me trouvait
aimable, et qu'elle serait ravie de m'avoir l'obligation
de sa liberté. Elle voulut savoir qui j'étais, et cette
connaissance augmenta son affection; parce que n'étant
point de qualité, quoique d'assez bonne naissance [15],
elle se trouva flattée d'avoir fait la conquête d'un amant
tel que moi. Nous nous entretînmes des moyens d'être
l'un à l'autre. Après quantité de réflexions nous ne
trouvâmes point d'autre voie que celle de la fuite. Il
fallait tromper la vigilance du conducteur qui était un
homme à ménager, quoiqu'il ne fût qu'un domestique.
Nous réglâmes que je ferais préparer pendant la nuit
une chaise de poste, et que je viendrais de grand matin à
l'auberge, avant qu'il fût éveillé; que nous nous déro-
berions secrètement, et que nous irions droit à Paris,
où nous nous ferions marier en arrivant. J'avais environ
cinquante écus qui étaient le fruit de mes petites
épargnes; elle en avait à peu près le double. Nous nous
imaginâmes comme des enfants sans expérience, que
cette somme ne finirait jamais, et nous ne comptâmes
pas moins sur le succès de nos autres arrangements.

Après avoir soupé avec plus de satisfaction que je
n'en ai jamais ressenti, je me retirai pour exécuter
notre projet. Cela me fut d'autant plus facile qu'ayant
eu dessein de retourner le lendemain chez mon père,
mon petit équipage [16] était déjà préparé. Je n'eus donc
nulle peine à faire transporter ma malle, et à faire tenir
une chaise prête pour cinq heures du matin, qui était
le temps où les portes de la ville devaient être ouvertes.
Mais je trouvai un obstacle, dont je ne me défiais point,
et qui faillit à rompre entièrement mon dessein.

Tiberge, quoique âgé seulement de trois ans plus

que moi, était un garçon d'un sens mûr, et d'une
conduite fort réglée. Il m'aimait avec une tendresse
extraordinaire. La vue d'une aussi jolie fille que Mademoiselle Manon, mon empressement à la conduire, et
le soin que j'avais eu de me défaire de lui en l'éloignant,
lui firent naître quelques soupçons de mon amour. Il
n'avait osé revenir à l'auberge où il m'avait laissé, de
peur de m'offenser par son retour, mais il était allé
m'attendre à mon logis, où je le trouvai en arrivant,
quoiqu'il fût neuf heures du soir. Sa présence me cha-
grina. Il s'aperçut facilement de la contrainte où elle
me mettait. Je suis sûr, me dit-il, sans déguisement,
que vous méditez quelque dessein que vous me voulez
cacher; je le vois à votre air. Je lui répondis assez brusquement que je n'étais pas obligé à lui rendre compte
de tous mes desseins. Non, reprit-il, mais vous m'avez
toujours traité en ami, et cette qualité suppose un peu
de confiance, et d'ouverture. Il me pressa si fort et si
longtemps de lui découvrir mon secret, que n'ayant
jamais eu de réserve avec lui, je lui fis l'entière confidence de ma passion. Il la reçut avec une apparence de
mécontentement qui me fit frémir. Je me repentis
surtout de l'indiscrétion [17] avec laquelle je lui avais
découvert le dessein de ma fuite. Il me dit, qu'il était
trop parfaitement mon ami pour ne pas s'y opposer de
tout son pouvoir; qu'il voulait me représenter d'abord
tout ce qu'il croyait capable de m'en détourner, mais
que si je ne renonçais point ensuite à cette misérable
résolution, il avertirait des personnes qui pourraient
l'arrêter à coup sûr. Il me tint là-dessus un discours
sérieux qui dura plus d'un quart d'heure, et il finit en
renouvelant la menace qu'il m'avait faite de me dénon-
cer, si je ne lui donnais ma parole de me conduire avec
plus de sagesse, et de raison. J'étais au désespoir de
m'être trahi si mal à propos. Cependant l'amour m'ayant
ouvert extrêmement l'esprit depuis deux ou trois heures,

je fis attention que je ne lui avais pas découvert que
mon dessein devait s'exécuter le lendemain, et je résolus
de le tromper à la faveur d'une équivoque. Tiberge, lui
dis-je, j'ai cru jusqu'à présent que vous étiez mon ami,
et j'ai voulu vous éprouver par cette confidence. Il est
vrai que j'aime, je ne vous ai pas trompé, mais pour
ce qui regarde ma fuite, ce n'est point une entreprise
à former au hasard. Venez me prendre demain à neuf
heures, je vous ferai voir s'il se peut ma maîtresse, et
vous jugerez si elle mérite que je fasse cette démarche
pour elle. Il me laissa seul après mille protestations
d'amitié. J'employai la nuit à mettre ordre à mes
affaires, et m'étant rendu à l'auberge de Mademoiselle
Manon, vers la pointe du jour, je la trouvai qui m'attendait. Elle était à sa fenêtre, qui donnait sur la rue;
de sorte que m'ayant aperçu, elle vint m'ouvrir elle-
même. Nous sortîmes sans bruit. Elle n'avait point
d'autre équipage à emporter que son linge dont je me
chargeai même. La chaise était en état de partir. Nous
nous éloignâmes aussitôt de la ville. Je rapporterai
dans la suite quelle fut la conduite de Tiberge, lorsqu'il
s'aperçut que je l'avais trompé. Son zèle n'en devint
pas moins ardent. Vous verrez à quel excès il le poussa,
et combien je devrais verser de larmes, en songeant
quelle en a été la récompense.

Nous nous hâtâmes tellement d'avancer que nous
arrivâmes à Saint-Denis avant la nuit. J'avais couru
à cheval à côté de la chaise, ce qui ne nous avait guère
permis de nous entretenir qu'en changeant de chevaux;
mais lorsque nous nous vîmes si proche de Paris,
c'est-à-dire presque en sûreté; nous prîmes le temps de
nous rafraîchir [18], n'ayant rien mangé depuis notre
départ d'Amiens. Quelque passionné que je fusse pour
Manon, elle sut me persuader qu'elle ne l'était pas
moins pour moi. Nous étions si peu réservés dans nos
caresses que nous n'avions pas la patience d'attendre

que nous fussions seuls. Nos hôtes et nos postillons
nous regardaient avec admiration et je remarquai qu'ils
étaient surpris de voir deux enfants de notre âge qui
paraissaient s'aimer jusqu'à la fureur. Nos projets de
mariage furent oubliés à Saint-Denis. Nous fraudâmes
les droits de l'Église, et nous nous trouvâmes époux
sans y avoir fait réflexion. Il est sûr que du naturel
tendre et constant dont je suis, j'étais heureux pour
toute ma vie, si Manon m'eût été fidèle. Plus je la
connaissais, plus je découvrais en elle de nouvelles
qualités aimables. Son esprit, son cœur, sa douceur et
sa beauté, formaient une chaîne si forte et si charmante
que j'avais mis tout mon bonheur à n'en sortir jamais.
Terrible changement! Ce qui fait mon désespoir aurait
pu faire ma félicité. Je me trouve le plus malheureux
de tous les hommes par cette même constance dont je
devais attendre le plus doux de tous les sorts, et les
plus parfaites récompenses de l'amour.

Nous prîmes un appartement meublé à Paris. Ce fut
dans la rue V... et pour mon malheur auprès de la
maison de Mr. B... le célèbre Fermier général... Trois
semaines se passèrent, pendant lesquelles j'avais été si
occupé de ma passion que j'avais peu songé à ma famille,
et au chagrin que mon père avait dû ressentir de mon
absence. Cependant, comme la débauche n'avait nulle
part à ma conduite, et que Manon se comportait aussi
avec beaucoup de retenue, la tranquillité où nous
vivions servit à me faire rappeler peu à peu l'idée de
mon devoir. Je résolus de me réconcilier s'il était possible avec mon père. Ma maîtresse était si aimable que
je ne doutai point qu'elle ne pût lui plaire si je trouvais
moyen de lui faire connaître sa sagesse, et son mérite.
En un mot, je me flattai d'obtenir de lui la liberté de
l'épouser, ayant été désabusé de l'espérance de le pouvoir sans son consentement. Je communiquai ce projet
à Manon, et je lui fis entendre qu'outre les motifs de

l'amour, et du devoir, celui de la nécessité pouvait y
entrer aussi pour quelque chose, car nos fonds étaient
extrêmement altérés, et je commençais à revenir de
l'opinion qu'ils étaient inépuisables. Manon reçut froidement cette proposition. Cependant les difficultés
qu'elle y opposa n'étant prises que de sa tendresse même,
et de la crainte de me perdre, si mon père n'entrait
point dans notre dessein après avoir connu le lieu de
notre retraite, je n'eus pas le moindre soupçon du coup
cruel qu'on se préparait à me porter. A l'objection de
la nécessité, elle répondit qu'il nous restait encore de
quoi vivre quelques semaines, et qu'elle trouverait après
cela des ressources dans l'affection de quelques parents
à qui elle écrirait en province. Elle adoucit son refus
par des caresses si tendres et si passionnées, que moi
qui ne vivais que dans elle, et qui n'avais pas la moindre
défiance de son cœur, j'applaudis à toutes ses réponses
et à toutes ses résolutions. Je lui avais laissé la disposition de notre bourse, et le soin de payer notre dépense
ordinaire. Je m'aperçus peu après que notre table était
mieux servie; et qu'elle s'était donné quelques ajus-
tements d'un prix considérable. Comme je n'ignorais
pas qu'il devait nous rester à peine douze ou quinze pistoles, je lui marquai mon étonnement de cette augmentation apparente de notre opulence. Elle me pria en
riant d'être sans embarras. Ne vous ai-je pas promis,
me dit-elle, que je trouverais des ressources? Je l'ai-
mais avec trop de simplicité pour m'alarmer facilement.

Un jour que j'étais sorti l'après-midi, et que je
l'avais avertie que je serais dehors plus longtemps
qu'à l'ordinaire, je fus étonné qu'à mon retour, on me
fît attendre deux ou trois minutes à la porte. Nous étions
servis par une petite fille [19] qui était à peu près de
notre âge. Étant venue m'ouvrir je lui demandai pourquoi elle avait tardé si longtemps. Elle me répondit
d'un air embarrassé, qu'elle ne m'avait point entendu

frapper. Je n'avais frappé qu'une fois; je lui dis : mais
si vous ne m'avez pas entendu, pourquoi êtes-vous donc
venue m'ouvrir? Cette question la déconcerta tellement,
que n'ayant point assez de présence d'esprit pour y
répondre, elle se mit à pleurer, en m'assurant que ce
n'était point sa faute, et que Madame lui avait défendu
d'ouvrir la porte jusqu'à ce que Mr. de B... fût sorti
par l'autre escalier qui répondait au cabinet. Je demeurai si confus que je n'eus point la force d'entrer dans
l'appartement. Je pris le parti de descendre sous prétexte d'une affaire, et j'ordonnai à cette enfant de dire
à sa maîtresse que je retournerais dans le moment, et
de ne pas faire connaître qu'elle m'eût parlé de Mr. B...

Ma consternation fut si grande que je versais des
larmes en descendant l'escalier, sans savoir encore de
quel sentiment elles partaient. J'entrai dans le premier
café; et m'y étant assis auprès d'une table, j'appuyai
la tête sur les deux mains, pour y développer ce qui se
passait dans mon cœur. Je n'osais rappeler ce que je
venais d'entendre. Je voulais le considérer comme une
illusion, et je fus près deux ou trois fois de retourner au
logis, sans marquer que j'y eusse fait attention. Il me
paraissait si impossible que Manon pût me trahir, que
je craignais de lui faire injure en la soupçonnant. Je
l'adorais, cela était sûr; je ne lui avais pas donné plus
de preuves d'amour, que je n'en avais reçu d'elle;
pourquoi l'aurais-je accusée d'être moins sincère et
moins constante que moi? quelle raison aurait-elle eue
de me tromper! Il n'y avait que trois heures qu'elle
m'avait accablé de ses plus tendres caresses, et qu'elle
avait reçu les miennes avec transport; je ne connaissais
pas mieux mon cœur que le sien. Non, non, repris-je,
il n'est pas possible que Manon me trahisse. Elle n'ignore
pas que je ne vis que pour elle. Elle sait trop bien que
je l'adore. Ce n'est pas là un sujet de me haïr.

Cependant j'étais embarrassé à expliquer la visite et

la sortie furtive de Mr. B... Je rappelais aussi les petites acquisitions de Manon, qui me semblaient surpasser nos richesses présentes. Cela paraissait sentir les libéralités d'un nouvel amant. Et cette confiance qu'elle m'avait marquée pour des ressources qui m'étaient inconnues; j'avais peine à donner à tout cela un sens aussi favorable que mon cœur le souhaitait. D'un autre côté, je ne l'avais presque pas perdue de vue, depuis que nous étions à Paris : occupations, promenades, divertissements, nous avions toujours été l'un à côté de l'autre; mon Dieu! un instant de séparation nous aurait causé sûrement trop de peine. Il fallait nous dire sans cesse que nous nous aimions, nous serions morts d'inquiétude sans cela. Je ne pouvais donc m'imaginer presque un seul moment, où Manon eût pu s'occuper d'un autre que de moi. A la fin je crus avoir trouvé le dénouement de ce mystère. Mr. B..., disais-je en moi-même, est un homme qui fait de grosses affaires, et qui a de grandes relations; les parents de Manon se sont sans doute servis de cet homme pour lui faire tenir quelque argent. Elle en a peut-être déjà reçu de lui, et il est venu aujourd'hui lui en apporter encore. Elle s'est fait un jeu de me le cacher pour me surprendre agréablement. Peut-être m'en aurait-elle parlé si j'étais rentré à mon ordinaire au lieu de venir m'affliger ici. Elle ne me le cachera pas du moins, lorsque je lui en parlerai moi-même.

Je me remplis si fortement de cette opinion, qu'elle eut la force de diminuer beaucoup ma tristesse. Je retournai sur-le-champ au logis. J'embrassai tendrement Manon à mon ordinaire. Elle me reçut fort bien. J'étais tenté d'abord de découvrir mes conjectures, que je regardais plus que jamais comme certaines; je me retins dans l'espérance qu'il lui arriverait peut-être de me prévenir [20] en m'apprenant tout ce qui s'était passé. On nous servit à souper. Je me mis à table avec un air fort

gai; mais à la lumière de la chandelle qui était entre
nous deux, je crus apercevoir de la tristesse sur le
visage, et dans les yeux de ma chère maîtresse. Cette
pensée m'en inspira aussi. Je remarquai que ses regards
s'attachaient sur moi, d'une autre façon qu'ils n'avaient
accoutumé. Je ne pouvais démêler si c'était de l'amour,
ou de la compassion; quoiqu'il me parût que c'était un
sentiment doux et languissant. Je la regardai avec la
même attention; et peut-être n'avait-elle pas moins de
peine à juger de la situation de mon cœur par mes
regards. Nous ne pensions, ni à parler ni à manger.
Enfin, je vis tomber des larmes de ses beaux yeux :
perfides larmes! ah Dieux! m'écriai-je, vous pleurez, ma
chère Manon; vous êtes affligée jusqu'à pleurer, et vous
ne me dites pas un seul mot de vos peines. Elle ne me
répondit que par quelques soupirs, qui augmentèrent
mon inquiétude. Je me levai en tremblant. Je la conjurai avec tous les empressements de l'amour de me découvrir le sujet de ses pleurs; j'en versai moi-même,
en essuyant les siennes; j'étais plus mort que vif. Un
barbare aurait été attendri des témoignages de ma
douleur, et de ma crainte. Dans le temps que j'étais
ainsi tout occupé d'elle, j'entendis le bruit de plusieurs
personnes qui montaient l'escalier. On frappa doucement à notre porte. Manon me donna un baiser, et
s'échappant de mes bras, elle entra rapidement dans
le cabinet, dont elle ferma la porte après elle. Je me
figurai qu'étant un peu en désordre, elle voulait se
cacher aux yeux des étrangers qui avaient frappé.
J'allai leur ouvrir moi-même. A peine avais-je ouvert
que je me vis saisir par trois hommes que je reconnus
aussitôt pour les laquais de mon père. Ils ne me firent
point de violence; mais deux d'entre eux m'ayant pris
par les bras, le troisième visita mes poches dont il tira
un petit couteau qui était le seul fer que j'eusse sur moi.
Ils me demandèrent pardon de la nécessité où ils étaient

de me manquer ainsi de respect, et ils me dirent naturellement qu'ils agissaient par l'ordre de mon père, et
que mon frère aîné m'attendait en bas dans un carrosse.
J'étais si troublé que je me laissai conduire sans résister et sans répondre. Mon frère était effectivement à
m'attendre. On me mit dans le carrosse auprès de lui,
et le cocher qui avait ses ordres nous conduisit à grand
train jusqu'à Saint-Denis. Mon frère m'embrassa tendrement; mais il ne me parla point; de sorte que j'eus
tout le loisir dont j'avais besoin pour rêver à mon
infortune.

J'y trouvai d'abord tant d'obscurité que je ne voyais
pas de jour à la moindre conjecture. J'étais trahi
cruellement; mais par qui? Tiberge fut le premier
qui me vint à l'esprit. Traître! disais-je, c'est fait de
ta vie, si mes soupçons se trouvent justes. Cependant
je fis réflexion qu'il ignorait le lieu de ma demeure,
et qu'on ne pouvait par conséquent l'avoir appris de
lui. Accuser Manon, c'est de quoi mon cœur n'osait se
rendre coupable. Cette tristesse extraordinaire dont je
l'avais vue comme accablée, ses larmes, le tendre baiser
qu'elle m'avait donné en se retirant, me paraissaient
bien une énigme; mais je me sentais porté à l'expliquer
comme un pressentiment de notre malheur commun,
et dans le temps que je me désespérais de l'accident qui
m'arrachait à elle, j'avais la crédulité de m'imaginer
qu'elle était encore plus à plaindre que moi. Le résultat
de ma méditation fut de me persuader que j'avais été
aperçu dans les rues de Paris par quelques personnes
de connaissance, qui en avaient donné avis à mon père.
Cette pensée me consola. Je comptais d'en être quitte
pour des reproches ou pour quelques mauvais traite-
ments qu'il me faudrait essuyer de l'autorité paternelle.
Je résolus de les souffrir avec patience, et de promettre
tout ce qu'on exigerait de moi, pour me faciliter
l'occasion de retourner plus promptement à Paris et

d'aller rendre la vie et la joie à ma chère Manon.

Nous arrivâmes en peu de temps à Saint-Denis.
Mon frère surpris de mon silence, s'imagina qu'il était
un effet de ma crainte. Il entreprit de me consoler en
m'assurant que je n'avais rien à appréhender de la
sévérité de mon père, pourvu que je fusse disposé
à rentrer doucement dans le devoir, et à mériter l'affection qu'il avait pour moi. Il me fit passer la nuit à
Saint-Denis, avec la précaution de faire coucher les
trois laquais dans ma chambre. Ce qui me causa une
peine sensible fut de me voir dans le même cabaret où
je m'étais arrêté avec Manon en venant d'Amiens à
Paris. L'hôte et les domestiques me reconnurent et
devinèrent en même temps la vérité de mon histoire.
J'entendis dire à l'hôte : Ha, c'est ce joli Monsieur
qui passait il y a un mois avec une petite demoiselle
qu'il aimait si fort. Mon Dieu! qu'elle était charmante!
les pauvres enfants comme ils se baisaient [21]! Pardi,
c'est dommage, qu'on les ait séparés. Je faisais semblant
de ne rien entendre, et je me laissais voir le moins qu'il
m'était possible. Mon frère avait à Saint-Denis une
chaise à deux, dans laquelle nous partîmes de grand
matin, et nous nous rendîmes chez nous le lendemain.
Il vit mon père avant moi pour le prévenir en ma
faveur, en lui apprenant avec quelle douceur je m'étais
laissé conduire; de sorte que j'en fus reçu moins durement que je n'avais compté. Il se contenta de me faire
quelques reproches généraux sur la faute que j'avais
commise en m'absentant sans sa permission. Pour ce
qui regardait ma maîtresse, il me dit que j'avais bien
mérité ce qui venait de m'arriver, en me livrant à une
inconnue; qu'il avait eu meilleure opinion de ma prudence; mais qu'il espérait que cette petite aventure me
rendrait plus sage. Je ne pris ces paroles que dans le sens
qui s'accordait avec mes idées. Je remerciai mon père
de la bonté qu'il avait de me pardonner, et je lui promis

de prendre une conduite plus soumise, et plus réglée. Je
triomphais au fond du cœur, car de la manière dont les
choses s'arrangeaient, je ne doutais point que je n'eusse
la liberté de me dérober de la maison, même avant la
fin de la nuit. On se mit à la table pour souper; on
me railla sur ma conquête d'Amiens et sur ma fuite
avec cette fidèle maîtresse. Je reçus les coups de bonne
grâce. J'étais même charmé qu'il me fût permis de
m'entretenir de ce qui m'occupait continuellement le
cœur. Mais quelques mots lâchés par mon père me firent
prêter l'oreille avec la dernière attention. Il parla de
perfidie, et de service intéressé rendu par Mr. B... Je
demeurai interdit en lui entendant prononcer ce nom,
et je le priai humblement de s'expliquer davantage.
Il se tourna vers mon frère pour lui demander s'il ne
m'avait pas raconté toute l'histoire. Mon frère lui
répondit, que je lui avais paru si tranquille sur la route,
qu'il n'avait pas cru que j'eusse besoin de ce remède
pour me guérir de ma folie. Je remarquai que mon père
balançait s'il achèverait de s'expliquer. Je l'en suppliai
si instamment qu'il me satisfît, ou plutôt qu'il m'assas-
sina cruellement par le plus horrible de tous les récits.
    Il me demanda d'abord si j'avais toujours eu la
simplicité de croire que je fusse aimé de ma maîtresse.
Je lui dis hardiment que j'en étais si sûr, que rien ne
pouvait m'en donner la moindre défiance. Ha! ha! ha!
s'écria-t-il en riant de toute sa force, cela est excellent.
Tu es une jolie dupe, et j'aime à te voir dans ces senti-
ments-là. C'est grand dommage, mon pauvre Chevalier,
de te faire entrer dans l'Ordre de Malte, puisque tu as
tant de disposition à faire un mari patient et commode.
Il ajouta mille railleries de cette force sur ce qu'il appelait ma sottise et ma crédulité. Enfin comme je demeurais dans le silence, il continua à me dire que suivant
le calcul qu'il pouvait faire du temps depuis mon départ
d'Amiens, Manon m'avait aimé environ douze jours;

car, ajouta-t-il, je sais que tu partis d'Amiens le 28 de
l'autre mois; nous sommes au 29 du présent; il y en a
onze que Mr. B... m'a écrit; je suppose qu'il lui en a
fallu huit pour lier une parfaite amitié avec ta maîtresse;
ainsi qui ôte onze et huit de trente et un jours qu'il y a
depuis le 28 d'un mois jusqu'au 29 de l'autre, reste
douze, un peu plus ou moins. Là-dessus les éclats de
rire recommencèrent. J'écoutais tout avec un saisissement de cœur, auquel j'appréhendais de ne pouvoir
résister jusqu'à la fin de cette triste comédie. Tu sauras
donc, reprit mon père, puisque tu l'ignores, que Mr. B...
a gagné le cœur de ta princesse; car il se moque de
moi de prétendre me persuader que c'est par un zèle
désintéressé pour mon service qu'il a voulu te l'enlever.
C'est bien d'un homme tel que lui, de qui d'ailleurs je
ne suis pas connu, qu'il faut attendre des sentiments si
nobles. Il a appris d'elle que tu es mon fils; et pour
se délivrer de tes importunités, il m'a écrit le lieu de ta
demeure et le désordre où tu vivais, en me faisant
entendre qu'il fallait main-forte pour s'assurer de toi.
Il s'est offert de me faciliter les moyens de te saisir au
collet, et c'est par sa direction et celle de ta maîtresse
même, que ton frère a trouvé le moment de te prendre
sans vert [22]. Félicite-toi maintenant de la durée de ton
triomphe. Tu sais vaincre assez rapidement, Chevalier,
mais tu ne sais pas conserver tes conquêtes.

Je n'eus pas la force de soutenir plus longtemps un
discours, dont chaque mot m'avait percé le cœur. Je
me levai de table, et je n'avais pas fait quatre pas pour
sortir de la salle que je tombai sur le plancher sans
sentiment et sans connaissance. On me les rappela par
de prompts secours. J'ouvris les yeux pour verser un
torrent de pleurs, et la bouche pour proférer les plaintes
les plus tristes, et les plus touchantes. Mon père, qui
m'a toujours aimé tendrement, s'employa avec toute
son affection pour me consoler. Je l'écoutais, mais sans

l'entendre. Je me jetai à ses genoux, je le conjurai en joignant les mains de me laisser retourner à Paris pour aller poignarder B... Non, disais-je, il n'a pas gagné le cœur de Manon, il lui a fait violence, il l'a séduite par un charme ou un poison, il l'a peut-être forcée brutalement. Manon m'aime, ne le sais-je pas bien? il l'aura menacée le poignard à la main pour la contraindre à m'abandonner. Que n'aura-t-il pas fait pour me ravir une si charmante maîtresse! O Dieux! Dieux! serait-il possible que Manon m'eût trahi et qu'elle eût cessé de m'aimer! Comme je parlais toujours de retourner promptement à Paris, et que je me levais même à tous moments pour cela, mon père vit bien que dans le transport où j'étais, rien ne serait capable de m'arrêter. Il me conduisit dans une chambre haute où il laissa deux domestiques avec moi pour me garder à vue. Je ne me possédais point. J'aurais donné mille vies pour être seulement un quart d'heure à Paris. Je compris que m'étant déclaré si ouvertement, on ne me permettrait pas aisément de sortir de ma chambre. Je mesurai des yeux la hauteur des fenêtres. Ne voyant nulle possibilité de m'échapper par là, je m'adressai doucement à mes deux domestiques. Je m'engageai par mille serments à faire un jour leur fortune, s'ils voulaient consentir à mon évasion. Je les pressai, je les caressai, je les menaçai; mais cette tentative fut encore inutile. Je perdis alors toute espérance. Je résolus de mourir, et je me jetai sur un lit avec le dessein de ne le quitter qu'avec la vie. Je passai la nuit et le jour suivant dans cette situation. Je refusai la nourriture qu'on m'apporta le lendemain. Mon père vint me voir l'après-midi. Il eut la bonté de flatter mes peines par les plus douces consolations. Il m'ordonna si absolument de manger quelque chose, que je le fis par respect pour ses ordres. Quelques jours se passèrent pendant lesquels je ne pris rien qu'en sa présence et pour lui obéir. Il continuait toujours à m'ap-

porter les raisons qui pouvaient me ramener au bon
sens, et m'inspirer du mépris pour l'infidèle Manon.
Il est certain que je ne l'estimais plus; comment aurais-je
estimé la plus volage et la plus perfide de toutes les
créatures? mais son image, ses traits charmants que
je portais au fond du cœur, y subsistaient toujours. Je
me sentais bien. Je puis mourir, disais-je, je le devrais
même après tant de honte et de douleur, mais je souffri-
rais mille morts sans pouvoir oublier l'ingrate Manon.

Mon père était surpris de me voir toujours si fortement touché. Il me connaissait des principes d'honneur, et ne pouvant douter que sa trahison ne me
la fît mépriser, il s'imagina que ma constance venait
moins de cette passion en particulier que d'un penchant
général pour les femmes. Il s'attacha tellement à cette
pensée, que ne consultant que sa tendre affection, il
vint un jour m'en faire l'ouverture. Chevalier, me dit-il,
j'ai eu dessein jusqu'à présent de te faire porter la
croix de Malte; mais je vois que tes inclinations ne
sont point tournées de ce côté-là. Tu aimes les jolies
femmes. Je suis d'avis de t'en chercher une qui te
plaise. Explique-moi naturellement ce que tu penses
là-dessus. Je lui répondis que je ne mettais plus de distinction entre les femmes, et qu'après le malheur qui
venait de m'arriver, je les détestais toutes également.
Je t'en chercherai une, reprit mon père en souriant,
qui ressemblera à Manon, et qui sera plus fidèle. Ah!
si vous avez quelque bonté pour moi, lui dis-je, c'est elle
qu'il faut me rendre. Soyez sûr, mon cher père, qu'elle
ne m'a point trahi, elle n'est pas capable d'une telle
lâcheté. C'est le perfide B... qui nous trompe, vous,
elle, et moi... Si vous saviez combien elle est tendre et
sincère, si vous la connaissiez, vous l'aimeriez vous-
même. Vous êtes un enfant, repartit mon père. Comment
pouvez-vous vous aveugler jusqu'à ce point, après ce que
je vous ai raconté d'elle? C'est elle-même qui vous a

livré à votre frère. Vous devriez oublier jusqu'à son nom, et profiter si vous êtes sage de l'indulgence que j'ai pour vous. Je reconnaissais trop clairement qu'il avait raison. C'était un mouvement involontaire qui me faisait prendre ainsi le parti de mon infidèle? Hélas! repris-je, après un moment de silence, il n'est que trop vrai que je suis le malheureux objet de la plus noire de toutes les perfidies. Oui! continuai-je, en versant des larmes de dépit, je vois bien que je ne suis qu'un enfant. Ma crédulité ne leur coûtait guère à tromper. Mais je sais bien ce que j'ai à faire pour me venger. Mon père voulut savoir quel était mon dessein. J'irai à Paris, lui dis-je, je mettrai le feu à la maison de B... et je le brûlerai tout vif avec la perfide Manon. Cet emportement fit rire mon père, et ne servit qu'à me faire garder plus étroitement dans ma prison.

J'y passai six mois tout entiers, pendant le premier desquels il y eut peu de changement dans mes dispositions. Tous mes sentiments n'étaient qu'une alternative perpétuelle de haine, et d'amour, d'espérance ou de désespoir, selon l'idée sous laquelle Manon s'offrait à mon esprit. Tantôt je ne considérais en elle que la plus aimable de toutes les filles, et je languissais du désir de la revoir; tantôt je n'y apercevais qu'une lâche et perfide maîtresse, et je faisais mille serments de ne la chercher que pour la punir. On me donna des livres qui servirent à rendre un peu de tranquillité à mon âme. Je relus tous mes auteurs. J'acquis de nouvelles connaissances. Je pris un goût infini pour l'étude. Vous verrez de quelle utilité, il me fut dans la suite. Les lumières que je devais à l'amour me firent trouver de la clarté dans quantité d'endroits d'Horace et de Virgile qui m'avaient paru obscurs auparavant. Je fis un commentaire amoureux sur le quatrième livre de l'Énéide [23]; je le destine à voir le jour, et je me flatte que le public en sera satisfait. Hélas! disais-je, en le

faisant, c'était un cœur comme le mien qu'il fallait à
la fidèle Didon. Tiberge vint me voir un jour dans ma
prison. Je fus surpris du transport avec lequel il m'embrassa. Je n'avais point encore eu de preuves de son
affection, qui eussent pu me la faire regarder autrement
que comme une simple amitié de collège, telle qu'elle
se forme entre des jeunes gens qui sont à peu près du
même âge. Je le trouvai si changé, et si formé depuis
cinq ou six mois que j'avais passés sans le voir, que sa
figure et le ton de son discours m'inspira quelque
respect. Il me parla en conseiller sage, plutôt qu'en
ami d'école. Il plaignit l'égarement où j'étais tombé. Il
me félicita de ma guérison qu'il croyait avancée, et il
m'exhorta à profiter de cette erreur de jeunesse pour
ouvrir les yeux sur la vanité des plaisirs. Je le regardai
avec étonnement. Il s'en aperçut. Mon cher Chevalier,
me dit-il, je ne vous dis rien qui ne soit solidement vrai,
et dont je ne me sois convaincu par un sérieux examen.
J'avais autant de penchant que vous vers la volupté;
mais le Ciel m'avait donné en même temps du goût pour
la vertu. Je me suis servi de ma raison pour comparer les fruits de l'une et de l'autre et je n'ai pas tardé
longtemps à en découvrir les différences. Le secours
du Ciel s'est joint à mes réflexions. J'ai conçu pour le
monde un mépris qui n'a point son égal. Devineriez-vous
ce qui m'y retient, ajouta-t-il, et ce qui m'empêche de
courir à la solitude? C'est uniquement la tendre amitié
que j'ai pour vous. Je connais l'excellence de votre cœur
et de votre esprit; il n'y a rien de bon dont vous ne
puissiez vous rendre capable. Le poison du plaisir vous
a fait écarter du chemin. Quelle perte pour la vertu!
Votre fuite d'Amiens m'a causé tant de douleur, que je
n'ai pas goûté depuis un seul moment de satisfaction.
Jugez-en par les démarches qu'elle m'a fait faire. Il me
raconta qu'après s'être aperçu que je l'avais trompé,
et que j'étais parti avec ma maîtresse, il était monté à

cheval pour me suivre; mais qu'ayant sur lui quatre
ou cinq heures d'avance, il lui avait été impossible de
me joindre : qu'il était arrivé néanmoins à Saint-Denis
une demi-heure après mon départ; qu'étant bien certain que je me serais arrêté à Paris, il y avait passé
six semaines à me chercher inutilement; qu'il allait
dans tous les lieux où il y avait apparence qu'il pourrait
me trouver, et qu'un jour enfin il avait reconnu ma
maîtresse à la Comédie; qu'elle y était dans une parure
si éclatante, qu'il s'était imaginé qu'elle devait cette
fortune à un nouvel amant; qu'il avait suivi son carrosse jusqu'à sa maison, et qu'il avait appris d'un
domestique qu'elle était entretenue par les libéralités
de Mr. B... Je ne m'arrêtai point là. J'y retournai le
lendemain pour apprendre d'elle-même ce que vous
étiez devenu : elle me quitta brusquement lorsqu'elle
m'entendit parler de vous, et je fus obligé de revenir
en province sans autre éclaircissement. J'y ai appris
votre aventure et la consternation extrême qu'elle vous
a causée; je n'ai pas voulu vous voir que je ne fusse
assuré de vous trouver plus tranquille.

Vous avez donc vu Manon, lui répondis-je en soupirant? Hélas, vous êtes plus heureux que moi, qui suis
condamné à ne la revoir jamais. Il me fit des reproches
de ce soupir qui marquait encore de la faiblesse pour
elle. Il me flatta si adroitement sur la bonté de mon
caractère, et sur mes inclinations, qu'il me fit naître
dès cette première visite, une forte envie de renoncer
comme lui à tous les plaisirs du siècle, pour entrer dans
l'état ecclésiastique. Je goûtai tellement cette idée, que
lorsque je me trouvai seul, je ne m'occupai point d'autre
chose. Je me rappelai les discours de Mr. l'Évêque
d'Amiens qui m'avait donné le même conseil, et les
présages heureux qu'il avait formés en ma faveur, s'il
m'arrivait d'embrasser ce parti-là. La piété se mêla
aussi dans mes considérations. Je mènerai une vie

simple et chrétienne [24], disais-je, je m'occuperai de
l'étude et de la religion, qui ne me permettront point
de penser aux dangereux plaisirs de l'amour. Je mépri-
serai ce que le commun des hommes admire; et comme
je sens assez que mon cœur ne désirera que ce qu'il
estime, j'aurai aussi peu d'inquiétudes que de désirs.
Je formai là-dessus par avance un système de vie
paisible et solitaire. J'y faisais entrer une maison
écartée, avec un petit bois et un ruisseau d'eau pure au
bout du jardin; une bibliothèque composée de livres
choisis; un petit nombre d'amis vertueux et de bon sens,
une table propre [25], mais frugale et modérée. J'y joi-
gnais un commerce de lettres avec un ami qui demeu-
rerait à Paris, et qui m'informerait des nouvelles
publiques; moins pour satisfaire ma curiosité que pour
me faire un divertissement des folles agitations des
hommes. Ne serai-je pas heureux? ajoutais-je; toutes
mes prétentions ne seront-elles pas remplies? Il est
certain que ce projet flattait extrêmement mes inclinations; mais à la fin d'un si sage arrangement, je sentais
que mon cœur attendait encore quelque chose, et que
pour n'avoir rien à désirer dans la plus charmante
solitude, il y aurait fallu être avec Manon.

Cependant Tiberge continuant de me rendre de
fréquentes visites, dans le dessein qu'il m'avait inspiré,
je pris occasion d'en faire l'ouverture à mon père. Il
me déclara que ses intentions étaient de laisser ses
enfants libres dans le choix de leur condition, et que
de quelque manière que je voulusse disposer de moi,
il ne se réservait que le droit de m'aider de ses conseils.
Il m'en donna de fort sages, qui tendaient moins à me
dégoûter de mon projet qu'à me le faire embrasser avec
connaissance. Le renouvellement de l'année scolastique [26] s'approchait. Je convins avec Tiberge de nous
mettre ensemble au Séminaire de Saint-Sulpice; lui
pour achever ses études de théologie, et moi pour

commencer les miennes. Son mérite qui était connu de l'Évêque du diocèse lui fit obtenir de ce prélat un bénéfice considérable avant notre départ.

Mon père me croyant tout à fait revenu de ma passion, ne fit nulle difficulté de me laisser partir. Nous arrivâmes à Paris. L'habit ecclésiastique prit la place de la Croix de Malte et le nom d'Abbé Des Grieux celle de Chevalier. Je m'attachai à l'étude avec tant d'application que je fis des progrès extraordinaires en peu de mois. J'y employais une partie de la nuit, et je ne perdais pas un moment du jour. Ma réputation devint telle qu'on me félicitait déjà sur les dignités que je ne pouvais manquer d'obtenir, et sans l'avoir sollicité, mon nom fut couché sur la feuille des bénéfices. La piété n'était pas plus négligée! J'avais de la ferveur pour tous les exercices. Tiberge était charmé de ce qu'il regardait comme son ouvrage, et je l'ai vu plusieurs fois répandre des larmes en s'applaudissant de ce qu'il appelait ma conversion. Que les résolutions humaines soient sujettes à changer, c'est ce qui ne m'a jamais causé d'étonnement; une passion les fait naître, une autre passion peut les détruire; mais quand je pense à la sainteté de celles qui m'avaient conduit à Saint-Sulpice, et à la joie intérieure que le Ciel m'y faisait goûter en les exécutant, je suis effrayé de la facilité avec laquelle j'ai pu les rompre. S'il est vrai que les secours célestes sont à tous moments d'une force égale à celle des passions, qu'on m'explique donc par quel funeste ascendant [27] l'on se trouve emporté tout d'un coup loin de son devoir, sans se trouver capable de la moindre résistance, et sans ressentir le moindre remords. Je me croyais délivré absolument des faiblesses de l'amour. Il me semblait que j'aurais préféré la lecture d'une page de saint Augustin, ou un quart d'heure de méditation chrétienne à tous les plaisirs des sens, je dis même à ceux qui m'auraient été offerts par Manon :

cependant un instant malheureux me fit retomber dans le précipice, et ma chute fut d'autant plus irréparable, que me retrouvant tout d'un coup au même degré de profondeur d'où j'étais sorti, les nouveaux désordres où je tombai me portèrent bien plus loin vers le fond de l'abîme.

J'avais passé près d'un an à Paris sans m'informer des affaires de Manon. Il m'en avait d'abord coûté beaucoup pour me faire violence là-dessus; mais les conseils toujours présents de Tiberge, et mes propres réflexions m'avaient fait obtenir cette victoire. Les derniers mois s'étaient écoulés si tranquillement, que je me croyais sur le point d'oublier éternellement cette charmante et perfide créature. Le temps arriva auquel je devais soutenir un exercice public dans l'école de théologie, je fis prier plusieurs personnes de considération de m'honorer de leur présence. Mon nom fut ainsi répandu dans tous les quartiers de Paris. Il alla jusqu'aux oreilles de mon infidèle. Elle ne le reconnut pas avec certitude sous le déguisement d'Abbé; mais un reste de curiosité, ou bien quelque repentir de m'avoir trahi, je n'ai jamais pu démêler lequel de ces deux sentiments, lui fit prendre intérêt à un nom si semblable au mien; elle vint en Sorbonne avec quelques autres dames. Elle assista à mon exercice, et sans doute qu'elle n'eut nulle peine à me remettre. Je n'eus pas la moindre connaissance de cette visite. On sait qu'il y a dans ces lieux des cabinets particuliers pour les dames, où elles sont cachées derrière une jalousie. Je retournai à Saint-Sulpice, couvert de gloire et chargé de compliments. Il était six heures du soir. On vint m'avertir un moment après mon retour qu'une dame demandait à me voir. J'allai au parloir sur-le-champ. Dieux! quelle apparition surprenante? J'y trouvai Manon. C'était elle; mais plus aimable et plus brillante que je ne l'avais jamais vue. Elle était dans sa dix-huitième année. Ses charmes surpassaient tout ce qu'on peut décrire. C'était un air si fin, si doux, si engageant! l'air de l'amour même. Toute sa figure me parut un enchantement.

Je demeurai interdit à sa vue, et ne pouvant conjecturer quel était le dessein de cette visite, j'attendais les yeux baissés et avec tremblement qu'elle s'expliquât. Son embarras fut pendant quelque temps égal au mien; mais voyant que mon silence continuait, elle mit la main devant ses yeux pour cacher quelques larmes, elle me dit d'un ton timide qu'elle confessait que son infidélité méritait ma haine, mais que s'il était vrai que j'eusse jamais eu quelque tendresse pour elle, il y avait eu aussi bien de la dureté à laisser passer deux ans sans prendre soin de m'informer d'elle, et qu'il y en avait bien encore à la voir dans l'état où elle était en ma présence sans lui dire une parole. Le désordre de mon âme en entendant ce discours ne saurait être exprimé. Elle s'assit, je demeurai debout, le corps à demi tourné, n'osant l'envisager [28] directement. Je commençai plusieurs fois une réponse, que je n'eus pas la force d'achever. Enfin, je fis un effort pour m'écrier douloureusement : Perfide Manon! ah! perfide! perfide! Elle me répéta en pleurant à chaudes larmes, qu'elle ne prétendait point justifier sa perfidie. Que prétendez-vous donc, m'écriai-je encore? Je prétends mourir, répondit-elle, si vous ne me rendez votre cœur, sans lequel il est impossible que je vive. Demande donc ma vie, infidèle! repris-je, en versant moi-même des pleurs, que je m'efforçai en vain de retenir, demande ma vie qui est l'unique chose qui me reste à te sacrifier; car mon cœur n'a jamais cessé d'être à toi. A peine eus-je achevé ces derniers mots qu'elle se leva avec transport pour venir m'embrasser. Elle m'accabla de mille caresses passionnées. Elle m'appela par tous les noms que l'amour invente pour exprimer ses plus vives tendresses. Je n'y répondais encore qu'avec langueur. Quel passage en

effet de la situation tranquille où j'avais été, aux mouvements tumultueux que je sentais renaître. J'en
étais épouvanté. Je frémissais comme il arrive lorsqu'on
se trouve la nuit dans une campagne écartée : On se
croit transporté dans un nouvel ordre de choses. On y
est saisi d'une horreur secrète, dont on ne se remet
qu'après avoir considéré longtemps tous les environs.

Nous nous assîmes l'un auprès de l'autre. Je pris ses
mains dans les miennes. Ah! Manon, lui dis-je, en la
regardant d'un œil triste, je ne m'étais pas attendu
à la noire trahison dont vous avez payé mon amour.
Il vous était bien facile de tromper un cœur, dont vous
étiez la souveraine absolue, et qui mettait sa félicité à
vous plaire et à vous obéir. Dites-moi maintenant si
vous en avez trouvé d'aussi tendres, et d'aussi soumis.
Non, non, la nature n'en fait guère de la même trempe
que le mien. Dites-moi du moins si vous l'avez quelquefois regretté. Quel fonds dois-je faire sur ce retour de
bonté qui vous ramène aujourd'hui pour le consoler?
Je ne vois que trop que vous êtes plus charmante que
jamais, mais au nom de toutes les peines que j'ai souffertes pour vous, belle Manon, dites-moi si vous serez
plus fidèle. Elle me répondit des choses si touchantes
sur son repentir, et elle s'engagea à la fidélité par tant
de protestations et de serments qu'elle m'attendrit
à un degré inexprimable. Chère Manon! lui dis-je, avec
un mélange profane d'expressions amoureuses et théolo-
giques, tu es trop adorable pour une créature. Je me
sens le cœur emporté par une délectation victorieuse.
Tout ce qu'on dit de la liberté à Saint-Sulpice est une
chimère [29]. Je vais perdre ma fortune, et ma réputation
pour toi, je le prévois bien, je lis ma destinée dans tes
beaux yeux; mais de quelles pertes ne serais-je pas
consolé par ton amour? Les faveurs de la fortune ne me
touchent point, la gloire me paraît une fumée, tous mes
projets de vie ecclésiastique étaient de folles imagina-

tions, enfin tous les biens différents de ceux que j'espère
avec toi sont des biens méprisables, puisqu'ils ne sauraient tenir un moment dans mon cœur contre un seul
de tes regards. En lui promettant néanmoins un oubli
général de ses fautes, je voulus être informé de quelle
manière elle s'était laissé séduire par B... Elle m'apprit
que l'ayant vue à sa fenêtre, il était devenu passionné
pour elle; qu'il avait fait sa déclaration en Fermier
général, c'est-à dire, en lui marquant dans une lettre
que le payement serait proportionné aux faveurs; qu'elle
avait capitulé d'abord, mais sans autre dessein que de
tirer de lui quelque somme considérable, qui pût servir
à nous faire vivre commodément; mais qu'il l'avait
éblouie par de si magnifiques promesses qu'elle s'était
laissé ébranler peu à peu; que je devais juger pourtant
de ses remords par la douleur dont elle m'avait laissé
voir des témoignages la veille de notre séparation.
Que malgré l'opulence dans laquelle il l'avait entretenue
elle n'avait jamais goûté de bonheur avec lui, non seulement parce qu'elle n'y trouvait point, me dit-elle, la
délicatesse de mes sentiments, et l'agrément de mes
manières; mais parce qu'au milieu même des plaisirs
qu'il lui procurait sans cesse, elle portait au fond du
cœur le souvenir de mon amour, et le remords de son
infidélité. Elle me parla de Tiberge et de la confusion
extrême que sa visite lui avait causée. Un coup d'épée
dans le cœur, ajouta-t-elle, m'aurait moins ému le sang.
Je lui tournai le dos sans pouvoir soutenir un moment
sa présence. Elle continua de me raconter par quels
moyens elle avait été instruite de mon séjour à Paris,
du changement de ma condition, de mes exercices de
Sorbonne. Elle m'assura qu'elle avait été si agitée pendant la dispute, qu'elle avait eu beaucoup de peine,
non seulement à retenir ses larmes, mais ses gémissements même et ses cris, qui avaient été plus d'une fois
sur le point d'éclater. Enfin elle me dit qu'elle était

sortie de ce lieu la dernière pour cacher son désordre; et que ne suivant que le mouvement de son cœur, et l'impétuosité de ses désirs, elle était venue droit au Séminaire avec la résolution d'y mourir, si elle ne me trouvait pas disposé à lui pardonner.

Où trouver un barbare qu'un repentir si vif et si tendre n'aurait pas touché! pour moi j'avoue que j'aurais sacrifié pour Manon tous les évêchés du monde chrétien. Je lui demandai quel nouvel ordre elle jugeait à propos de mettre dans nos affaires. Elle me dit qu'il fallait sur-le-champ sortir du Séminaire, et remettre à nous arranger dans un lieu plus assuré. Je consentis à toutes ses volontés sans réplique. Elle entra dans son carrosse pour aller m'attendre au coin de la rue. Je m'échappai un moment après sans être aperçu du portier; je montai avec elle. Nous passâmes à la friperie. Je repris les galons et l'épée. Manon fournit aux frais, car j'étais sans un sou, et dans la crainte que je ne trouvasse de l'obstacle à ma sortie de Saint-Sulpice, elle n'avait pas voulu que je retournasse un moment à ma chambre pour y prendre mon argent. Mon trésor d'ailleurs était médiocre, et elle était assez riche des libéralités de B... pour mépriser si peu de chose. Nous conférâmes chez le fripier même sur le parti que nous allions prendre. Pour me faire valoir davantage le sacrifice qu'elle me faisait de B... elle résolut de ne pas garder avec lui le moindre ménagement. Je veux lui laisser ses meubles, me dit-elle, ils sont à lui; mais j'emporterai comme de justice les bijoux et environ soixante mille francs que j'ai tirés de lui depuis deux ans. Je ne lui ai donné nul pouvoir sur moi, ajouta-t-elle, ainsi nous pouvons demeurer sans crainte à Paris, en prenant une maison commode où nous vivrons heureusement ensemble. Je lui représentai que s'il n'y avait point de péril pour elle, il y en avait beaucoup pour moi qui ne manquerais point tôt ou tard d'être reconnu, et qui serais conti-

nuellement exposé au malheur que j'avais déjà essuyé.
Elle me laissa entendre qu'elle aurait du regret à quitter
Paris. Je craignais tant de la chagriner, qu'il n'y avait
point de hasards que je ne méprisasse pour lui plaire :
cependant nous trouvâmes un milieu [30] raisonnable,
qui fut de louer une maison dans quelque village aux
environs de Paris, d'où il nous serait aisé d'aller à la
ville, lorsque le plaisir ou le besoin nous y appellerait.
Nous choisîmes Chaillot qui n'en est pas éloigné. Manon
retourna sur-le-champ chez elle. J'allai l'attendre à la
petite porte du Jardin des Tuileries. Elle revint une
heure après dans un carrosse de louage avec une fille
qui la servait, et quelques malles où ses habits et tout
ce qu'elle avait de précieux était renfermé.

Nous ne tardâmes point à gagner Chaillot. Nous
logeâmes la première nuit à l'auberge, pour nous donner
le temps de chercher une maison, ou du moins un appartement commode. Nous en trouvâmes dès le lendemain
un de notre goût. Mon bonheur me parut alors établi
d'une manière inébranlable. Manon était la douceur, et
la complaisance même. Elle avait pour moi des attentions si délicates, que je me crus trop parfaitement
dédommagé de toutes mes peines passées. Comme nous
avions acquis tous deux un peu d'expérience, nous
raisonnâmes sur la solidité de notre fortune. Soixante
mille francs qui faisaient le fond de nos richesses n'étaient
pas une somme qui pût s'étendre autant que le cours
d'une longue vie. Nous n'étions pas disposés d'ailleurs
à resserrer trop notre dépense. La première vertu de
Manon, non plus que la mienne, n'était pas l'économie.
Voici le plan que je lui proposai. Soixante mille francs,
lui dis-je, peuvent nous soutenir pendant dix ans. Deux
mille écus nous suffiront chaque année si nous continuons
de vivre à Chaillot. Nous y mènerons une vie honnête,
mais simple. Notre unique dépense sera pour l'entretien
d'un carrosse, et pour les spectacles et les plaisirs de

Paris. Nous nous réglerons. Vous aimez l'opéra, nous
irons trois fois la semaine. Pour le jeu nous nous borne-
rons tellement [31] que nos pertes ne passeront jamais
dix pistoles. Il est impossible que dans l'espace de dix
ans, il n'arrive point de changement dans ma famille;
mon père est âgé, il peut mourir. Je me trouverai du
bien, et nous serons alors au-dessus de toutes nos autres
craintes. Cet arrangement n'eût pas été la plus folle
action de ma vie, si nous eussions été assez sages pour
nous y assujettir constamment. Mais nos résolutions
ne durèrent guère plus d'un mois. Manon était passionnée pour le plaisir. Je l'étais pour elle. Il nous naissait
à tous moments de nouvelles occasions de dépense, et
loin de regretter les sommes qu'elle employait quelquefois avec profusion, je fus le premier à lui procurer
tout ce que je croyais propre à lui plaire. Notre demeure
de Chaillot commença même à lui devenir à charge.
L'hiver approchait, tout le monde retournait à la ville,
la campagne devenait déserte. Elle me proposa de
reprendre une maison à Paris, je n'y consentis point;
mais pour la satisfaire en quelque chose, je lui dis que
nous pouvions y louer un appartement meublé, et que
nous y passerions la nuit, lorsqu'il nous arriverait de
quitter trop tard l'assemblée, où nous allions plusieurs
fois la semaine; car l'incommodité de revenir si tard à
Chaillot était le prétexte qu'elle apportait pour le
vouloir quitter. Nous nous donnâmes ainsi deux loge-
ments l'un à la ville et l'autre à la campagne. Ce changement mit bientôt le dernier désordre dans nos affaires,
en faisant naître deux aventures qui causèrent notre
ruine.

Manon avait un frère qui était Garde du corps. Il se
trouva malheureusement logé à Paris dans la même rue
que nous. Il reconnut sa sœur, en la voyant le matin à
sa fenêtre. Il accourut aussitôt chez nous. C'était un
homme brutal, et sans principes d'honneur. Il entra

dans notre chambre, en jurant horriblement; et comme
il savait une partie des aventures de sa sœur, il l'accabla
d'injures et de reproches. J'étais sorti un moment auparavant; ce qui fut sans doute un bonheur pour lui ou
pour moi, qui n'étais rien moins que disposé à souffrir
une insulte. Je ne retournai au logis qu'après son
départ. La tristesse de Manon me fit juger qu'il s'était
passé quelque chose d'extraordinaire. Elle me raconta
la scène fâcheuse qu'elle venait d'essuyer et les menaces
brutales de son frère. J'en eus tant de ressentiment, que
j'eusse couru sur-le-champ à la vengeance, si elle ne
m'eût arrêté par ses larmes. Pendant que je m'entre-
tenais avec elle de cette aventure, le Garde du corps
rentra dans la chambre où nous étions, sans s'être fait
annoncer. Je ne l'aurais pas reçu aussi civilement que je
fis, si je l'eusse connu; mais nous ayant salués d'un air
riant, il eut le temps de dire à Manon qu'il venait lui
faire des excuses de son emportement, qu'il la croyait
dans le désordre, et que cette opinion avait allumé sa
colère; mais que s'étant informé qui j'étais d'un de nos
domestiques, il avait appris de moi des choses si avan-
tageuses, qu'elles lui faisaient désirer de bien vivre
avec nous. Quoique cette information qui lui venait
d'un de mes laquais, eût quelque chose de bizarre et de
choquant, je reçus son compliment avec honnêteté.
Je crus faire plaisir à Manon. Elle paraissait charmée
de le voir porté à se réconcilier. Nous le retînmes à
dîner. Il se rendit en peu de moments si familier, que
nous ayant entendu parler de notre retour à Chaillot,
il voulut absolument nous tenir compagnie. Il fallut
lui donner une place dans notre carrosse. Ce fut une
prise de possession; car il s'accoutuma à nous voir avec
tant de plaisir, qu'il fit bientôt sa maison de la nôtre,
et qu'il se rendit maître en quelque sorte de tout ce qui
nous appartenait. Il m'appelait son frère, et sous prétexte de la liberté fraternelle, il se mit sur le pied d'ame-

ner tous ses amis dans notre maison de Chaillot, et de les y traiter à nos dépens. Il se fit habiller magnifiquement à nos frais, et il nous engagea à payer toutes ses dettes : je fermais les yeux sur cette tyrannie pour ne pas déplaire à Manon. Je fis même semblant de ne pas m'apercevoir qu'il tirait d'elle de temps en temps des sommes considérables. Il est vrai qu'étant grand joueur, il avait la fidélité de lui en remettre une partie, lorsque la fortune le favorisait. Mais la nôtre était trop médiocre pour fournir longtemps à des dépenses si peu modérées. J'étais sur le point de m'expliquer fortement avec lui, pour nous délivrer de ses importunités, lorsqu'un funeste accident m'épargna cette peine, en nous en causant une autre qui nous a abîmés sans ressource.

Nous étions demeurés un jour à Paris pour y coucher, comme il nous arrivait fort souvent. La servante qui restait seule à Chaillot dans ces occasions vint m'avertir le matin, que le feu avait pris pendant la nuit dans ma maison, et qu'on avait eu beaucoup de difficultés à l'éteindre. Je lui demandai si nos meubles avaient souffert quelque dommage. Elle me répondit, qu'il y avait eu une si grande confusion causée par la multitude de personnes qui étaient venues au secours, qu'elle ne pouvait être assurée de rien. Je tremblai pour notre argent, qui était renfermé dans une petite caisse. Je me rendis promptement à Chaillot. Diligence inutile, la caisse avait déjà disparu. J'éprouvai alors qu'on peut aimer l'argent sans être avare. Cette perte me pénétra d'une si vive douleur que j'en pensai perdre la raison. Je compris tout d'un coup à quels nouveaux malheurs j'allais me trouver exposé. L'indigence était le moindre. Je connaissais Manon; je n'avais déjà que trop éprouvé que quelque fidèle, et quelque attachée qu'elle me fût dans la bonne fortune, il ne fallait pas compter sur elle dans la misère. Elle aimait trop l'abondance et les plaisirs pour me les sacrifier. Je la perdrai, m'écriai-je. Malheureux Chevalier! tu vas donc perdre encore tout ce que tu aimes! Cette pensée me jeta dans un trouble si affreux, que je balançai pendant quelques moments, si je ne ferais pas mieux de finir tous mes maux par la mort. Cependant je conservai assez de prudence pour vouloir examiner auparavant s'il ne me restait nulle ressource. Le Ciel me fit naître une pensée qui arrêta mon désespoir. Je crus qu'il ne me serait pas impossible de cacher notre perte à Manon, et que soit par industrie [32], soit par quelque bonheur de fortune, je pourrais fournir assez honnêtement à son entretien, pour l'empêcher de sentir la nécessité. J'ai compté, disais-je, pour me consoler, que nos vingt mille écus nous suffiraient pendant dix ans; supposons que les dix ans soient écoulés; et que nul des changements que j'espérais ne soit arrivé dans ma famille. Quel parti prendrais-je? Je ne le sais pas trop bien; mais ce que je ferais alors, qui m'empêche de le faire aujourd'hui? Combien de personnes vivent à Paris, qui n'ont ni mon esprit, ni mes qualités naturelles, et qui doivent néanmoins leur entretien à leurs talents, tels qu'ils les ont? La Providence, ajoutais-je, en réfléchissant sur les différents états de la vie, n'a-t-elle pas arrangé les choses fort sagement? La plupart des grands, et des riches sont des sots; cela est clair à qui connaît un peu le monde. Or il y a une justice admirable là-dedans. S'ils joignaient l'esprit aux richesses, ils seraient trop heureux, et le reste des hommes trop misérables. Les qualités du corps et de l'âme sont accordées à ceux-ci, comme des moyens pour se tirer de la misère et de la pauvreté. Les uns prennent part aux richesses des grands en servant à leurs plaisirs, ils en font des dupes : d'autres servent à leur instruction, ils tâchent d'en faire d'honnêtes gens; il est rare à la vérité qu'ils y réussissent, mais ce n'est pas là le but de la divine

sagesse : ils tirent toujours un fruit de leurs soins, qui
est de vivre à leurs dépens; et de quelque façon qu'on le
prenne, c'est un fond excellent de revenu pour les
petits que la sottise des riches et des grands.

Ces pensées me remirent un peu le cœur et la tête.
Je résolus d'abord d'aller consulter Mr. Lescaut frère
de Manon. Il connaissait parfaitement son Paris, et je
n'avais eu que trop d'occasions de reconnaître que ce
n'était ni de son bien, ni de la paye du Roi qu'il tirait
son plus clair revenu. Il me restait à peine vingt pistoles
qui s'étaient trouvées heureusement dans ma poche.
Je lui montrai ma bourse, en lui expliquant mon malheur
et mes craintes, et je lui demandai s'il y avait pour moi
un milieu à espérer entre mourir de faim et me casser
la tête de désespoir. Il me répondit que se casser la tête
était la ressource des sots. Pour mourir de faim, qu'il
y avait quantité de gens d'esprit qui se voyaient réduits
là quand ils ne voulaient pas faire usage de leurs talents;
que c'était à moi à examiner de quoi j'étais capable;
qu'il m'assurait de son secours et de ses conseils dans
toutes mes entreprises. Cela est bien vague, Monsieur
Lescaut, lui dis-je, mes besoins demanderaient un
remède plus présent; car que voulez-vous que je dise
à Manon? A propos de Manon, reprit-il; qu'est-ce qui
vous embarrasse? N'avez-vous pas toujours avec elle
de quoi finir vos inquiétudes quand vous voudrez? Une
fille comme elle devrait vous entretenir, vous, elle et
moi. Il me coupa la réponse que cette impertinence
méritait, pour continuer de me dire, qu'il me garantissait avant le soir mille écus à partager entre nous, si je
voulais suivre son conseil; qu'il connaissait un seigneur
si libéral sur le chapitre des plaisirs qu'il était sûr que
mille écus ne lui coûteraient rien pour passer une nuit
avec une fille comme Manon [33]. Je l'arrêtai. J'avais
meilleure opinion de vous, lui répondis-je, je m'étais
figuré que le motif que vous aviez eu de m'accorder

votre amitié était un sentiment pour votre sœur tout
opposé à celui où vous êtes maintenant. Il me confessa
impudemment qu'il avait toujours pensé de même, et
qu'après avoir passé les bornes de l'honneur comme
elle avait fait il ne se serait jamais réconcilié avec elle,
si ce n'eût été dans l'espérance de profiter de sa mauvaise conduite. Il me fut aisé de juger que nous avions
été ses dupes jusqu'alors. Quelque émotion néanmoins
que ce discours m'eût causée, le besoin que j'avais de
lui m'obligea de lui répondre en riant, que son conseil
était une dernière ressource, qu'il fallait remettre à
l'extrémité. Je le priai de m'ouvrir quelque autre voie.
Il me proposa de profiter de ma jeunesse, et de la figure
avantageuse que j'avais reçue de la nature pour me
mettre en liaison avec quelque dame vieille et libérale.
Je ne goûtai pas non plus ce parti, qui m'aurait rendu
infidèle à Manon. Je lui parlai du jeu comme du moyen
le plus facile, et le plus convenable à ma situation.
Il me dit que le jeu à la vérité était une ressource; mais
que cela demandait d'être expliqué : qu'entreprendre
de jouer simplement avec les espérances communes
était le vrai moyen d'achever ma perte : que de prétendre exercer seul, et sans être soutenu, les petits
moyens qu'un habile homme emploie pour corriger la
fortune, était un métier trop dangereux; qu'il y avait
une troisième voie, qui était celle de l'association;
mais que ma jeunesse lui faisait craindre que MM. les
confédérés ne me jugeassent point encore les qualités
propres à la ligue. Il me promit néanmoins ses bons
offices auprès d'eux, et ce que je n'aurais pas attendu
de lui, il m'offrit quelque argent, lorsque je me trouverais pressé du besoin. L'unique grâce que je lui demandai pour le présent, fut de ne rien apprendre à Manon
de la perte que j'avais faite, et du sujet de notre
conversation.

Je sortis de chez lui moins satisfait encore que je n'y

étais entré. Je me repentis même de lui avoir confié mon secret. Il n'avait rien fait pour moi que je n'eusse pu en obtenir de même sans cette ouverture, et je craignais mortellement qu'il ne manquât à la promesse qu'il m'avait faite de ne rien découvrir à Manon. J'avais lieu d'appréhender aussi, par la déclaration qu'il m'avait faite de ses sentiments, qu'il ne formât le dessein de tirer parti d'elle en l'enlevant de mes mains; ou du moins en lui conseillant de me quitter pour s'attacher à un amant plus riche et plus heureux. Je fis là-dessus mille réflexions, qui n'aboutirent qu'à me tourmenter et à renouveler le désespoir où j'avais été le matin. Il me vint plusieurs fois à l'esprit d'écrire à mon père et de feindre une nouvelle conversion, pour obtenir de lui quelque secours d'argent; mais je me rappelai aussitôt que malgré toute sa bonté, il m'avait resserré six mois dans une étroite prison pour ma première faute; j'étais assuré qu'après un éclat tel qu'avait dû causer ma fuite de Saint-Sulpice, il me traiterait beaucoup plus rigoureusement. Enfin, cette confusion de pensées en produisit une qui remit le calme tout d'un coup dans mon esprit, et que je m'étonnai de n'avoir pas eue plus tôt. Ce fut de recourir à mon ami Tiberge; dans lequel j'étais bien assuré de retrouver toujours le même fond de zèle et d'amitié. Rien n'est plus admirable, et ne fait plus d'honneur à la vertu, que la confiance avec laquelle on s'adresse aux personnes dont on connaît parfaitement la probité; on sent qu'il n'y a point de péril à courir. Si elles ne sont pas toujours en état d'offrir du secours, on est sûr qu'on en obtiendra du moins de la bonté et de la compassion. Le cœur qui se ferme avec tant de soin au reste des hommes, s'ouvre naturellement en leur présence comme une fleur s'épanouit à la lumière du soleil, dont elle n'attend qu'une douce et utile influence.

Je regardai comme un effet de la protection du Ciel

de m'être souvenu si à propos de Tiberge, et je résolus
de chercher les moyens de le voir même avant la fin
du jour. Je retournai sur-le-champ au logis pour lui
écrire un mot, et lui assigner un lieu propre à notre
entretien. Je lui recommandai le silence et la discrétion,
comme un des plus importants services qu'il pût me
rendre dans la situation de mes affaires. La joie que
l'espérance de le voir m'inspirait, effaça les traces du
chagrin que Manon n'aurait pas manqué d'apercevoir
sur mon visage. Je lui parlai de notre malheur de
Chaillot comme d'une bagatelle qui ne devait point
l'alarmer, et comme Paris était le lieu du monde où
elle se voyait avec le plus de plaisir, elle ne fut pas
fâchée de m'entendre dire qu'il était à propos d'y
demeurer jusqu'à ce qu'on eût réparé à Chaillot quelques
légers effets de l'incendie. Une heure après je reçus
la réponse de Tiberge, qui me promettait de se rendre
au lieu de l'assignation. J'y courus avec impatience.
Je sentais néanmoins quelque honte d'aller paraître
aux yeux d'un ami, dont la seule présence serait un
reproche de mes désordres; mais l'opinion que j'avais
de la bonté de son cœur, et l'intérêt de Manon sou-
tinrent ma hardiesse. Je l'avais prié de se trouver
au jardin du Palais Royal. Il y était avant moi. Il vint
m'embrasser aussitôt qu'il m'eut aperçu. Il me tint
serré longtemps entre ses bras, et je sentis mon visage
mouillé de ses larmes. Je lui dis que je ne me présentais
à lui qu'avec confusion, et que je portais dans mon
cœur un vif sentiment de mon ingratitude, que la première chose dont je le conjurais était de m'apprendre,
s'il m'était encore permis de le regarder comme mon
ami, après avoir mérité si justement de perdre son
estime et son affection. Il me répondit du ton le plus
tendre et le plus naturel, que rien n'était capable de le
faire renoncer à cette qualité; que mes malheurs mêmes,
et si je lui permettais de le dire, mes fautes et mes

désordres avaient redoublé sa tendresse pour moi; mais
que c'était une tendresse mêlée de la plus vive douleur, telle qu'on la sent pour une personne chère
qu'on voit toucher à sa ruine sans pouvoir la secourir.
Nous nous assîmes sur un banc. Hélas! lui dis-je, avec
un soupir parti du fond du cœur, votre compassion doit
être excessive, mon cher Tiberge, si vous m'assurez
qu'elle est égale à mes peines. J'ai honte de vous le
laisser voir; car je confesse que la cause n'en est pas
glorieuse; mais l'effet en est si triste, qu'il n'est pas
besoin de m'aimer autant que vous faites pour en être
attendri. Il me demanda comme une marque d'amitié
de lui raconter sans déguisement ce qui m'était arrivé
depuis mon départ de Saint-Sulpice. Je le satisfis, et
loin d'altérer quelque chose à la vérité ou de diminuer
mes fautes pour les faire trouver plus excusables, je lui
parlai de ma passion avec toute la force qu'elle m'inspirait. Je la lui représentai comme un de ces coups particuliers du destin, qui s'attache à la ruine d'un misérable, et dont il est aussi impossible à la vertu de se
défendre qu'il l'a été à la sagesse de les prévoir. Je lui
fis une vive peinture de mes agitations, de mes craintes,
du désespoir où j'étais deux heures avant que de le
voir, et de celui dans lequel j'allais retomber, si j'étais
abandonné par mes amis, aussi impitoyablement que
par la fortune; enfin, j'attendris tellement le bon Tiberge,
que je le vis aussi affligé par la compassion que je
l'étais par le sentiment de mes peines. Il ne se lassait
point de m'embrasser et de m'exhorter à prendre du
courage et de la consolation; mais comme il supposait
toujours qu'il fallait me séparer de Manon, je lui fis
entendre nettement que c'était cette séparation même
que je regardais comme la plus grande de mes infortunes, et que j'étais disposé à souffrir non seulement le
dernier excès de la misère, mais la mort même la plus
cruelle, avant que de recevoir un remède plus insuppor-

table que tous mes maux ensemble. Expliquez-vous
donc, me dit-il; quelle espèce de secours suis-je capable
de vous donner, si vous vous révoltez contre toutes mes
propositions? Je n'osais lui déclarer que c'était de sa
bourse que j'avais besoin. Il le comprit pourtant à la fin,
et m'ayant confessé qu'il croyait m'entendre, il demeura
quelque temps suspendu avec l'air d'une personne qui
balance. Ne croyez pas, reprit-il bientôt, que ma rêverie
vienne d'un refroidissement de zèle et d'amitié; mais à
quelle alternative me réduisez-vous, s'il faut que je vous
refuse le seul secours que vous voulez accepter; ou que
je blesse mon devoir en vous l'accordant; car n'est-ce
pas prendre part à votre désordre que de vous y faire
persévérer? Cependant, continua-t-il, après avoir réfléchi
un moment, je m'imagine que c'est peut-être l'état
violent où l'indigence vous jette, qui ne vous laisse pas
assez de liberté pour choisir le meilleur parti; il faut
un esprit tranquille pour goûter la sagesse et la vérité.
Je trouverai le moyen de vous faire avoir quelque
argent. Permettez-moi, mon cher Chevalier, ajouta-t-il
en m'embrassant, d'y mettre seulement une condition,
c'est que vous m'apprendrez le lieu de votre demeure,
et que vous souffrirez que je fasse du moins mes efforts
pour vous ramener à la vertu que je sais que vous aimez,
et dont il n'y a que la violence de vos passions qui vous
écarte. Je lui accordai sincèrement tout ce qu'il souhaitait, et je le priai de plaindre la malignité de mon sort,
qui me faisait profiter si mal des conseils d'un ami si
vertueux. Il me mena aussitôt chez un banquier de sa
connaissance, qui m'avança cent pistoles sur son billet;
car il n'était rien moins qu'en argent comptant. J'ai
déjà dit qu'il n'est pas riche. Son bénéfice valait deux
mille francs, mais comme c'était la première année
qu'il le possédait, il n'avait encore rien touché du
revenu; c'était sur les fruits futurs qu'il me faisait
cette avance.

Je sentis tout le prix de sa générosité. J'en fus touché jusqu'au point de déplorer l'aveuglement d'un amour fatal, qui me faisait violer tous les devoirs. La vertu eut assez de force pendant quelques moments pour s'élever dans mon cœur contre ma passion, et j'aperçus du moins dans cet instant de lumière, la honte, et l'indignité de mes chaînes. Mais ce combat fut léger et dura peu. La vue de Manon m'aurait fait précipiter du ciel, et je m'étonnai en me retrouvant auprès d'elle, que j'eusse pu traiter un moment de honteuse une tendresse si juste pour un objet si charmant.

Manon était une créature d'un caractère extraordinaire. Jamais fille n'eut moins d'attachement qu'elle pour l'argent, et elle ne pouvait néanmoins être tranquille un moment avec la crainte d'en manquer. C'était du plaisir et des passe-temps qu'il lui fallait. Elle n'eût jamais voulu toucher un sou, si l'on pouvait se divertir sans qu'il en coûte. Elle ne s'informait pas même quel était le fond de nos richesses, pourvu qu'elle pût passer agréablement la journée, de sorte que n'étant ni excessivement adonnée au jeu, ni d'humeur à aimer le faste des grandes dépenses, rien n'était plus facile que de la satisfaire, en lui faisant naître tous les jours des amusements de son goût; mais c'était une chose si nécessaire pour elle d'être ainsi occupée par le plaisir qu'il n'y avait pas le moindre fonds à faire sans cela sur son humeur, et sur ses inclinations. Quoiqu'elle m'aimât tendrement, et que je fusse le seul, comme elle en convenait volontiers, qui pût lui faire goûter parfaitement les douceurs de l'amour, j'étais presque certain que sa tendresse ne tiendrait point contre de certaines craintes. Elle m'aurait préféré à toute la terre avec une fortune médiocre; mais je ne doutais nullement qu'elle ne m'abandonnât pour quelque nouveau B... lorsqu'il ne me resterait que de la confiance et de la fidélité à lui offrir. Je résolus donc de régler si bien ma dépense

particulière, que je fusse toujours en état de fournir
aux siennes, et de me priver plutôt de mille choses
nécessaires que de la borner même pour le superflu.
Le carrosse m'effrayait plus que tout le reste, car il n'y
avait point d'apparence de pouvoir entretenir des chevaux, et un cocher. Je découvris ma peine à Mr. Lescaut.
Je ne lui avais point caché que j'eusse reçu cent pistoles
d'un ami. Il me répéta que si je voulais tenter le hasard
du jeu, il ne désespérait point qu'en sacrifiant de bonne
grâce une centaine de francs pour traiter ses associés,
je ne pusse être admis à sa recommandation dans la
ligue de l'industrie [34]. Quelque répugnance que j'eusse
à tromper, je me laissai entraîner par la nécessité.

Mr. Lescaut me présenta le soir même, comme un
de ses parents; il ajouta que j'étais d'autant mieux
disposé à réussir, que j'avais besoin des plus grandes
faveurs de la fortune. Cependant pour faire connaître
que ma misère n'était pas celle d'un homme de néant,
il leur dit que j'étais dans le dessein de leur donner à
souper. L'offre fut acceptée. Je les traitai magnifiquement. On s'entretint longtemps de la gentillesse de ma
figure, et de mes heureuses dispositions. On prétendit
qu'il y avait beaucoup à espérer de moi, parce qu'ayant
quelque chose dans la physionomie qui sentait l'honnête homme, personne ne se défierait de mes artifices.
Enfin on remercia Mr. Lescaut d'avoir procuré à l'ordre
un novice de mon mérite, et l'on chargea un des
chevaliers de me donner, pendant quelques jours, les
instructions nécessaires. Le principal théâtre de mes
exploits devait être l'Hôtel de Transylvanie, où il y avait
une table de pharaon dans une salle, et divers autres
jeux de cartes et de dés dans la galerie. Cette académie
se tenait au profit de Mr. le Prince de R... qui demeurait alors à Clagny, et la plupart de ses officiers étaient
de notre société. Je profitai [35] en peu de temps des
leçons de mon maître. J'acquis surtout beaucoup d'ha-

bileté à faire une volte-face, à filer la carte, et avec le
secours d'une longue paire de manchettes, j'escamotais
assez proprement pour tromper les yeux des plus habiles,
et ruiner sans affectation quantité d'honnêtes joueurs.
Cette adresse extraordinaire hâta si fort les progrès de
ma fortune, que je me trouvai en peu de semaines
des sommes considérables, outre celles que je parta-
geais de bonne foi avec mes associés. Je ne craignis plus
alors de découvrir à Manon notre perte de Chaillot,
et pour la consoler en lui apprenant cette fâcheuse
nouvelle, je louai une maison garnie où nous nous éta-
blîmes avec un air d'opulence et de propreté [36].

Tiberge n'avait pas manqué pendant ce temps-là de
me rendre de fréquentes visites. Sa morale ne finissait
point. Il recommençait sans cesse à me représenter le
tort que je faisais à ma conscience, à mon honneur et
à ma fortune. Je recevais ses avis avec amitié, et quoique
je n'eusse pas la moindre disposition à les suivre, je
lui savais bon gré de son zèle, parce que j'en connaissais la source. Quelquefois je le raillais agréablement
dans la présence même de Manon; et je l'exhortais à
n'être pas plus scrupuleux que la plupart des évêques,
et des autres prêtres [37], qui savent accorder fort bien
une maîtresse avec un bénéfice. Voyez, lui disais-je, en
lui montrant les yeux de la mienne, et dites-moi s'il
y a des fautes qui ne soient pas justifiées par une si
belle cause. Il prenait patience et il la poussa jusqu'à
un certain point; mais lorsqu'il vit que mes richesses
s'augmentaient et que non seulement je lui avais res-
titué ses cent pistoles, mais qu'ayant loué une nouvelle
maison et embelli mon équipage, j'allais me replonger
plus que jamais dans les plaisirs, il changea entièrement
de ton et de manières. Il se plaignit de mon endurcisse-
ment, il me menaça des châtiments du Ciel, et il me
prédit une partie des malheurs qui ne tardèrent guère
à m'arriver. Il est impossible, me dit-il, que les richesses

qui servent à l'entretien de vos désordres, vous soient venues par des voies légitimes. Vous les avez acquises injustement, elles vous seront ravies de même. La plus terrible punition de Dieu serait de vous en laisser jouir tranquillement. Tous mes conseils, ajouta-t-il, vous ont été inutiles, je ne prévois que trop qu'ils vous seraient bientôt importuns. Adieu, ingrat et faible ami : puissent vos criminels plaisirs s'évanouir comme une ombre! Puisse votre fortune, et votre argent périr sans ressource, et vous, rester seul et nu pour sentir la vanité des biens qui vous ont follement enivré! C'est alors que vous me retrouverez disposé à vous aimer et à vous servir; mais je romps aujourd'hui tout commerce avec vous, et je déteste la vie que vous menez. Ce fut dans ma chambre, aux yeux de Manon, qu'il me fit cette harangue apostolique. Il se leva pour se retirer. Je voulus le retenir; mais je fus arrêté par Manon, qui me dit que c'était un fou qu'il fallait laisser sortir.

Son discours ne laissa pas de faire quelque impression sur moi. Je remarque ainsi les diverses occasions, où mon cœur sentit un retour vers le bien, parce que c'est à ce souvenir que j'ai dû ensuite une partie de ma force dans les plus malheureuses circonstances de ma vie. Les caresses de Manon dissipèrent en un moment le chagrin que cette scène m'avait causé. Nous continuâmes de mener une vie toute composée de plaisir et d'amour. L'augmentation de nos richesses redoubla notre affection. Vénus, et la Fortune n'avaient point d'esclaves plus heureux, et plus tendres. Dieux! Pourquoi appeler le monde un lieu de misères, puisqu'on y peut goûter de si charmantes délices! mais hélas! leur faible est de passer trop vite. Quelle autre félicité voudrait-on se proposer, si elles étaient de nature à durer toujours? Les nôtres eurent le sort commun, c'est-à-dire, de durer peu, et d'être suivies par des regrets amers. J'avais fait au jeu des gains si considérables, que je pensais à placer une partie de mon argent. Mes domestiques n'ignoraient pas mes succès, surtout mon valet de chambre, et la suivante de Manon, devant lesquels nous nous entretenions souvent sans défiance. Cette fille était jolie. Mon valet en était amoureux. Ils avaient affaire à des maîtres jeunes et faciles, qu'ils s'imaginèrent pouvoir tromper aisément. Ils en conçurent le dessein et ils l'exécutèrent si malheureusement pour nous qu'ils nous mirent dans un état, dont il ne nous a jamais été possible de nous relever.

Mr. Lescaut nous ayant un jour donné à souper, il était environ minuit lorsque nous retournâmes au logis. J'appelai mon valet, et Manon sa fille de chambre; ni l'un, ni l'autre ne parurent. On nous dit qu'ils n'avaient point été vus dans la maison depuis huit heures, et qu'ils étaient sortis après avoir fait transporter quelques caisses selon les ordres qu'ils disaient avoir reçus de moi. Je pressentis une partie de la vérité; mais je ne formai point de soupçons qui ne fussent surpassés par ce que j'aperçus en entrant dans ma chambre. La serrure de mon cabinet avait été forcée, et mon argent enlevé avec tous les habits. Dans le temps que je réfléchissais seul sur cet accident, Manon vint tout effrayée m'apprendre qu'on avait fait le même ravage dans son appartement. Le coup me parut si cruel qu'il n'y eut qu'un effort extraordinaire de raison qui m'empêcha de me livrer aux cris et aux pleurs. La crainte de communiquer mon désespoir à Manon me fit affecter de prendre un visage tranquille. Je lui dis en badinant que je me vengerais sur quelque dupe à l'Hôtel de Transylvanie. Cependant elle me sembla si sensible à notre malheur, que sa tristesse eut bien plus de force pour m'affliger, que ma joie feinte n'en avait eu pour l'empêcher d'être trop abattue. Nous sommes perdus, me dit-elle, les larmes aux yeux. Je m'efforçai en vain de la consoler par mes caresses. Mes propres pleurs

trahissaient mon désespoir, et ma consternation. En
effet nous étions ruinés si absolument qu'il ne nous
restait pas une chemise.

Je pris le parti d'envoyer chercher sur-le-champ
Mr. Lescaut. Il me conseilla d'aller à l'heure même chez
Mr. le Lieutenant de Police, et Mr. le Grand Prévôt
de Paris. J'y allai; mais ce fut pour mon plus grand
malheur; car outre que cette démarche, et celles que
je fis faire à ces deux officiers de justice, ne produisirent
rien, je donnai le temps à Lescaut d'entretenir sa sœur,
et de lui inspirer pendant mon absence une horrible
résolution. Il lui parla de Mr. de G... M..., vieux volup-
tueux qui payait prodiguement les plaisirs, et il lui fit
envisager tant d'avantages à se mettre à sa solde, que
troublée comme elle était par notre disgrâce, elle entra
dans tout ce qu'il entreprit de lui persuader. Cet honorable marché fut conclu avant mon retour, et l'exécution
remise au lendemain, après que Lescaut aurait prévenu
Mr. de G... M... Je le retrouvai qui m'attendait au
logis; mais Manon s'était couchée dans son appartement, et elle avait donné ordre à un laquais de me dire
qu'ayant besoin d'un peu de repos, elle me priait de la
laisser seule pendant cette nuit. Lescaut me quitta après
m'avoir offert quelques pistoles que j'acceptai. Il était
presque quatre heures lorsque je me mis au lit, et m'y
étant encore entretenu longtemps des moyens de rétablir ma fortune, je m'endormis si tard que je ne pus me
réveiller que vers les onze heures. Je me levai promptement pour m'aller informer de la santé de Manon. On
me dit qu'elle était sortie une heure auparavant avec
son frère, qui l'était venu prendre dans un carrosse de
louage. Quoiqu'une telle partie faite avec Lescaut me
parût mystérieuse, je me fis violence pour suspendre
mes soupçons. Je laissai couler quelques heures que je
passai à lire. Enfin n'étant plus le maître de mon inquiétude, je me promenai à grands pas dans nos apparte-

ments. J'aperçus dans celui de Manon une lettre cachetée qui était sur sa table. L'adresse était à moi, et l'écriture de sa main. Je l'ouvris avec un frisson mortel : elle était dans ces termes :

« Je te jure, mon cher Chevalier, que tu es l'idole de mon cœur, et qu'il n'y a que toi au monde que je puisse aimer de la façon dont je t'aime; mais ne vois-tu pas, ma pauvre chère âme, que dans l'état où nous sommes réduits, c'est une sotte vertu que la fidélité? Crois-tu qu'on puisse être bien tendre lorsqu'on manque de pain? La faim me causerait quelque méprise fatale, je rendrais quelque jour le dernier soupir en croyant en pousser un d'amour. Je t'adore, compte là-dessus, mais laisse-moi pour quelque temps le ménagement de notre fortune. Malheur à qui va tomber dans mes filets, je travaille pour rendre mon Chevalier riche et heureux. Mon frère t'apprendra des nouvelles de ta Manon, et qu'elle a pleuré de la nécessité de te quitter. »

Je demeurai après cette lecture dans un état qui me serait difficile à décrire; car j'ignore encore aujourd'hui par quelle espèce de sentiments je fus alors agité. Ce fut une de ces situations uniques auxquelles on n'a rien éprouvé qui soit semblable; on ne saurait les expliquer aux autres, parce qu'ils n'en ont pas l'idée; et l'on a peine à se les bien démêler à soi-même; parce qu'étant seules de leur espèce, cela ne se lie à rien dans la mémoire, et ne peut même être rapproché d'aucuns sentiments connus. Cependant de quelque nature que les miens fussent, il est certain qu'il devait y entrer de la douleur, du dépit, de la jalousie, et de la honte. Heureux, s'il n'y fût pas entré encore plus d'amour! Elle m'aime, je le veux croire, mais ne faudrait-il pas, m'écriai-je, qu'elle fût un monstre pour me haïr? Quels droits eut-on jamais sur un cœur, que je n'aie pas sur le sien? que me reste-t-il à faire pour elle, après tout ce que je lui ai sacrifié? Cependant elle m'abandonne, et l'ingrate se croit à couvert de mes reproches, en me disant, qu'elle ne cesse pas de m'aimer. Elle appréhende la faim; Dieu d'amour! quelle grossièreté de sentiments, et que cela répond mal à ma délicatesse! Je ne l'ai pas appréhendée, moi qui m'y expose si volontiers pour elle en renonçant à ma fortune, et aux douceurs de la maison de mon père; moi qui me suis retranché jusqu'au nécessaire, pour satisfaire ses petites humeurs et ses caprices : elle m'adore, dit-elle! si tu m'adorais, ingrate, je sais bien de qui tu aurais pris des conseils; tu ne m'aurais pas quitté du moins sans me dire adieu. C'est à moi qu'il faut demander quelles peines cruelles on sent à se séparer de ce qu'on adore. Il faudrait avoir perdu l'esprit pour s'y exposer volontairement.

Mes plaintes furent interrompues par une visite à laquelle je ne m'attendais pas. Ce fut celle de Lescaut. Bourreau! lui dis-je, en mettant l'épée à la main, où est Manon? qu'en as-tu fait? Ce mouvement l'effraya, il me répondit que si c'était ainsi que je le recevais, lorsqu'il venait me rendre compte du service le plus considérable qu'il eût pu me rendre, il allait se retirer et ne remettrait jamais le pied chez moi. Je courus à la porte de la chambre, que je refermai soigneusement. Ne t'imagine pas, lui dis-je en me retournant, que tu puisses me prendre encore une fois pour dupe, et me tromper par des fables. Il faut défendre ta vie, ou me faire retrouver Manon. Là! que vous êtes vif! repartit-il; c'est l'unique sujet qui m'amène. Je viens vous annoncer un bonheur auquel vous ne pensez pas, et pour lequel vous reconnaîtrez peut-être que vous m'avez quelque obligation. Je voulus être éclairci sur-le-champ. Il me raconta que Manon ne pouvant soutenir la crainte de la misère, et surtout l'idée d'être obligée tout d'un coup à la réforme de notre équipage [38], l'avait prié de lui procurer la connaissance de Mr. de G... M... qui passait pour un homme généreux. Il n'eut garde de me dire

que le conseil était venu de lui, ni qu'il eût préparé les
voies avant que de l'y conduire. Je l'y ai menée ce
matin, continua-t-il, et cet honnête homme a été si
charmé de son mérite, qu'il l'a invitée d'abord à lui
tenir compagnie à sa maison de campagne, où il est
allé passer quelques jours. Moi, ajouta Lescaut, qui ai
pénétré tout d'un coup de quel avantage cela pouvait
être pour vous, je lui ai fait entendre adroitement que
Manon avait essuyé des pertes considérables, et j'ai
tellement piqué sa générosité, qu'il a commencé par
lui faire un présent de deux cents pistoles. Je lui ai dit
que cela était honnête pour le présent; mais que l'avenir
amènerait à ma sœur, de grands besoins; qu'elle s'était
chargée d'ailleurs du soin d'un jeune frère qui nous
était resté sur les bras, après la mort de nos père et
mère, et que s'il la croyait digne de son estime, il ne la
laisserait pas souffrir dans ce pauvre enfant, qu'elle
regardait comme la moitié d'elle-même. Ce récit l'a
attendri, il s'est engagé à louer une maison commode
pour vous et pour Manon; car c'est vous-même qui
êtes ce pauvre petit frère si à plaindre; il a promis de
vous meubler proprement, et de vous fournir tous les
mois quatre cents bonnes livres qui en feront si je compte
bien quatre mille huit cents à la fin de chaque année.
Il a laissé ordre à son intendant avant que de partir
pour sa campagne, de chercher une maison, et de la
tenir préparée pour son retour. Vous reverrez alors
Manon, qui m'a chargé de vous embrasser mille fois
pour elle, et de vous assurer qu'elle vous aime plus
que jamais.

　　Je m'assis en rêvant à cette bizarre disposition de
mon sort. Je me trouvai dans un partage de sentiments
et par conséquent dans une incertitude si difficile à
terminer, que je demeurai longtemps sans répondre à
quantité de questions que Lescaut me faisait l'une sur
l'autre. Ce fut dans ce moment que l'honneur et la

vertu me firent sentir encore les pointes du remords,
et je jetai les yeux en soupirant, vers Amiens, vers la
maison de mon père, vers Saint-Sulpice, et vers tous
les lieux où j'avais vécu dans l'innocence. Par quel
espace immense n'étais-je pas séparé de cet heureux
état! je ne le voyais que de loin, comme une ombre
qui s'attirait encore mes regrets et mes désirs, mais qui
était trop faible pour exciter mes efforts. Par quelle
fatalité, disais-je, suis-je devenu si criminel? l'amour
est une passion innocente; comment s'est-il changé pour
moi en une source de misères, et de désordres? Qui
m'empêchait de vivre tranquille, et vertueux avec
Manon? Pourquoi ne l'épousai-je point avant que
d'obtenir rien de son amour? Mon père, qui m'aimait
si tendrement, n'y aurait-il pas consenti, si je l'en eusse
pressé avec des instances légitimes! Ah! il l'aurait
chérie lui-même comme une fille charmante, trop digne
d'être l'épouse de son fils; je serais heureux avec l'amour
de Manon, avec l'affection de mon père, avec l'estime
des honnêtes gens, avec les biens de la fortune, et la
tranquillité de la vertu. Revers funeste! Quel est
l'infâme personnage qu'on vient ici me proposer? Quoi
j'irais partager... mais y a-t-il à balancer, si c'est
Manon qui l'a réglé, et si je la perds sans cette complaisance? Mr. Lescaut, m'écriai-je, en fermant les yeux
comme pour écarter de si chagrinantes réflexions, si
vous avez eu dessein de me servir je vous rends grâces.
Vous auriez peut-être pu prendre une voie plus honnête;
mais c'est une chose finie, n'est-ce pas? ne pensons donc
plus qu'à profiter de vos soins, et à remplir votre projet. Lescaut à qui ma colère et ensuite mon silence
avaient causé de l'embarras, fut ravi de me voir prendre
un parti tout différent de celui qu'il avait appréhendé
pendant quelques moments; il n'était rien moins que
brave, j'en eus encore de meilleures preuves dans la
suite. Oui, oui, se hâta-t-il de me répondre, c'est un

fort bon service que je vous ai rendu, et vous verrez
que nous en tirerons plus d'avantage que vous ne
pensez. Nous concertâmes de quelle manière nous
pourrions prévenir les défiances que Mr. de G... M...
pourrait avoir de notre fraternité en me voyant plus
grand, et un peu plus âgé peut-être qu'il ne se l'imaginait. Nous ne trouvâmes point d'autre moyen que de
prendre devant lui un air simple et provincial, et de
lui faire croire que j'étais dans le dessein d'entrer dans
l'état ecclésiastique, et que j'allais pour cela tous les
jours au collège. Nous résolûmes aussi que je me met-
trais fort mal, la première fois que je serais admis à
l'honneur de le saluer. Il revint à la ville cinq ou six
jours après. Il conduisit lui-même Manon dans la maison
que son intendant avait eu soin de tenir prête. Elle fit
avertir aussitôt son frère de son retour, et celui-ci m'en
ayant donné avis, nous nous rendîmes tous deux chez
elle. Le vieil amant en était déjà sorti.

Malgré la résignation avec laquelle je m'étais soumis
à ses volontés, je ne pus réprimer le murmure de mon
cœur en la revoyant. Je lui parus triste et languissant.
La joie de la retrouver ne l'emportait pas tout à fait
sur le chagrin de son infidélité. Elle au contraire paraissait transportée du plaisir de me revoir. Elle me fit
des reproches de ma froideur. Je ne pus m'empêcher
de laisser échapper les mots de perfide et d'infidèle, que
j'accompagnai d'autant de soupirs. Elle me railla d'abord
de ma simplicité; mais lorsqu'elle vit mes regards s'attacher toujours tristement sur elle, et la peine que
j'avais à digérer un changement si contraire à mon
humeur et à mes désirs, elle passa seule dans son cabinet.
Je la suivis un moment après. Je l'y trouvai tout en
pleurs. Je lui demandai ce qui les causait. Il t'est bien
aisé de le voir, me dit-elle; comment veux-tu que je
vive, si ma vue n'est plus propre qu'à te causer un air
sombre et chagrin? tu ne m'as pas fait une seule caresse

depuis une heure que tu es ici, et tu as reçu les miennes avec la majesté du grand Turc au sérail. Écoutez, Manon, lui répondis-je en l'embrassant, je ne puis vous cacher que j'ai le cœur mortellement affligé. Je ne parle point à présent des alarmes où votre fuite imprévue m'a jeté, ni de la cruauté que vous avez eue de m'abandonner sans me dire un mot de consolation, et après avoir passé la nuit dans un autre lit que moi. Le charme de votre présence m'en ferait bien oublier davantage. Mais croyez-vous que je puisse penser sans soupirs et même sans larmes, continuai-je, en en versant quelques-unes, à la triste et malheureuse vie que vous voulez que je mène dans cette maison. Laissons ma naissance, et mon honneur à part; ce ne sont plus ces raisons légères qui doivent entrer en concurrence avec un amour tel que le mien; mais cet amour même ne vous imaginez-vous pas qu'il gémit de se voir si mal récompensé, je n'ose dire traité si tyranniquement par une ingrate et dure maîtresse? Elle m'interrompit : tenez, dit-elle, mon Chevalier; il est inutile de me tourmenter par des reproches qui me percent le cœur, lorsqu'ils viennent de vous. Je vois ce qui vous blesse. J'avais espéré que vous consentiriez au projet que j'avais fait pour rétablir un peu notre fortune, et c'était pour ménager votre délicatesse que j'avais commencé à l'exécuter sans votre participation, mais j'y renonce puisque vous ne l'approuvez pas. Elle ajouta, qu'elle ne me demandait qu'un peu de ma complaisance pour le reste du jour; qu'elle avait déjà reçu deux cents pistoles de son vieil amant, et qu'il lui avait promis de lui apporter le soir un beau collier de perles avec d'autres bijoux, et par-dessus cela la moitié de la pension qu'il lui avait promise chaque année. Laissez-moi seulement le temps, me dit-elle, de recevoir ses présents, je vous jure qu'il n'aura pas la satisfaction d'avoir passé une seule nuit avec moi [39], car je l'ai remis, jusqu'à présent, à la ville.

Il est vrai qu'il m'a baisé plus d'un million de fois les mains; il est juste qu'il paye ce plaisir, et ce ne sera point trop de cinq ou six mille francs en proportionnant le prix à ses richesses et à son âge.

Sa résolution me fut beaucoup plus agréable que l'espérance des cinq mille livres. J'eus lieu de reconnaître que mon cœur n'avait point encore perdu tout sentiment d'honneur, puisqu'il était si satisfait d'échapper à l'infamie. Mais j'étais né pour les courtes joies, et les longues douleurs. La fortune ne me délivra d'un précipice que pour me faire tomber dans un autre. Lorsque j'eus marqué à Manon par mille caresses, combien je me croyais heureux de son changement, je lui dis qu'il fallait en instruire Mr. Lescaut, afin que nos mesures se prissent de concert. Il en murmura d'abord, mais les quatre ou cinq mille livres d'argent comptant le firent entrer dans mes raisons. Il fut donc réglé que nous nous trouverions tous à souper avec Mr. de G... M..., et cela pour deux raisons : l'une pour nous donner le plaisir d'une scène agréable, en me faisant passer pour un écolier frère de Manon; l'autre pour empêcher ce vieux libertin de s'émanciper trop avec ma maîtresse, par le droit qu'il croirait s'être acquis en payant si libéralement d'avance. Nous devions nous retirer Lescaut et moi, lorsqu'il monterait à la chambre où il comptait de passer la nuit, et Manon au lieu de le suivre nous promit de sortir et de la venir passer avec moi. Lescaut se chargea du soin d'avoir exactement un carrosse à la porte.

L'heure de souper étant venue, Mr. de G... M... ne se fit pas attendre longtemps. Lescaut était avec sa sœur dans la salle. Le premier compliment du vieillard fut d'offrir à sa belle un collier, des bracelets, et des pendants de perles qui valaient au moins cent pistoles. Il lui compta ensuite en beaux louis d'or la somme de deux mille quatre cents livres qui faisaient la moitié de la pension. Il assaisonna son présent de quantité de douceurs dans le goût de la vieille Cour. Manon ne put lui refuser quelques baisers; c'était autant de droits qu'elle acquérait sur la somme qu'il lui mettait entre les mains. J'étais à la porte où je prêtais l'oreille, en attendant que Lescaut m'avertît d'entrer. Il vint me prendre par la main, lorsque Manon eut serré l'argent et les bijoux, et me conduisant vers Mr. de G... M... il m'ordonna de lui faire la révérence. J'en fis deux ou trois des plus profondes. Excusez, Monsieur, lui dit Lescaut, c'est un enfant fort neuf. Il est bien éloigné comme vous voyez d'avoir les airs de Paris, mais nous espérons qu'un peu d'usage le façonnera. Vous aurez l'honneur de voir ici souvent Monsieur, ajouta-t-il, en se tournant vers moi, faites bien votre profit d'un si bon modèle. Le vieil amant parut prendre plaisir à me voir. Il me donna deux ou trois petits coups sur la joue, en me disant que j'étais un joli garçon, mais qu'il fallait être sur mes gardes à Paris, où les jeunes gens se laissent aller facilement à la débauche. Lescaut l'assura que j'étais naturellement si sage, que je ne parlais que de me faire prêtre, et que tout mon plaisir était à faire de petites chapelles [40]. Je lui trouve l'air de Manon, reprit le vieillard en me haussant le menton avec la main. Je répondis d'un air niais : Monsieur, c'est que nos deux chairs se touchent de bien proche; aussi j'aime ma sœur Manon comme un autre moi-même. L'entendez-vous, dit-il à Lescaut, il a de l'esprit. C'est dommage que cet enfant-là n'ait pas un peu plus de monde. Ho, Monsieur, repris-je, j'en ai vu beaucoup chez nous dans les églises, et je crois bien que j'en trouverai de plus sots que moi à Paris. Voyez, ajouta-t-il, cela est admirable pour un enfant de province. Toute notre conversation fut à peu près du même goût pendant le souper. Manon qui était badine fut sur le point plusieurs fois de gâter tout en éclatant de rire. Je trouvai l'occasion en soupant de lui raconter sa propre histoire, et le mauvais

sort qui le menaçait. Lescaut, et Manon tremblaient
pendant mon récit, surtout lorsque je faisais son portrait
au naturel; mais j'étais bien sûr que l'amour-propre
l'empêcherait de s'y reconnaître, et je l'achevai si
adroitement qu'il fut le premier à le trouver fort risible.
Vous verrez que ce n'est pas sans raison que je me suis
étendu sur cette ridicule scène. Enfin l'heure de se
coucher étant arrivée, il proposa à Manon d'aller au
lit [41]. Nous nous retirâmes Lescaut et moi. On le conduisit à sa chambre, et Manon étant sortie sous le prétexte
d'un besoin, nous vint joindre à la porte. Le carrosse
qui nous attendait trois ou quatre maisons plus bas,
s'avança pour nous recevoir. Nous nous éloignâmes
en un instant du quartier.

Quoiqu'il y eût quelque chose de fripon dans cette
action, ce n'était pas l'argent que je croyais avoir
gagné le plus injustement. J'avais plus de scrupule sur
celui que j'avais acquis au jeu. Cependant nous profi-
tâmes aussi peu de l'un que de l'autre, et le Ciel permit
que la plus légère de ces deux injustices fût la plus
rigoureusement punie. Mr. de G... M... ne tarda pas
longtemps à s'apercevoir qu'il était dupé. Je ne sais
s'il fit dès le soir même quelques démarches pour nous
découvrir, mais il eut assez de crédit pour n'en pas
faire longtemps d'inutiles, et nous assez d'imprudence
pour compter sur la grandeur de Paris, et sur l'éloignement qu'il y avait de notre quartier au sien. Non
seulement il fut informé de notre demeure, et de nos
affaires présentes, mais il apprit aussi qui j'étais, la vie
que j'avais menée à Paris, l'ancienne liaison de Manon
avec B..., la tromperie qu'elle lui avait faite; en un mot
toutes les parties scandaleuses de notre histoire. Il prit
là-dessus la résolution de nous faire arrêter, et de nous
traiter moins comme des criminels que comme de fieffés
libertins [42]. Nous étions encore au lit lorsqu'un exempt
du Lieutenant de Police entra dans notre chambre avec

une demi-douzaine de gardes. Ils se saisirent d'abord
de notre argent ou plutôt de celui de Mr. de G... M...
et nous ayant fait lever brusquement, ils nous condui-
sirent à la porte, où nous trouvâmes deux carrosses;
dans l'un desquels la pauvre Manon fut menée à l'Hôpital général, et moi dans l'autre à Saint-Lazare [43]. Il
faut avoir éprouvé de tels revers pour juger du désespoir
qu'ils peuvent causer. Nos gardes eurent la dureté de
ne pas me permettre d'embrasser Manon, ni de lui dire
une parole. J'ignorai longtemps ce qu'elle était deve-
nue. Ce fut sans doute un bonheur pour moi de ne
l'avoir pas su d'abord, car une catastrophe si terrible
m'aurait fait perdre le sens, et peut-être la vie.

Ma malheureuse maîtresse fut donc conduite à
l'Hôpital [44]. Quel sort pour une créature toute charmante,
qui eût occupé le premier trône du monde, si tous les
hommes eussent eu mes yeux, et mon cœur! On ne
l'y traita pas barbarement, mais elle fut resserrée dans
une étroite prison, seule, et condamnée à remplir tous
les jours une certaine taxe d'ouvrage, comme une condition nécessaire pour obtenir quelque dégoûtante nourriture. Je n'appris ce triste détail que longtemps après,
lorsque j'eus essuyé moi-même plusieurs mois d'une
rude et ennuyeuse pénitence. Mes gardes ne m'ayant
point averti du lieu où ils avaient ordre de me conduire,
je ne connus mon destin qu'à la porte de Saint-Lazare.
J'aurais préféré la mort dans ce moment à l'état où
je me crus près de tomber. J'avais de terribles idées
de cette maison. Ma frayeur augmenta lorsque mes
gardes en entrant visitèrent mes poches une seconde
fois, pour s'assurer qu'il ne me restait ni armes ni
moyens de défense. Le Supérieur parut à l'instant, il
était prévenu sur mon arrivée. Il me salua avec beaucoup de douceur. Mon Père, lui dis-je, point d'indi-
gnités. Je perdrai mille vies avant que d'en souffrir
une. Non, non, Monsieur, répondit-il, vous prendrez

une conduite sage, et nous serons contents l'un de l'autre. Il me pria de monter dans une chambre haute. Je le suivis sans résistance. Les archers nous accompagnèrent jusqu'à la porte, et le Supérieur y étant entré avec moi, il leur fit signe de se retirer.

Je suis donc votre prisonnier, lui dis-je; eh bien mon Père, que prétendez-vous faire de moi? Il me dit qu'il était charmé de me voir prendre un ton si raisonnable; que son devoir par rapport à moi serait de travailler à m'inspirer le goût de la vertu et de la religion, et le mien de profiter de ses exhortations et de ses conseils; que pour peu que je voulusse répondre aux attentions qu'il aurait pour moi, je ne trouverais que du plaisir et de la satisfaction dans ma solitude. Ah! du plaisir, repris-je; vous ne savez pas, mon Père, l'unique chose qui est capable de m'en faire goûter! Je le sais, reprit-il; mais j'espère que votre inclination changera. Sa réponse me fit comprendre, qu'il était instruit de mes aventures et peut-être de mon nom. Je le priai de m'éclaircir là-dessus. Il me dit naturellement qu'on l'avait informé de tout. Cette connaissance fut le plus rude de tous mes châtiments. Je me mis à verser un ruisseau de larmes avec toutes les marques du désespoir. Je ne pouvais me consoler d'une humiliation qui allait me rendre la fable de toutes les personnes de ma connaissance, et la honte de ma famille. Je passai ainsi huit jours dans le plus profond abattement, sans être capable de rien entendre ni de m'occuper d'autre chose que de mon opprobre. Le souvenir même de Manon n'ajoutait rien à ma douleur. Il n'y entrait du moins que comme un sentiment qui avait précédé cette nouvelle peine, et la passion dominante de mon âme était la honte et la confusion. Il y a peu de personnes qui connaissent la force de ces mouvements particuliers du cœur. Le commun des hommes n'est sensible qu'à cinq ou six passions dans le cercle desquelles leur vie se passe et où toutes leurs agitations se réduisent. Otez-leur l'amour et la haine, le plaisir et la douleur, l'espérance et la crainte, ils ne sentent plus rien. Mais les personnes d'un certain caractère peuvent être remuées de mille façons différentes; il semble qu'elles aient plus de cinq sens, et qu'elles puissent recevoir des idées et des sensations qui passent les bornes ordinaires de la nature. Et comme elles ont un sentiment de cette grandeur qui les élève au-dessus du vulgaire, il n'y a rien dont elles soient plus jalouses. De là vient qu'elles souffrent si impatiemment le mépris et la risée, et que la honte est une de leurs passions les plus violentes.

J'avais ce triste avantage à Saint-Lazare. Ma tristesse parut si excessive au Supérieur qu'en appréhendant les suites, il crut devoir me traiter avec beaucoup de douceur, et d'indulgence. Il me visitait deux ou trois fois le jour. Il me prenait souvent avec lui pour faire un tour de jardin, et il s'épuisait en exhortations et en avis salutaires. Je les recevais avec douceur. Je lui marquais même de la reconnaissance. Il en tirait l'espoir de ma conversion. Vous êtes d'un naturel si doux et si aimable, me dit-il un jour, que je ne puis comprendre les désordres dont on vous accuse. Deux choses m'étonnent; l'une, comment avec de si bonnes qualités vous avez pu vous livrer à l'excès du libertinage; et l'autre que j'admire encore plus, comment vous recevez si volontiers mes conseils, et mes instructions, après avoir vécu plusieurs années dans l'habitude du désordre. Si c'est repentir vous êtes un exemple signalé des miséricordes du Ciel; si c'est bonté naturelle, vous avez du moins un excellent fond de rectitude morale qui me fait espérer que nous n'aurons pas besoin de vous retenir ici longtemps pour vous ramener à une vie honnête et réglée. Je fus ravi de lui voir cette opinion de moi. Je résolus de l'augmenter par une conduite

qui le satisferait entièrement, persuadé que c'était le
plus sûr moyen d'abréger ma prison. Je lui demandai
des livres. Il fut surpris que m'ayant laissé le choix
de ceux que je voulais lire, je me déterminai pour
quelques auteurs sérieux et chrétiens. Je fis semblant
de m'appliquer à l'étude avec le dernier attachement,
et je lui donnai ainsi dans toutes les occasions des
preuves du changement qu'il désirait.

Cependant il n'était qu'extérieur. Je le dois confesser
à ma honte. Je jouai à Saint-Lazare un personnage
d'hypocrite. Au lieu d'étudier, quand j'étais seul, je
ne m'occupais qu'à gémir de ma destinée. Je maudissais
ma prison, et la tyrannie qui m'y retenait. Je n'eus
pas plus tôt quelque relâche du côté de cet accablement
où m'avait jeté la confusion, que je retombai dans les
tourments de l'amour. L'absence de Manon, l'incertitude de son sort, la crainte de ne la revoir jamais,
étaient l'unique objet de mes tristes méditations. Je
me la figurais dans les bras de Mr. de G... M..., car
c'était la pensée que j'avais eue d'abord, et loin de
m'imaginer qu'il lui eût fait le même traitement qu'à
moi, j'étais persuadé qu'il ne m'avait fait éloigner que
pour la posséder tranquillement. Je passais ainsi des
jours et des nuits dont la longueur me paraissait éternelle. Je n'avais point d'autre espérance que celle du
succès de mon hypocrisie. J'observais soigneusement
le visage et le discours du Supérieur, pour m'assurer de
ce qu'il pensait de moi, et je me faisais une étude de
lui plaire comme à l'arbitre de ma destinée. Il me fut
aisé de voir que j'étais parfaitement dans ses bonnes
grâces. Je ne doutai point qu'il ne fût disposé à me
rendre service. J'en pris un jour la hardiesse de lui
demander, si c'était de lui que mon élargissement
dépendait. Il me dit qu'il n'en était pas le maître
absolument; mais que sur son témoignage il espérait
que Mr. de G... M... à la sollicitation duquel Mr. le

Lieutenant de Police m'avait fait renfermer, consentirait
à me rendre la liberté. Puis-je me flatter, repris-je
doucement, que deux mois de prison que j'ai déjà
essuyés, lui paraîtront une expiation suffisante? Il me
promit de lui en parler si je le souhaitais. Je le priai
instamment de me rendre ce bon office. Il m'apprit
deux jours après que Mr. de G... M... avait été si touché
du bien qu'il avait entendu de moi, que non seulement
il paraissait être dans le dessein de me laisser voir le
jour, mais qu'il avait même marqué beaucoup d'envie
de me connaître plus particulièrement, et qu'il se proposait de me rendre une visite dans ma prison. Quoique
sa présence ne pût m'être agréable, je la regardai
comme un acheminement prochain à ma liberté.

Il vint effectivement à Saint-Lazare. Je lui trouvai
l'air plus grave et moins sot, qu'il ne l'avait eu dans
la maison de Manon. Il me tint quelques discours de
bon sens sur ma mauvaise conduite, et il ajouta pour
justifier sans doute ses propres désordres, qu'il était
permis à la faiblesse des hommes de se procurer certains
plaisirs que la nature exigeait, mais que la friponnerie
et les artifices honteux méritaient d'être punis. Je
l'écoutai avec un air de soumission dont il me parut
satisfait. Je ne m'offensai pas même de l'entendre lâcher
quelques railleries sur ma fraternité avec Lescaut et
Manon, et sur les petites chapelles [45], dont il supposait,
me dit-il, que j'avais dû faire un grand nombre à
Saint-Lazare, puisque je trouvais tant de plaisir à
cette pieuse occupation; mais il lui échappa malheureusement pour lui et pour moi-même de me dire, que Manon
en aurait fait aussi sans doute de fort jolies à l'Hôpital.
Malgré le frémissement que le nom d'Hôpital me causa,
j'eus encore le pouvoir de le prier avec douceur de s'expliquer. Hé, oui, reprit-il, il y a deux mois qu'elle apprend
la sagesse à l'Hôpital général, et je souhaite qu'elle
en ait tiré autant de profit que vous à Saint-Lazare.

Quand j'aurais eu une prison éternelle, ou la mort même présente à mes yeux, je n'aurais pas été le maître de mon transport à cette affreuse nouvelle! Je me jetai sur lui avec une si furieuse rage que j'en perdis la moitié de mes forces. J'en eu assez néanmoins pour le précipiter par terre, et le prendre à la gorge. Je l'étranglais, lorsque le bruit de sa chute et quelques gémissements que je lui laissais à peine la liberté de pousser, attirèrent le Supérieur, et plusieurs religieux dans ma chambre. On le délivra de mes mains. J'avais presque perdu moi-même la force et la respiration. O Dieu! m'écriai-je, en poussant mille soupirs, justice du Ciel! faut-il, que je vive un moment après une telle infamie! Je voulus me jeter encore sur le barbare qui venait de m'assassiner. On m'arrêta. Mon désespoir, mes cris, et mes larmes passaient toute imagination. Je fis des choses si étonnantes que tous les assistants qui en ignoraient la cause, se regardaient les uns les autres avec autant de frayeur que de surprise. Mr. de G... M... rajustait pendant ce temps-là sa perruque et sa cravate, et dans le dépit d'avoir été si maltraité, il ordonnait au Supérieur de me resserrer plus étroitement que jamais, et de me punir, par tous les châtiments qu'on sait être propres à Saint-Lazare. Non, Monsieur, lui dit le Supérieur, ce n'est point avec une personne de la naissance de Mr. le Chevalier que nous en usons de cette manière. Il est si doux d'ailleurs, et si honnête, que j'ai peine à comprendre qu'il se soit porté à cet excès sans de fortes raisons. Cette réponse acheva de déconcerter Mr. de G... M... Il sortit en disant qu'il saurait faire plier et le Supérieur, et moi, et tous ceux qui oseraient lui résister.

Le Supérieur ayant ordonné à ses religieux de le conduire, demeura seul avec moi. Il me conjura de lui apprendre promptement d'où venait ce désordre. O mon Père! lui dis-je en continuant de pleurer comme un enfant, figurez-vous la plus horrible cruauté, imaginez-vous la plus détestable de toutes les barbaries, c'est l'action que l'indigne G... M... a eu la lâcheté de commettre. Oh! il m'a percé le cœur, je n'en reviendrai jamais; je veux vous raconter tout, ajoutai-je en sanglotant, vous êtes bon, vous aurez pitié de moi. Je lui fis un récit abrégé de la longue et insurmontable passion, que j'avais pour Manon, de la situation florissante de notre fortune avant que nous eussions été dépouillés par nos propres domestiques, des offres que G... M... avait faites à ma maîtresse, de la conclusion de leur marché et de la manière dont il avait été rompu. Je lui représentai les choses à la vérité du côté le plus favorable pour nous; voilà continuai-je, de quelle source est venu le zèle de Mr. de G... M... pour ma conversion. Il a eu le crédit de me faire renfermer ici par un pur motif de vengeance. Je lui pardonne; mais mon Père, hélas! ce n'est pas tout. Il a fait enlever cruellement la plus chère moitié de moi-même; il l'a fait mettre honteusement à l'Hôpital, il a eu l'impudence de me l'annoncer aujourd'hui de sa propre bouche. A l'Hôpital, mon Père, ô Ciel, ma charmante maîtresse, ma chère Reine à l'Hôpital, comme la plus infâme .de toutes les créatures! où trouverai-je assez de force pour supporter un si étrange malheur sans mourir! Le bon Père me voyant dans un tel excès d'affliction, entreprit de me consoler. Il me dit, qu'il n'avait jamais compris mon aventure de la manière dont je la racontais; qu'il avait su à la vérité que je vivais dans le désordre, mais qu'il s'était figuré que ce qui avait obligé Mr. de G... M... à y prendre intérêt était quelque liaison d'estime, et d'amitié avec ma famille; qu'il ne s'en était expliqué à lui-même que sur ce pied-là; que ce que je venais de lui apprendre mettrait beaucoup de changement dans mes affaires, et qu'il ne doutait point que le récit fidèle qu'il avait

dessein d'en faire à Mr. le Lieutenant de Police, ne pût
contribuer à ma liberté. Il me demanda ensuite pourquoi
je n'avais point pensé à écrire à ma famille, puisqu'elle
n'avait point eu de part à ma captivité. Je satisfis à
cette objection par quelques raisons prises de la douleur
que j'avais appréhendé de causer à mon père, et de la
honte que j'en aurais ressentie moi-même. Enfin il me
promit d'aller de ce pas chez Mr. le Lieutenant de
Police, ne fût-ce, ajouta-t-il, que pour prévenir quelque
chose de pis de la part de Mr. de G... M... qui est sorti
de cette maison fort mal satisfait, et qui est assez
considéré pour se rendre redoutable.

J'attendis le retour du Père avec toutes les agitations
d'un malheureux, qui touche au moment de sa sentence. C'était pour moi un supplice inexprimable que
de me représenter Manon à l'Hôpital. Outre l'infamie
de cette demeure, j'ignorais de quelle manière elle y
était traitée, et le souvenir de quelques particularités
que j'avais entendues de cette maison d'horreur, renou-
velait à tous moments mes transports. J'étais tellement
résolu de la secourir à quelque prix, et par quelque
moyen que ce pût être, que j'aurais mis le feu à Saint-
Lazare, s'il m'eût été impossible d'en sortir autrement.
Je réfléchis donc sur les voies que je pourrais prendre,
s'il arrivait que Mr. le Lieutenant de Police continuât
de m'y retenir malgré moi. Je mis mon industrie [46] à
toutes les épreuves, je parcourus toutes les possibilités;
je ne vis rien qui pût m'assurer d'une évasion certaine,
et je craignis d'être renfermé plus étroitement, si je
faisais une tentative malheureuse. Je me rappelai le
nom de quelques amis de qui je pouvais espérer du
secours; mais quel moyen de leur faire savoir seulement
de mes nouvelles! Enfin je crus avoir formé un plan
si adroit qu'il pourrait réussir et je remis à l'arranger
encore mieux après le retour du Père Supérieur, si l'inutilité de sa démarche me le rendait nécessaire. Il ne tarda

point à revenir. Je ne vis point sur son visage les marques
de joie qui accompagnent une bonne nouvelle. J'ai
parlé, me dit-il, à Mr. le Lieutenant de Police, mais je
lui ai parlé trop tard. Mr. de G... M... l'est allé voir en
sortant d'ici, et l'a si fort prévenu contre vous, qu'il
était sur le point de m'envoyer de nouveaux ordres
pour vous resserrer davantage.

Cependant lorsque je lui ai appris le fond de vos
affaires il a paru s'adoucir beaucoup, et après avoir
un peu ri de l'incontinence du vieux Mr. de G... M...
il m'a dit qu'il fallait vous laisser ici six mois pour le
satisfaire, d'autant mieux, a-t-il dit, que cette demeure[47]
ne saurait vous être inutile. Il m'a recommandé de
vous traiter honnêtement, et je vous réponds que vous
ne vous plaindrez point de mes manières.

Cette explication du bon Supérieur fut assez longue,
pour me donner le temps de faire une sage réflexion.
Je conçus que je m'exposerais à renverser mes desseins,
si je lui marquais trop d'empressement pour ma liberté.
Je lui témoignai au contraire, que dans la nécessité de
demeurer, c'était une douce consolation pour moi
d'avoir quelque part à son estime. Je le priai ensuite
sans affectation de m'accorder une grâce qui n'était
de nulle importance pour personne et qui servirait
beaucoup à ma tranquillité, c'était de faire avertir un
de mes amis, un saint ecclésiastique qui demeurait à
Saint-Sulpice, que j'étais à Saint-Lazare; et de me permettre de recevoir quelquefois son édifiante visite.
Cette faveur me fut accordée sans délibérer. C'était
mon ami Tiberge dont il était question; non que j'es-
pérasse de lui les secours nécessaires pour ma liberté;
mais je voulais l'y faire servir comme un instrument
éloigné sans qu'il en eût même connaissance. En un
mot, voici mon projet. Je voulais écrire à Lescaut, et le
charger, lui, et nos amis communs du soin de me délivrer. La première difficulté était à lui faire tenir ma

lettre, ce devait être l'office de Tiberge. Cependant comme il le connaissait pour le frère de ma maîtresse, je craignais qu'il n'eût peine à accepter cette commission. Mon dessein était de renfermer ma lettre à Lescaut dans une autre lettre que j'adresserais à un honnête homme de ma connaissance, en le priant de rendre promptement l'incluse à son adresse; et comme il était nécessaire que je visse Lescaut pour nous accorder dans nos mesures, je voulais lui marquer de venir à Saint-Lazare, et de demander à me voir sous le nom de mon frère aîné qui était venu exprès à Paris pour prendre connaissance de mes affaires. Je remettais à convenir avec lui des moyens qui nous paraîtraient les plus expéditifs et les plus sûrs. Le Père Supérieur fit avertir Tiberge dès le lendemain du désir que j'avais de l'entretenir. Ce fidèle ami ne m'avait pas tellement perdu de vue qu'il ignorât mon aventure; il savait que j'étais à Saint-Lazare, et peut-être n'avait-il pas été fâché de cette disgrâce, qu'il espérait pouvoir servir à me ramener au devoir. Il accourut aussitôt à ma chambre.

Notre entretien fut plein d'amitié. Il voulut être informé de mes dispositions. Je lui ouvris mon cœur sans réserve, excepté sur le dessein de ma fuite. Ce n'est pas à vos yeux, cher ami, lui dis-je, que je veux paraître ce que je ne suis point. Si vous avez cru trouver ici un ami sage et réglé dans ses désirs, un libertin [48] réveillé par les châtiments du Ciel, en un mot un cœur dégagé de l'amour et revenu des charmes de sa Manon, vous avez jugé trop favorablement de moi. Vous me revoyez tel que vous me laissâtes il y a quatre mois, toujours tendre, et toujours malheureux par cette fatale tendresse dans laquelle je ne me lasse point de chercher mon bonheur. Il me répondit que l'aveu que je faisais me rendait inexcusable; qu'on voyait bien des pécheurs qui s'enivraient du faux bonheur du vice, jusqu'à le

préférer hautement à celui de la vertu; mais que c'était
du moins à une image du bonheur qu'ils s'attachaient,
et qu'ils étaient les dupes de l'apparence; mais que de
reconnaître comme je faisais, que l'objet de mes atta-
chements, n'était propre qu'à me rendre coupable et
malheureux et de continuer à me précipiter volontairement dans l'infortune et dans le crime, c'était une
contradiction d'idées et de conduite, qui ne faisait pas
honneur à ma raison. Tiberge! repris-je, qu'il vous est
aisé de vaincre, lorsqu'on n'oppose rien à vos armes!
laissez-moi raisonner à mon tour. Pouvez-vous prétendre
que ce que vous appelez le bonheur de la vertu soit
exempt de peines, de traverses, et d'inquiétudes? quel
nom donnerez-vous à la prison, aux croix, aux sup-
plices, et aux tortures des tyrans? direz-vous comme font
les mystiques que ce qui tourmente le corps est un
bonheur pour l'âme? vous n'oseriez le dire, c'est un
paradoxe insoutenable. Ce bonheur que vous relevez
tant est donc mêlé de mille peines, ou, pour parler plus
juste, ce n'est qu'un tissu de malheurs, au travers
desquels on tend à la félicité. Or si la force de l'imagination fait trouver du plaisir dans ces maux mêmes,
parce qu'ils peuvent conduire à un terme heureux qu'on
espère, pourquoi traitez-vous de contradictoire et d'in-
sensée dans ma conduite une disposition toute semblable? J'aime Manon; je tends au travers de mille
douleurs à vivre heureux et tranquille auprès d'elle. La
voie par où je marche est malheureuse, mais l'espérance
d'arriver à mon terme y répand toujours de la douceur;
et je me croirai trop bien payé par un moment passé
avec elle, de tous les chagrins que j'essuie pour l'obtenir. Toutes choses me paraissent donc égales de votre
côté et du mien; ou s'il y a quelque différence, elle est
encore à mon avantage; car le bonheur que j'espère
est proche, et l'autre est éloigné; le mien est de la
nature des peines, c'est-à-dire, sensible au corps; et

l'autre est d'une nature inconnue, qui n'est certaine que par la foi.

Tiberge parut effrayé de ce raisonnement. Il recula deux pas en me disant de l'air le plus sérieux, que non seulement ce que je venais de dire blessait le bon sens, mais que c'était un malheureux sophisme d'impiété et d'irréligion; car cette comparaison, ajouta-t-il, du terme de vos peines avec celui qui est proposé par la religion est une idée des plus libertines, et des plus monstrueuses. J'avoue, repris-je, qu'elle n'est pas juste, mais prenez-y garde, ce n'est pas sur elle que porte mon raisonnement. J'ai eu dessein d'expliquer ce que vous regardez comme une contradiction dans la persévérance d'un amour malheureux, et je crois avoir prouvé fort bien que si c'en est une, vous ne sauriez vous en sauver non plus que moi. C'est à cet égard seulement que j'ai traité les choses d'égales, et je soutiens encore qu'elles le sont. Répondrez-vous que le terme de la vertu est infiniment supérieur à celui de l'amour? Qui refuse d'en convenir? Mais est-ce de quoi il est question? Ne s'agit-il pas de la force qu'ils ont l'un et l'autre pour faire supporter les peines? Jugeons-en par l'effet. Combien trouve-t-on de déserteurs de la sévère vertu, et combien en trouverez-vous peu de l'amour? Répondrez-vous encore que s'il y a des peines dans l'exercice du bien, elles ne sont pas infaillibles et nécessaires; qu'on ne trouve plus de tyrans ni de croix, et qu'on voit quantité de personnes vertueuses mener une vie douce et tranquille? Je vous dirai de même qu'il y a des amours paisibles et fortunées; et ce qui fait encore une différence qui m'est extrêmement avantageuse, j'ajouterai que l'amour quoiqu'il trompe assez souvent, ne promet du moins que des satisfactions et des joies, au lieu que la religion veut qu'on s'attende à une pratique triste et mortifiante. Ne vous alarmez pas, ajoutai-je, en voyant son zèle prêt à se chagriner. L'unique

chose que je veux conclure ici, c'est qu'il n'y a point
de plus mauvaise méthode pour dégoûter un cœur de
l'amour, que de lui en décrier les douceurs et de lui
promettre plus de bonheur dans l'exercice de la vertu.
De la manière dont nous sommes faits, il est certain
que notre félicité consiste dans le plaisir; je défie qu'on
s'en forme une autre idée : or le cœur n'a pas besoin
de se consulter longtemps pour sentir que de tous les
plaisirs, les plus doux sont ceux de l'amour. Il s'aperçoit
bientôt qu'on le trompe lorsqu'on lui en promet ailleurs
de plus charmants, et cette tromperie le dispose à se
défier des promesses les plus solides. Prédicateurs qui
voulez me ramener à la vertu, dites-moi qu'elle est
indispensablement nécessaire, mais ne me déguisez pas
qu'elle est sévère et pénible. Établissez bien que les
délices de l'amour sont passagères, qu'elles sont défen-
dues, qu'elles seront suivies par d'éternelles peines, et
ce qui fera peut-être encore plus d'impression sur moi,
que plus elles sont douces et charmantes, plus le Ciel
sera magnifique à récompenser un si grand sacrifice;
mais confessez qu'avec des cœurs tels que nous les
avons, elles sont ici-bas nos plus parfaites félicités.
Cette fin de mon discours rendit sa bonne humeur à
Tiberge. Il convint qu'il y avait quelque chose de raisonnable dans mes pensées. La seule objection qu'il
ajouta fut de me demander, pourquoi je n'entrais pas
du moins dans mes propres principes, en sacrifiant mon
amour à l'espérance de cette rémunération dont je me
faisais une si grande idée. O cher ami! lui répondis-je,
c'est ici que je reconnais ma misère et ma faiblesse;
hélas oui, c'est mon devoir d'agir comme je raisonne;
mais l'action est-elle en mon pouvoir? De quel secours
n'aurais-je pas besoin pour oublier les charmes de
Manon? Dieu me pardonne, reprit Tiberge, je pense
que voici encore un de nos jansénistes [49]. Je ne sais
ce que je suis, répliquai-je, et je ne vois pas trop clai-

rement ce qu'il faut être, mais j'éprouve la vérité de
ce qu'ils disent.

Cette conversation servit du moins à renouveler la
pitié de mon ami. Il vit bien qu'il y avait plus de faiblesse que de malignité dans mes désordres. Son amitié
en fut plus disposée dans la suite à me donner des
secours, sans lesquels j'aurais péri infailliblement de
misère. Je ne lui fis pas pourtant la moindre ouverture
du dessein que j'avais de m'échapper de Saint-Lazare.
Je le priai seulement de se charger de ma lettre. Je
l'avais préparée avant qu'il fût venu, et je ne manquai
point de prétextes pour colorer la nécessité où j'étais
d'écrire. Il eut la fidélité de la porter exactement, et
Lescaut reçut celle qui était pour lui avant la fin du
jour. Il me vint voir le lendemain et il passa heureusement sous le nom de mon frère. Ma joie fut grande en
l'apercevant dans ma chambre, j'en fermai la porte
avec soin. Ne perdons pas un seul moment, lui dis-je,
apprenez-moi d'abord des nouvelles de Manon, et donnez-moi ensuite un bon conseil pour rompre mes fers.
Il m'assura qu'il n'avait pas vu sa sœur depuis le jour
qui avait précédé mon emprisonnement, qu'il n'avait
appris son sort et le mien qu'à force d'informations et
de soins, que s'étant présenté deux ou trois fois à
l'Hôpital, on lui avait refusé la liberté de lui parler.
Malheureux G... M..., m'écriai-je, que tu me le payeras
cher!

Pour ce qui regarde votre délivrance, continua Lescaut, c'est une entreprise moins facile que vous ne
pensez. Nous passâmes hier la soirée deux de mes amis
et moi, à observer toutes les parties extérieures de cette
maison, et nous jugeâmes que vos fenêtres étant sur
une cour entourée de bâtiments, comme vous nous
l'aviez marqué, il y aurait bien de la difficulté à vous
tirer de là. Vous êtes d'ailleurs au troisième étage, et
nous ne pouvons introduire ici, ni cordes, ni échelle.

Je ne vois donc nulle ressource du côté du dehors;
c'est dans la maison même qu'il faudrait imaginer
quelque artifice. Non, repris-je, j'ai tout examiné, surtout depuis que ma clôture est un peu moins rigoureuse
par l'indulgence du Supérieur. La porte de ma chambre
ne se ferme plus avec la clef, j'ai la liberté de me promener dans les galeries des religieux; mais tous les
escaliers sont bouchés par des portes épaisses qu'on a
soin de tenir fermées la nuit et le jour; de sorte qu'il
est impossible que la seule adresse me puisse sauver.
Attendez, repris-je, après avoir un peu réfléchi sur une
idée qui me parut excellente, pourriez-vous m'apporter
un pistolet? Aisément, me dit Lescaut; mais voulez-
vous tuer quelqu'un? je l'assurai que j'avais si peu
dessein de tuer, qu'il n'était pas même nécessaire que le
pistolet fût chargé. Apportez-le-moi demain, ajoutai-je,
et ne manquez pas de vous trouver le même soir à onze
heures vis-à-vis la porte de cette maison avec deux ou
trois de nos amis. J'espère que je pourrai vous y
rejoindre. Il me pressa en vain de lui en apprendre
davantage. Je lui dis qu'une entreprise telle que je la
méditais ne pouvait paraître raisonnable qu'après avoir
réussi. Je le priai d'abréger sa visite; afin qu'il trouvât
plus de facilité à me revoir le lendemain. Il fut admis
avec aussi peu de peine que la première fois; son air
était grave, il n'y a personne qui ne l'eût pris pour un
honnête homme.

Lorsque je me trouvai muni de l'instrument de ma
liberté, je ne doutai presque point du succès de mon
projet. Il était bizarre et hardi; mais de quoi n'étais-je
point capable avec les motifs qui m'animaient? J'avais
remarqué depuis qu'il m'était permis de sortir de ma
chambre, et de me promener dans les galeries, que le
portier apportait chaque jour au soir les clefs de toutes
les portes au Supérieur, et qu'il régnait ensuite un profond silence dans la maison, qui marquait que tout le

monde était retiré. Je pouvais aller sans obstacle par
une galerie de communication de ma chambre à celle de
ce Père. Ma résolution était de lui prendre ses clefs, en
l'épouvantant avec mon pistolet s'il faisait difficulté
de me les donner, et de m'en servir pour gagner la rue.
J'en attendis le temps avec impatience. Le portier vint à
l'heure ordinaire, c'est-à-dire, un peu après neuf heures.
J'en laissai passer encore une, pour m'assurer que tous
les religieux, et les domestiques étaient endormis. Je
partis enfin avec mon arme et une chandelle allumée.
Je frappai d'abord doucement à la porte du Père pour
l'éveiller sans bruit. Il m'entendit au second coup, et
s'imaginant sans doute que c'était quelque religieux
qui se trouvait mal, et qui avait besoin de secours, il se
leva pour m'ouvrir. Il eut néanmoins la précaution de
demander au travers de la porte, qui c'était, et ce qu'on
voulait de lui? Je fus obligé de lui dire qui j'étais,
mais j'affectai un ton plaintif pour lui faire comprendre
que je ne me trouvais pas bien. Ha! c'est vous, mon
cher fils, me dit-il, en ouvrant la porte; qui est-ce donc
qui vous amène si tard? J'entrai dans sa chambre et
l'ayant tiré à l'autre bout opposé à la porte, je lui
déclarai qu'il m'était impossible de demeurer plus longtemps à Saint-Lazare; que la nuit était un temps
commode pour sortir sans être aperçu, et que j'attendais de son amitié qu'il consentirait à m'ouvrir les
portes, ou à me prêter les clefs pour les ouvrir moi-
même.

Le compliment devait le surprendre. Il demeura
quelque temps à me considérer sans me répondre.
Comme je n'en avais pas à perdre, je repris la parole
pour lui dire, que j'étais fort touché de toutes ses
bontés; mais que la liberté étant le plus cher de tous
les biens, surtout à moi, à qui on la ravissait injustement, j'étais résolu de me la procurer cette nuit même
à quelque prix que ce fût; et de peur qu'il ne lui prît

envie d'élever la voix pour appeler au secours, je lui
fis voir une honnête raison de silence que je tenais sous
mon justaucorps. Un pistolet! me dit-il. Quoi, mon fils!
vous voulez m'ôter la vie, pour reconnaître la considération que j'ai eue pour vous? A Dieu ne plaise, lui
répondis-je. Vous avez trop d'esprit, et de raison pour
me mettre dans cette nécessité; mais je veux être libre,
et j'y suis si résolu que si mon projet manque par votre
faute, c'est fait de vous absolument. Mais, mon cher
fils, reprit-il d'un air pâle et effrayé, que vous ai-je
fait? quelle raison avez-vous de vouloir ma mort?
Eh non, répliquai-je avec impatience, je n'ai pas dessein
de vous tuer si vous voulez vivre; ouvrez-moi la porte,
et je suis le meilleur de vos amis. J'aperçus les clefs,
qui étaient sur la table. Je les pris, et je le priai de me
suivre, en faisant le moins de bruit qu'il pourrait. Il
fut obligé de s'y résoudre. A mesure que nous avancions
et qu'il ouvrait une porte, il me répétait avec un soupir :
ah! mon fils, ah! qui l'aurait jamais cru! Point de bruit,
mon Père, répétais-je de mon côté à tout moment.
Enfin nous arrivâmes à une espèce de barrière qui est
avant la grande porte de la rue. Je me croyais déjà en
sûreté, et j'étais derrière le Père, avec ma chandelle
dans une main, et mon pistolet dans l'autre. Pendant
qu'il s'occupait à ouvrir, un domestique qui couchait
dans une petite chambre voisine, entendant le bruit
de quelques verrous se lève et met la tête à sa porte.
Le bon Père le crut apparemment capable de m'arrêter. Il lui ordonna avec beaucoup d'imprudence de
venir à son secours. C'était un puissant coquin, qui
s'élança sur moi sans balancer. Je ne le lui marchan-
dai point, je lui lâchai le coup au milieu de la poitrine.
Voilà de quoi vous êtes cause, mon Père, dis-je au
Supérieur; mais que cela n'empêche point que vous
n'acheviez, ajoutai-je en le poussant vers la dernière
porte. Il n'osa refuser de l'ouvrir. Je sortis heureuse-

ment et je trouvai à quatre pas Lescaut, qui m'attendait avec deux amis suivant sa promesse.

Nous nous éloignâmes. Lescaut me demanda s'il n'avait pas entendu tirer un pistolet; c'est votre faute, lui dis-je, pourquoi me l'apportiez-vous chargé? Cependant je le remerciai d'avoir eu cette précaution sans laquelle j'étais sans doute à Saint-Lazare pour longtemps. Nous allâmes passer la nuit chez un traiteur, où je me remis un peu de la mauvaise chère que j'avais faite depuis près de trois mois. Je ne pus néanmoins m'y livrer au plaisir. Je souffrais mortellement sans Manon. Il faut la délivrer, dis-je à mes trois amis. Je n'ai souhaité la liberté que dans cette vue. Je vous demande le secours de votre adresse. Pour moi, j'y emploierai jusqu'à ma vie. Lescaut qui ne manquait pas d'esprit et de prudence, me représenta qu'il fallait aller bride en main [50]; que mon évasion de Saint-Lazare et le malheur qui m'était arrivé en sortant causerait infailliblement du bruit; que Mr. le Lieutenant de Police me ferait chercher, et qu'il avait les bras longs; enfin que si je ne voulais pas être exposé à quelque chose de pis que Saint-Lazare, il était à propos de me tenir couvert et renfermé quelques jours, pour laisser au premier feu de mes ennemis le temps de s'éteindre. Son conseil était sage; mais il aurait fallu l'être aussi pour le suivre. Tant de lenteur, et de ménagement ne s'accordaient pas avec ma passion. Toute ma complaisance se réduisit à lui promettre que je passerais le jour suivant à dormir. Il m'enferma dans sa chambre, où je demeurai jusqu'au soir.

J'employai une partie de ce temps à former des projets et des expédients pour secourir Manon. J'étais bien persuadé que sa prison était encore plus impénétrable que n'avait été la mienne. Il n'était pas question de force et de violence. Il fallait de l'artifice; mais la déesse même de l'invention, n'aurait pas su par quelle voie commencer. J'y vis si peu de jour que je remis à considérer mieux les choses, lorsque j'aurais pris quelques informations sur l'arrangement intérieur de l'Hôpital. Aussitôt que la nuit eut amené l'obscurité, je priai Lescaut de m'accompagner. Nous liâmes conversation avec un des portiers qui nous parut homme de bon sens. Je feignis d'être un étranger qui avait entendu parler avec admiration de l'Hôpital général, et de l'ordre qui s'y observait. Je l'interrogeai sur les plus minces détails; et de circonstances en circonstances, nous tombâmes sur les administrateurs dont je le priai de m'apprendre les noms, et les qualités. Les réponses qu'il me fit sur ce dernier article me firent naître une pensée, dont je m'applaudis aussitôt, et que je ne tardai point à mettre en œuvre. Je lui demandai comme une chose essentielle à mon dessein, si ces Messieurs avaient des enfants? Il me dit qu'il ne pouvait pas m'en rendre un compte certain, mais que pour Mr. de T... qui était un des principaux, il lui connaissait un fils en âge d'être marié, qui était venu plusieurs fois à l'Hôpital avec son père. Cette assurance me suffisait. Je rompis presque aussitôt notre entretien, et je fis part à Lescaut en retournant chez lui de l'idée qui m'était venue à la tête [51]. Je m'imagine, lui dis-je, que Mr. de T... le fils, qui est riche et de bonne maison est dans un certain goût de plaisirs, comme la plupart des jeunes gens de son âge. Il ne saurait être ennemi des femmes, ni ridicule au point de refuser ses services pour une affaire d'amour. J'ai formé le dessein de l'intéresser dans la liberté de Manon. S'il est honnête homme, et qu'il ait des sentiments, il nous accordera son secours par générosité; s'il n'est point capable d'être conduit par ce motif, il fera du moins quelque chose pour une fille aimable; ne fût-ce, que par l'espérance d'avoir part à ses faveurs. Je ne veux pas différer de le voir, ajoutai-je, plus longtemps que demain. Je me sens si consolé par ce projet,

que j'en tire un bon augure. Lescaut convint lui-même
qu'il y avait de la vraisemblance dans ce que je lui
disais, et que nous avions quelque chose à espérer de
ce côté-là. J'en passai la nuit moins tristement.

Le matin étant venu je m'habillai le plus proprement
qu'il me fut possible dans l'état d'indigence où j'étais,
et je me fis conduire dans un fiacre à la maison de
Mr. de T... Il fut surpris de recevoir la visite d'un
inconnu. J'augurai bien de sa physionomie, et de ses
civilités. Je m'expliquai naturellement avec lui, et
pour échauffer ses sentiments naturels, je lui parlai de
ma passion, et du mérite de ma maîtresse, comme de
deux choses qui ne pouvaient être égalées que l'une
par l'autre. Il me dit que quoiqu'il n'eût jamais vu
Manon, il avait entendu parler d'elle, du moins s'il
s'agissait de celle qui avait été la maîtresse du vieux
Mr de G... M... Je ne doutai point qu'il ne fût informé
de la part que j'avais eue à cette aventure; et pour
le gagner davantage en me faisant un mérite de ma
confiance, je lui racontai le détail de tout ce qui nous
était arrivé à Manon et à moi. Vous voyez, Monsieur,
continuai-je, que l'intérêt de ma vie, et celui de mon
cœur sont maintenant entre vos mains. L'un ne m'est
pas plus cher que l'autre. Je n'ai point de réserve avec
vous, parce que je suis informé de votre générosité, et
que la ressemblance de nos âges me fait espérer qu'il
s'en trouvera quelques-unes dans nos inclinations. Il
parut fort sensible à cette marque d'ouverture, et de
candeur. Sa réponse fut celle d'un homme qui a du
monde, et des sentiments; ce que le monde ne donne
pas toujours, et qu'il fait perdre souvent. Il me dit
qu'il mettait ma visite au rang de ses bonnes fortunes,
qu'il regarderait mon amitié comme une de ses plus
heureuses acquisitions, et qu'il s'efforcerait de la mériter par son zèle à me servir. Il ne promit pas de me
rendre Manon; parce qu'il n'avait, me dit-il, qu'un

crédit médiocre, et mal assuré; mais il s'engagea à me
procurer le plaisir de la voir, et à faire tout ce qui
serait en sa puissance pour la remettre entre mes bras.
Je fus plus satisfait de l'incertitude où il me paraissait
être de son crédit, que je ne l'aurais été d'une pleine
assurance de remplir tous mes désirs. Je trouvai dans
cette modération de ses offres, une marque de sincérité
et de franchise dont je fus charmé. Je me promis tout
de ses bons offices. La seule promesse de me faire voir
Manon m'aurait fait tout entreprendre pour lui. Je lui
marquai quelque chose de ces sentiments, d'une manière
qui le persuada aussi que je n'étais pas d'un mauvais
naturel. Nous nous embrassâmes avec tendresse, et
nous devînmes amis sans autre raison que la bonté de
nos cœurs, et une simple disposition qui porte un homme
tendre et généreux à aimer un autre homme qui lui
ressemble. Il poussa les marques de son estime bien
plus loin, car ayant combiné mes aventures, et jugeant
qu'en sortant de Saint-Lazare, je ne devais pas me
trouver à mon aise, il m'offrit sa bourse, et il me
pressa de l'accepter. Je ne l'acceptai point; mais je lui
dis : c'est trop, mon cher Monsieur. Si avec tant de
bonté et d'amitié vous me faites revoir ma chère
Manon, je vous suis attaché pour toute ma vie. Si
vous me rendez tout à fait cette chère créature, je ne
croirai pas être quitte en versant tout mon sang pour
vous servir.

Nous ne nous séparâmes qu'après être convenus du
temps, et du lieu, où nous devions nous retrouver. Il
eut la complaisance de ne pas me remettre plus loin
qu'à l'après-midi. Je l'attendis dans un café, où il vint
me rejoindre vers les quatre heures, et nous prîmes
ensemble le chemin de l'Hôpital. Mes genoux étaient
tremblants en traversant les cours. Puissance d'amour!
disais-je, je reverrai donc la chère reine de mon cœur[52],
l'objet de tant de pleurs, et d'inquiétudes! Ciel, conser-

vez-moi assez de vie pour aller jusqu'à elle, et disposez
après cela de ma fortune, et de mes jours. Je n'ai plus
d'autre grâce à vous demander. Mr. de T... parla à
quelques concierges de la maison, qui s'empressèrent
de lui offrir tout ce qui dépendait d'eux pour sa satisfaction. Il se fit montrer le quartier où Manon avait
sa chambre, et l'on nous y conduisit avec une clef
d'une grandeur effroyable, qui servit à ouvrir sa porte.
Je demandai au valet qui nous menait, et qui était
celui qu'on avait chargé du soin de la servir, de quelle
manière elle avait passé le temps dans cette demeure.
Il nous dit que c'était une douceur angélique, qu'il
n'avait jamais reçu d'elle un mot de dureté, qu'elle
avait versé continuellement des larmes pendant les
six premières semaines après son arrivée, mais qu'elle
paraissait depuis quelque temps prendre son malheur
avec plus de patience, et qu'elle était occupée à coudre
du matin jusqu'au soir, à la réserve de quelques heures
qu'elle employait à la lecture. Je lui demandai encore,
si elle avait été entretenue proprement et avec honnêteté. Il m'assura que le nécessaire du moins ne lui avait
jamais manqué. Nous approchâmes de sa porte. Mon
cœur battait violemment. Je dis à Mr. de T... entrez
seul et prévenez-la sur ma visite, car j'appréhende
qu'elle ne soit trop saisie en me voyant tout d'un coup.
La porte nous fut ouverte. Je demeurai dans la galerie.
J'entendis néanmoins leurs discours. Il lui dit qu'il
venait lui apporter un peu de consolation; qu'il était
de mes amis, et qu'il prenait beaucoup d'intérêt à notre
fortune. Elle lui demanda avec beaucoup d'empressement, si elle apprendrait de lui ce que j'étais devenu.
Il lui promit de m'amener à ses pieds, aussi tendre, et
aussi fidèle qu'elle pouvait le désirer. Quand? reprit-
elle. Aujourd'hui même, lui dit-il, ce bienheureux
moment ne tardera point. Il va paraître à l'instant si
vous le souhaitez. Elle comprit que j'étais à la porte.

J'entrai lorsqu'elle y accourait avec précipitation. Nous nous embrassâmes avec cette effusion de tendresse, qu'une absence de trois mois fait trouver si charmante à de parfaits amants. Nos soupirs, nos exclamations interrompues, mille noms d'amour répétés, languissamment de part et d'autre, formèrent pendant un quart d'heure une scène qui attendrissait Mr. de T... Je vous porte envie, me dit-il, en nous faisant asseoir, il n'y a point de sort glorieux auquel je ne préférasse une maîtresse si belle et si passionnée. Aussi mépriserais-je tous les empires du monde, lui répondis-je, pour m'assurer le bonheur d'être aimé d'elle.

Tout le reste d'une conversation si désirée, ne pouvait manquer d'être infiniment tendre. La pauvre Manon me raconta ses aventures, et je lui appris les miennes. Nous pleurâmes amèrement en nous entretenant de l'état où elle était, et de celui d'où je ne faisais que sortir. Mr. de T... nous consola par de nouvelles promesses de s'employer ardemment pour finir nos misères. Il nous conseilla de ne pas rendre cette première entrevue si longue, pour lui donner plus de facilité à nous en procurer d'autres. Il eut beaucoup de peine à nous faire goûter ce conseil. Manon surtout ne pouvait se résoudre à me laisser partir. Elle me fit remettre cent fois sur ma chaise, elle me retenait par les habits et par les mains. Hélas! dans quel lieu me laissez-vous, disait-elle, qui peut m'assurer de vous revoir? Mr. de T... s'engagea à la venir voir souvent avec moi. Pour le lieu, ajouta-t-il agréablement, il ne faut plus l'appeler l'Hôpital, c'est un Versailles, depuis qu'une personne qui mérite l'empire de tous les cœurs y est renfermée.

Je fis en sortant quelques libéralités au valet qui la servait, pour l'engager à lui rendre ses soins avec zèle. Ce garçon avait l'âme moins basse et moins dure que ses pareils. Il avait été témoin de notre entrevue, ce tendre spectacle l'avait touché. Un louis d'or dont je

lui fis présent acheva de me l'attacher. Il me prit à
l'écart en descendant dans les cours. Monsieur, me
dit-il, si vous voulez me prendre à votre service, ou me
donner une honnête récompense [53], pour me dédomma-
ger de la perte de l'emploi que j'occupe ici, je crois qu'il
me sera facile de délivrer Mademoiselle Manon. J'ouvris
l'oreille à cette proposition, et quoique je fusse dépourvu
de tout, je lui fis des promesses fort au-dessus de ses
désirs. Je comptais bien qu'il me serait toujours aisé
de récompenser un homme de cette étoffe. Sois persuadé,
lui dis-je, mon ami, qu'il n'y a rien que je ne fasse
pour toi, et que ta fortune est aussi assurée que la
mienne. Je voulus savoir quels moyens il avait dessein
d'employer. Nul autre, me dit-il, que de lui ouvrir le
soir la porte de sa chambre, et de vous la conduire
jusqu'à celle de la rue où il faudra que vous soyez prêt à
la recevoir. Je lui demandai, s'il n'était point à craindre
qu'elle fût reconnue en traversant les galeries et les
cours? Il confessa qu'il y avait quelque danger; mais
il me dit, qu'il fallait bien risquer quelque chose. Quoique
je fusse ravi de le voir si résolu, j'appelai Mr. de T...
pour lui communiquer ce projet, et la seule raison qui
me semblait pouvoir le rendre douteux. Il y trouva
plus de difficulté que moi. Il convint qu'elle pouvait
absolument s'échapper de cette manière, mais si elle
est reconnue, et arrêtée en fuyant, continua-t-il, c'est
peut-être fait d'elle pour toujours. D'ailleurs, il vous
faudrait donc quitter Paris sur-le-champ; car vous ne
seriez jamais assez caché aux recherches. On les redou-
blerait autant par rapport à vous qu'à elle. Un homme
s'échappe aisément quand il est seul, mais il est presque
impossible de demeurer inconnu avec une jolie femme.
Quelque solide que me parût ce raisonnement, il ne put
l'emporter dans mon esprit sur un espoir si proche de
mettre Manon en liberté. Je le dis à Mr. de T... et
je le priai de pardonner un peu d'imprudence, et de

témérité à l'amour. J'ajoutai que mon dessein était
en effet de quitter Paris pour m'arrêter comme j'avais
déjà fait à quelque village aux environs. Nous convînmes
donc avec le valet de ne pas remettre son entreprise
plus loin qu'au jour suivant, et pour la rendre aussi
certaine qu'il était en notre pouvoir, nous résolûmes
d'apporter des habits d'homme dans la vue de faciliter
sa sortie. Il n'était pas aisé de les faire entrer; mais
je ne manquai pas d'invention pour en trouver le moyen.
Je priai seulement Mr. de T... de mettre le lendemain
deux vestes légères, l'une sur l'autre; je me chargeai
de tout le reste. Nous retournâmes le matin à l'Hôpital,
j'avais avec moi pour Manon du linge, des bas, etc.,
et par-dessus mon justaucorps un surtout [54], qui ne
laissait voir rien de trop enflé dans mes poches. Nous
ne fûmes qu'un moment dans sa chambre. Mr. de T...
lui laissa une de ses deux vestes, je lui donnai mon
justaucorps, le surtout me suffisant pour sortir; il ne
se trouva rien de manque à son ajustement excepté la
culotte que j'avais malheureusement oubliée. L'oubli
de cette pièce nécessaire nous eût sans doute apprêté
à rire, si l'embarras où il nous mettait eût été moins
sérieux. J'étais au désespoir qu'une bagatelle de cette
nature nous arrêtât. Cependant je pris mon parti, qui
fut de sortir moi-même sans culotte. Je laissai la mienne
à Manon. Mon surtout était long, et je me mis à l'aide
de quelques épingles en état de passer décemment à la
porte. Le reste du jour me parut d'une longueur insupportable. Enfin la nuit étant venue, nous nous rendîmes
un peu au-dessous de la porte de l'Hôpital dans un
carrosse. Nous n'y fûmes pas longtemps sans voir
Manon paraître avec son conducteur, notre portière
étant tout ouverte ils montèrent tous deux en un instant, je reçus ma chère maîtresse dans mes bras. Elle
tremblait comme une feuille. Le cocher me demanda
où il fallait toucher. Touche au bout du monde, lui

dis-je, et mène-moi quelque part où je ne puisse jamais
être séparé de Manon.

Ce transport dont je ne fus pas le maître faillit à
m'attirer un fâcheux embarras. Le cocher fit réflexion
à mes paroles, et lorsque je lui dis ensuite le nom de
la rue où nous voulions être conduits, il me répondit,
qu'il craignait que je ne l'engageasse dans une mauvaise
affaire, qu'il voyait bien que ce beau jeune homme qui
s'appelait Manon, était une fille que j'enlevais de l'Hôpital, et qu'il n'était pas d'humeur à se perdre pour
l'amour de moi. La délicatesse de ce coquin n'était
qu'une envie de me faire payer la voiture plus cher.
Nous étions trop près de l'Hôpital pour ne pas filer
doux. Tais-toi, lui dis-je, il y a un louis d'or à gagner
pour toi; il m'aurait aidé après cela à brûler l'Hôpital
même. Nous gagnâmes la maison où demeurait Lescaut.
Comme il était tard, Mr. de T... nous quitta en chemin
avec promesse de nous revoir le lendemain. Le valet
demeura avec nous. Je tenais Manon si étroitement
serrée entre mes bras, que nous n'occupions qu'une
place dans le carrosse. Elle pleurait de joie, et je sentais
ses larmes qui mouillaient mon visage. Mais lorsqu'il
fallut descendre pour entrer chez Lescaut, j'eus avec
le cocher un nouveau démêlé dont les suites furent
funestes. Je me repentis de lui avoir promis un louis,
non seulement parce que le présent était exorbitant,
mais par une autre raison bien plus forte, qui était
l'impuissance de le payer. Je fis appeler Lescaut. Il
descendit de sa chambre pour venir à la porte. Je lui
dis à l'oreille dans quel embarras je me trouvais.
Comme il était d'une humeur brusque, et nullement
accoutumé à ménager un fiacre, il me répondit que je
me moquais. Un louis d'or! ajouta-t-il, vingt coups de
canne à ce coquin-là. J'eus beau lui représenter doucement qu'il allait nous perdre. Il m'arracha ma canne
avec l'air d'en vouloir maltraiter le cocher. Celui-ci

à qui il était peut-être arrivé de tomber quelquefois
sous la main d'un garde du corps, ou d'un mousque-
taire, s'enfuit de peur avec son carrosse, en criant que
je l'avais trompé, mais que j'aurais de ses nouvelles.
Je lui répétai inutilement d'arrêter. Sa fuite me causa
une extrême inquiétude. Je ne doutai point qu'il n'avertît le commissaire. Vous me perdez, dis-je, à Lescaut; je
ne serais pas en sûreté chez vous. Il faut nous éloigner
dans le moment. Je prêtai le bras à Manon pour marcher, et nous sortîmes promptement de cette dangereuse rue. Lescaut nous tint compagnie. C'est quelque
chose d'admirable, que la manière dont la Providence
conduit les événements. A peine avions-nous marché
cinq ou six minutes, qu'un homme dont je ne découvris
point le visage, reconnut Lescaut. Il le cherchait sans
doute aux environs de chez lui avec le malheureux dessein qu'il exécuta. C'est Lescaut, dit-il, en lui lâchant
un coup de pistolet, il ira souper ce soir avec les anges.
Il se déroba aussitôt, Lescaut tomba sans le moindre
mouvement de vie. Je pressai Manon de fuir, car nos
secours étaient inutiles à un cadavre, et je craignais
d'être arrêté par le guet qui ne pouvait tarder à paraître.
J'enfilai avec elle et le valet la première petite rue qui
croisait. Elle était si éperdue que j'avais de la peine
à la soutenir. Enfin ayant aperçu un fiacre au bout de
la rue, je le fis appeler. Nous y montâmes. Mais lorsque
le cocher me demanda où il fallait nous conduire, je
fus embarrassé à lui répondre. Je n'avais point d'asile
assuré, ni d'ami de confiance à qui j'osasse avoir
recours. J'étais sans argent, n'ayant guère plus d'une
demi-pistole dans ma bourse. La frayeur et la fatigue
avaient tellement incommodé Manon, qu'elle était à
demi pâmée auprès de moi. J'avais d'ailleurs l'imagination remplie du meurtre de Lescaut, et je n'étais
pas encore hors de l'appréhension du guet : quel parti
prendre? Je me souvins heureusement de l'auberge de

Chaillot où j'avais passé quelques jours avec Manon,
lorsque nous étions allés dans ce village pour y demeurer. J'espérai non seulement d'y être en sûreté, mais
d'y pouvoir vivre quelque temps sans être pressé de
payer. Mène-nous à Chaillot, dis-je au cocher. Il refusa
d'y aller si tard à moins d'une pistole; autre sujet
d'embarras. Enfin nous convînmes de six francs. C'était
toute la somme qui restait dans ma bourse.

Je consolais Manon en avançant; mais dans le fond
j'avais le désespoir dans le cœur. Je me serais donné
mille fois la mort, si je n'eusse pas eu dans mes bras le
seul bien qui m'attachait à la vie. Cette seule pensée
me remettait. Je la tiens du moins, disais-je, elle
m'aime, elle est à moi; Tiberge a beau dire, ce n'est
pas là un fantôme de bonheur. Je verrais périr tout
l'univers sans y prendre intérêt; pourquoi? je n'ai plus
d'affection de reste. Ce sentiment était vrai; cependant
dans le temps que je faisais si peu de cas des biens du
monde, je sentais que j'aurais eu besoin d'en avoir du
moins une petite partie pour mépriser encore plus
souverainement tout le reste. L'amour est plus fort
que l'abondance, plus fort que les trésors et les richesses,
mais il a besoin de leur secours; et rien n'est plus désespérant pour un amant délicat que de se voir ramené par
là malgré lui, à la grossièreté des âmes les plus basses.
Il était environ onze heures quand nous arrivâmes à
Chaillot. Nous fûmes reçus à l'auberge comme des personnes de connaissance. On ne fut pas surpris de voir
Manon en habit d'homme, parce qu'on est accoutumé
à Paris et aux environs à voir prendre aux femmes
toutes sortes de formes. Je la fis servir aussi proprement que si j'eusse été dans la meilleure fortune. Elle
ignorait que je fusse mal en argent. Je me gardai bien
de lui en rien apprendre, étant résolu de retourner seul
à Paris le lendemain, pour chercher quelque remède à
cette embarrassante espèce de maladie. Elle me parut

pâle, et maigrie en soupant. Je ne m'en étais point
aperçu à l'Hôpital; parce que la chambre où je l'avais
vue n'était pas des plus claires. Je lui demandai si ce
n'était point encore un effet de la frayeur qu'elle avait
eue en voyant assassiner son frère. Elle m'assura que
quelque touchée qu'elle fût de cet accident, sa pâleur
ne venait que d'avoir essuyé pendant trois mois mon
absence, Tu m'aimes donc extrêmement, lui répondis-je; mille fois plus que je ne puis dire, reprit-elle. Tu
ne me quitteras donc plus jamais, ajoutai-je; non,
jamais, répliqua-t-elle, et elle me confirma cette assurance par tant de caresses et de serments, qu'il me
parut impossible en effet qu'elle pût jamais les oublier.
J'ai toujours été persuadé qu'elle était sincère; quelle
raison aurait-elle eue de se contrefaire jusqu'à ce point?
mais elle était encore plus volage; ou plutôt elle n'était
plus rien, et elle ne se reconnaissait pas elle-même,
lorsqu'ayant devant les yeux des femmes qui vivaient
dans l'abondance, elle se trouvait dans la pauvreté,
et dans le besoin. J'étais à la veille d'en avoir une dernière preuve, qui a surpassé toutes les autres, et qui a
produit la plus étrange aventure qui soit jamais arrivée
à un homme de ma naissance et de ma fortune [55].

Comme je la connaissais de cette humeur, je me hâtai
le lendemain d'aller à Paris. La mort de son frère, et la
nécessité d'avoir du linge et des habits pour elle et pour
moi, étaient de si bonnes raisons, que je n'eus pas
besoin de prétextes. Je sortis de l'auberge avec le dessein, dis-je, à Manon et à mon hôte, de prendre un
carrosse de louage; mais c'était une gasconnade. La
nécessité m'obligea d'aller à pied, je marchai fort vite
jusqu'au Cours-la-Reine, où j'avais dessein de m'arrêter.
Il fallait bien prendre un moment de solitude et de
tranquillité pour m'arranger, et prévoir ce que j'allais
faire à Paris. Je m'assis sur l'herbe. J'entrai dans une
mer de raisonnements et de réflexions qui se réduisirent

peu à peu à trois principaux articles. J'avais besoin
d'un secours présent pour un nombre infini de nécessités présentes. J'avais à chercher quelque voie qui pût
du moins m'ouvrir des espérances pour le futur; et ce
qui n'était pas de moindre importance, j'avais des
informations, et des mesures à prendre pour la sûreté
de Manon, et pour la mienne. Après m'être épuisé en
projets, et en combinaisons sur ces trois chefs, je jugeai
encore à propos d'en retrancher les deux derniers.
Nous n'étions pas mal à couvert à Chaillot; et pour les
besoins futurs, je crus qu'il serait temps d'y penser
lorsque j'aurais satisfait aux présents. Il était donc
question de remplir actuellement ma bourse. Mr. de T...
m'avait offert généreusement la sienne, mais j'avais
une extrême répugnance à le remettre moi-même sur
cette matière. Quel personnage que d'aller exposer sa
misère à un étranger, et de le prier de nous faire part
de son bien! Il n'y a qu'une âme lâche qui en soit capable,
par une bassesse qui l'empêche d'en sentir l'indignité;
ou un chrétien humble par un excès de générosité [56]
qui le rend supérieur à cette honte. Je n'étais ni un
homme lâche, ni un bon chrétien, j'aurais donné la
moitié de mon sang pour éviter cette humiliation.
Tiberge, disais-je, le bon Tiberge, me refusera-t-il, ce
qu'il sera en état de me donner? Non, il sera touché
de ma misère; mais il m'assassinera par sa morale. Il
faudra essuyer ses reproches, ses exhortations, ses
menaces, il me fera acheter ses secours si cher, que je
donnerais encore une partie de mon sang plutôt que de
m'exposer à cette scène fâcheuse, qui me laissera du
trouble et des remords. Bon, reprenais-je, il faut donc
renoncer à tout espoir, puisqu'il ne me reste point
d'autre voie, et que je suis si éloigné de m'arrêter à ces
deux-là, que je verserais plus volontiers la moitié de
mon sang que d'en prendre une, c'est-à-dire, tout mon
sang plutôt que de les prendre toutes les deux. Oui, mon

sang tout entier, ajoutai-je, après une réflexion d'un
moment, je le donnerais plutôt que de me réduire à une
basse supplication. Mais il s'agit bien ici de mon sang!
Il s'agit de la vie, et de l'entretien de Manon, il s'agit
de son amour, et de sa fidélité : qu'ai-je à mettre en
balance avec elle? Je n'y ai rien mis jusqu'à présent,
elle me tient lieu de gloire, de bonheur et de fortune.
Il y a bien des choses sans doute que je donnerais ma
vie pour obtenir ou pour éviter, mais estimer une chose
plus que ma vie n'est pas une raison pour l'estimer
autant que Manon. Je ne fus pas longtemps à me
déterminer après ce raisonnement. Je continuai mon
chemin, résolu d'aller d'abord chez Tiberge, et de là
chez Mr. de T...

En entrant à Paris je pris un fiacre, quoique je
n'eusse pas de quoi le payer; je comptais sur les secours
que j'allais solliciter. Je me fis conduire au Luxembourg,
d'où j'envoyai avertir Tiberge que j'étais à l'attendre.
Il satisfit mon impatience par sa promptitude. Je lui
appris l'extrémité de mes besoins sans nul détour. Il
me demanda si les cent pistoles que je lui avais rendues
me suffiraient, et sans m'opposer un seul mot de difficulté, il me les fut quérir dans le moment avec cet air
ouvert, et ce plaisir à donner qui n'est connu que de
l'amour, et de la véritable amitié. Quoique je n'eusse
pas eu le moindre doute du succès de ma demande,
je fus surpris de l'avoir obtenue à si bon marché, c'est-
à-dire, sans qu'il m'eût querellé sur mon impénitence;
mais je me trompais en me croyant tout à fait quitte
de ses reproches; car lorsqu'il eut achevé de me compter
son argent et que je me préparais à le quitter, il me pria
de faire avec lui un tour d'allée : je ne lui avais point
parlé de Manon, il ignorait qu'elle fût en liberté; ainsi
sa morale ne tomba que sur ma fuite téméraire de
Saint-Lazare, et sur la crainte où il était, qu'au lieu
de profiter des leçons de sagesse que j'y avais reçues,

je ne reprisse le train du désordre. Il me dit qu'étant
allé pour me visiter à Saint-Lazare le lendemain de
mon évasion, il avait été frappé au-delà de toute
expression, en apprenant la manière dont j'en étais
sorti; qu'il avait eu là-dessus un entretien avec le
Supérieur; que ce bon Père n'était pas encore remis
de son effroi; qu'il avait eu néanmoins la générosité
de déguiser à Mr. le Lieutenant de Police les circonstances de mon évasion, et qu'il avait empêché que
la mort du portier ne fût connue au dehors; que je
n'avais donc de ce côté-là nul sujet d'alarme; mais
que s'il me restait le moindre sentiment de sagesse, je
profiterais de cet heureux tour que le Ciel donnait à
mes affaires; que je devais commencer par écrire à
mon père, et me remettre bien avec lui, et que si je
voulais suivre une fois son conseil, il était d'avis que
je quittasse Paris pour retourner dans le sein de ma
famille. J'écoutai son discours jusqu'à la fin. Il y avait
là bien des choses satisfaisantes. Je fus ravi premiè-
rement de n'avoir rien à craindre du côté de Saint-
Lazare. Les rues de Paris me redevenaient un pays
libre. En second lieu, je m'applaudis de ce que Tiberge
n'avait pas la moindre idée de la délivrance de Manon,
et de son retour avec moi. Je remarquai même qu'il
avait évité de me parler d'elle, dans l'opinion apparemment qu'elle me tenait moins au cœur puisque je
paraissais si tranquille sur son sujet. Je résolus sinon
de retourner dans ma famille, du moins d'écrire à mon
père comme il me le conseillait, et de lui témoigner
que j'étais disposé à rentrer dans l'ordre de mes devoirs,
et de ses volontés. Mon espérance était de l'engager à
m'envoyer de l'argent, sous prétexte de faire mes
exercices à l'Académie; car j'aurais eu peine à lui persuader que j'eusse dessein de retourner à l'état ecclésiastique, et dans le fond je n'avais nul éloignement
pour ce que je voulais lui promettre, étant bien aise au

contraire de m'appliquer à quelque chose d'honnête,
et de raisonnable; autant que cela pourrait s'accorder
avec mon amour pour Manon. Je faisais mon compte
de vivre avec elle, et de faire en même temps mes
exercices. Cela était fort compatible. Je fus si satisfait
de toutes ces idées, que je promis à Tiberge de faire
partir le jour même une lettre pour mon père. J'entrai
effectivement dans un bureau d'écriture [57] en le quittant, et j'écrivis d'une manière si tendre et si soumise,
que je ne doutai point que je n'obtinsse quelque chose
du cœur paternel.

Quoique je fusse en état de prendre et de payer un
fiacre après avoir quitté Tiberge, je me fis un plaisir
de marcher fièrement à pied en allant chez Mr. de T...
Je trouvais de la joie dans cet exercice de ma liberté,
pour laquelle mon ami m'avait assuré que je n'avais
plus rien à craindre. Cependant il me revint tout d'un
coup à l'esprit que ses assurances ne regardaient que
Saint-Lazare, et que j'avais outre cela l'affaire de
l'Hôpital sur les bras; sans compter la mort de Lescaut,
dans laquelle j'étais mêlé du moins comme témoin.
Ce souvenir m'effraya tellement, que je me retirai dans
la première allée d'où je fis appeler un carrosse. J'allai
droit chez Mr. de T... que je fis rire de ma frayeur. Elle
me parut encore plus risible, lorsqu'il m'eut appris
que je n'avais rien à craindre du côté de l'Hôpital, ni
de Lescaut. Il me dit que dans la pensée qu'on pourrait
le soupçonner d'avoir eu part à l'enlèvement de Manon,
il était allé le matin à l'Hôpital demander à la voir, et
faisant semblant d'ignorer ce qui était arrivé; qu'on était
si éloigné de nous accuser, ou lui, ou moi, qu'on s'était
empressé au contraire de lui apprendre cette aventure
comme une étrange nouvelle, et qu'on admirait qu'une
fille aussi jolie que Manon, eût consenti à fuir avec un
valet; qu'il s'était contenté de répondre froidement qu'il
n'en était pas surpris et qu'on faisait tout pour la

liberté. Il continua à me raconter qu'il était allé de là
chez Lescaut, dans l'espérance de me trouver avec ma
charmante maîtresse; que l'hôte de la maison qui était
un carrossier lui avait protesté qu'il n'avait vu, ni elle,
ni moi; mais qu'il n'était point étonnant que nous
n'eussions point paru chez lui, si c'était pour Lescaut
que nous devions y venir; parce que nous aurions sans
doute appris qu'il venait d'être tué à peu près dans le
temps dont Mr. de T... parlait. Sur quoi il lui raconta
ce qu'il savait de la cause, et des circonstances de cette
mort; il lui dit que environ deux heures avant l'accident, un garde du corps des amis de Lescaut l'était
venu voir, et lui avait proposé de jouer; que Lescaut
avait gagné si rapidement, que l'autre s'était trouvé cent
écus de moins en une heure, c'est-à-dire, tout son argent;
que ne lui restant point un sou il avait prié Lescaut
de lui prêter la moitié de la somme qu'il avait perdue,
et que sur quelques difficultés nées à cette occasion, ils
s'étaient querellés avec une animosité extrême; que
Lescaut avait refusé de sortir pour mettre l'épée à la
main, et que l'autre avait juré en le quittant de lui
casser la tête, ce qu'il avait apparemment exécuté le
soir même. Mr. de T... eut l'honnêteté d'ajouter, qu'il
avait été fort inquiet par rapport à nous, et il continua
à m'offrir ses services. Je ne balançai point à lui
apprendre le lieu de notre retraite. Il me pria de trouver
bon qu'il allât souper avec nous; il ne me restait plus
qu'à acheter du linge, et des habits pour Manon; je
lui dis que nous pouvions partir à l'heure même, s'il
voulait prendre la peine de s'arrêter un moment avec
moi chez quelques marchands. Je ne sais s'il crut que
je lui faisais cette proposition à dessein d'intéresser sa
générosité, ou si ce fut par un mouvement qui venait
de lui-même; mais ayant consenti à partir aussitôt, il
me mena chez les marchands qui fournissaient sa
maison, et après m'avoir fait choisir plusieurs étoffes

d'un prix plus considérable que je ne m'étais proposé, il défendit absolument au marchand de recevoir un sou de mon argent. Il fit cette galanterie de si bonne grâce, que je crus pouvoir en profiter sans honte. Nous prîmes ensemble le chemin de Chaillot, où j'arrivai avec moins d'inquiétude que je n'en étais parti.

Le Chevalier Des Grieux ayant employé plus d'une heure à ce récit, je le priai de prendre un peu de relâche jusqu'après notre souper, il convint lui-même qu'il en avait besoin, et jugeant par notre attention que nous l'avions écouté avec plaisir, il nous assura que nous trouverions encore quelque chose de plus intéressant dans la suite de son histoire. Il la reprit ainsi lorsque nous eûmes fini de souper.

LIVRE SECOND

La présence et la compagnie de Mr. de T... dissipèrent
tout ce qui pouvait rester de chagrin à Manon. Oublions
nos frayeurs passées, ma chère âme, lui dis-je en arrivant, et recommençons à vivre plus heureux que jamais.
Après tout, l'amour est un bon maître. La fortune ne
saurait nous causer autant de peines qu'il nous fait
goûter de plaisirs. Notre souper fut une vraie scène de
joie. J'étais plus fier et plus content avec Manon et
mes cent pistoles, que le plus riche partisan [58] de Paris
avec ses trésors entassés. Il faut compter ses richesses
par les moyens qu'on a de satisfaire ses désirs. Je n'en
avais pas un seul à remplir. L'avenir même ne me
causait nul embarras. J'étais presque sûr que mon père
ne ferait point difficulté de me donner de quoi vivre
honnêtement à Paris, parce qu'étant dans ma vingtième
année, j'étais en droit d'exiger ma part du bien de ma
mère. Je ne cachai point à Manon que le fond de mes
richesses n'était que de cent pistoles. C'était assez
pour attendre tranquillement une meilleure fortune, qui
ne me semblait pas pouvoir manquer, soit du côté de
ma famille, soit du côté du jeu [59].

J'ai remarqué dans toute ma vie que le Ciel a toujours

choisi pour me frapper de ses plus rudes châtiments,
le temps où ma fortune me semblait le plus solidement
établie. Je me croyais si heureux en soupant avec
Mr. de T... et Manon, qu'on n'aurait pu me faire
comprendre, que j'eusse à craindre encore quelque nouvel obstacle à ma félicité [60]; cependant il s'en préparait
un si funeste qu'il m'a réduit à l'état où vous m'avez vu
à Pacy, et ensuite à des extrémités si déplorables, que
vous aurez peine à croire mon récit fidèle. Dans le
temps que nous étions à table, nous entendîmes le
bruit d'un carrosse qui s'arrêtait à la porte de l'hôtel-
lerie. La curiosité nous fit désirer de savoir qui ce
pouvait être qui arrivait si tard [61]. On nous dit que
c'était le jeune Mr. de G... M..., c'est-à-dire, le fils de
notre plus cruel ennemi, de ce vieux débauché qui
m'avait mis à Saint-Lazare, et Manon à l'Hôpital.
Son nom me fit monter la rougeur au visage. C'est le
Ciel qui me l'amène, dis-je à Mr. de T..., pour le punir
de la lâcheté de son père. Il ne m'échappera pas que
nous n'ayons mesuré nos épées. Mr. de T... qui le
connaissait et qui était même de ses meilleurs amis,
s'efforça de me faire prendre de meilleurs sentiments
pour lui. Il m'assura que c'était un jeune homme très
aimable, et si peu capable d'avoir eu part à l'action
de son père, que je ne le verrais pas moi-même un
moment sans lui accorder mon estime et sans désirer
la sienne. Après m'avoir dit mille choses à son avantage,
il me pria de consentir qu'il allât lui proposer de venir
prendre place avec nous, et de s'accommoder du reste
de notre souper. Il prévint l'objection du péril où c'était
exposer Manon, que de découvrir sa demeure au fils
de notre ennemi, en protestant sur son honneur, et
sur sa foi, que lorsqu'il nous connaîtrait, nous n'aurions
point de plus zélé défenseur. Je ne fis difficulté de rien
après de telles assurances. Mr. de T... nous l'amena
après avoir pris un moment pour l'informer qui nous

étions. Il entra d'un air qui nous prévint effectivement
en sa faveur. Il m'embrassa. Nous nous assîmes. Il
admira Manon, moi, tout ce qui nous appartenait, et
il mangea d'un appétit qui fit honneur à notre souper;
lorsqu'on eut desservi, la conversation devint plus
sérieuse. Il nous parla de l'excès où son père s'était
porté contre nous, avec détestation. Il nous fit les
excuses les plus soumises. Je les abrège, nous dit-il,
pour ne pas renouveler un souvenir qui me cause trop
de honte. Si elles étaient sincères dès le commencement,
elles le devinrent bien plus dans la suite; car il n'eut
pas passé une demi-heure à s'entretenir avec nous, que
je m'aperçus de l'impression que les charmes de Manon
faisaient sur lui. Je vis ses regards, et ses manières
s'attendrir par degrés. Il ne laissa rien échapper néanmoins dans ses discours, mais sans être aidé de la
jalousie, j'avais trop d'expérience en amour pour ne
pas discerner ce qui venait de cette source. Il nous
tint compagnie pendant une partie de la nuit, et il ne
nous quitta qu'après s'être félicité beaucoup de notre
connaissance et nous avoir priés de lui accorder la
liberté de venir nous renouveler quelquefois l'offre de
ses services. Il partit le lendemain avec Mr. de T...
qui se mit avec lui dans son carrosse.

Je n'avais, comme j'ai dit, nul penchant à la jalousie.
J'étais plus crédule que jamais pour les serments de
Manon. Cette charmante créature était si absolument
maîtresse de mon âme, que je n'avais pas un seul petit
sentiment qui ne fût de l'estime et de l'amour. Loin
de lui faire un crime d'avoir plu à G... M... j'étais ravi
de cet effet de ses charmes, et je m'applaudissais d'être
aimé d'une fille que tout le monde trouvait aimable.
Je ne jugeai pas même à propos de lui communiquer le
soupçon que j'avais conçu de G... M... Nous fûmes
occupés pendant quelques jours du soin de faire ajuster
ses habits, et à délibérer si nous pouvions aller à la

Comédie sans appréhender d'être reconnus. Mr. de T...
revint nous voir avant la fin de la semaine : nous le
consultâmes là-dessus. Il vit bien qu'il fallait dire oui
pour faire plaisir à Manon. Nous résolûmes d'y aller le
soir même avec lui : ce que nous ne pûmes néanmoins
exécuter, car m'ayant tiré aussitôt en particulier : Je
me suis trouvé, me dit-il, dans le dernier embarras
depuis que je ne vous ai vu, et la visite que je vous fais
aujourd'hui en est une suite. G... M... aime votre
maîtresse, il m'en a fait confidence. Je suis son intime
ami, et disposé en tout à le servir; mais je ne suis pas
moins le vôtre. J'ai considéré que ses intentions sont
injustes et je les ai condamnées. Cependant j'aurais
gardé mon secret, s'il n'avait dessein d'employer pour
plaire que les voies communes; mais il est bien informé
de l'humeur de Manon. Il a su, je ne sais d'où, qu'elle
aime l'abondance, et les plaisirs, et comme il jouit déjà
d'un bien considérable, il m'a déclaré qu'il veut la
tenter d'abord par un très gros présent et par l'offre
de dix mille livres de pension. Toutes choses égales,
j'aurais peut-être eu beaucoup plus de violence à me
faire pour le trahir, mais la justice s'est jointe en votre
faveur à l'amitié, d'autant plus qu'ayant été la cause
imprudente de la passion de G... M... en l'introduisant
ici, je suis obligé de prévenir les effets du mal que j'ai
causé.

Je remerciai Mr. de T... d'un service de cette importance, je lui avouai avec un parfait retour de confiance,
que le caractère de Manon était tel que G... M... se le
figurait, c'est-à-dire, qu'elle ne pouvait supporter le
nom de la pauvreté. Cependant, lui dis-je, lorsqu'il
n'est question que du plus ou du moins, je ne la crois
pas capable de m'abandonner pour un autre. Je suis
en état de ne la laisser manquer de rien, et je compte
que ma fortune va s'augmenter de jour en jour. Je
ne crains qu'une chose, ajoutai-je, c'est que G... M...

ne se serve de la connaissance qu'il a de notre demeure
pour nous rendre quelque mauvais office. Mr. de T...
m'assura que je devais être sans appréhension de ce côté-
là; que G... M... était capable d'une folie amoureuse,
mais qu'il ne l'était point d'une bassesse; que s'il
avait la lâcheté d'en commettre une, il serait le premier
lui qui parlait à l'en punir, et à réparer par là le malheur
qu'il avait eu d'y donner occasion. Je vous suis obligé
de ce sentiment, repris-je, mais le mal serait fait, et le
remède fort incertain. Ainsi le parti le plus sage est
de le prévenir en quittant Chaillot pour prendre une
autre demeure : oui, reprit Mr. de T...; mais vous aurez
peine à le faire aussi promptement qu'il faudrait, car
G... M... doit être ici à midi; il me le dit hier; et c'est
ce qui m'a porté à venir si matin pour vous informer
de ses vues. Il peut arriver à tout moment. Cette dernière circonstance commença à me faire regarder cette
affaire d'un œil plus sérieux. Comme il me semblait
impossible d'éviter la visite de G... M..., et qu'il me le
serait aussi sans doute de l'empêcher de s'ouvrir à
Manon, je pris le parti de la prévenir elle-même, sur le
dessein de ce nouveau rival. Je m'imaginai que me
sachant instruit des propositions qu'il lui ferait et les
recevant à mes yeux, elle aurait assez de force pour les
rejeter, et me demeurer fidèle. Je découvris ma pensée
à Mr. de T... qui me répondit que cela était extrêmement
délicat. Je l'avoue, lui dis-je, mais toutes les raisons
qu'on peut avoir d'être sûr du cœur d'une maîtresse,
je les ai de compter sur l'affection de la mienne. Il n'y
aurait que la grandeur des offres qui pût l'éblouir, et je
vous ai dit qu'elle n'est point avare. Elle aime ses aises;
mais elle m'aime aussi; et dans la situation où sont mes
affaires, je ne saurais croire qu'elle me préfère le fils
d'un homme qui l'a mise à l'Hôpital. En un mot, je
persistai dans mon dessein, et m'étant retiré à l'écart
avec Manon, je lui déclarai naturellement tout ce que

je venais d'apprendre. Elle me remercia de la bonne opinion que j'avais d'elle, et elle me promit de recevoir les offres de G... M... d'une manière qui lui ôterait l'envie de les renouveler. Non, lui dis-je, il ne faut pas l'irriter par une brusquerie, il peut nous nuire; mais vous savez assez vous autres friponnes, ajoutai-je en riant, comment vous défaire d'un amant désagréable, ou incommode. Elle reprit la parole après avoir un peu rêvé; il me vient un dessein admirable, s'écria-t-elle, et je suis toute glorieuse de l'invention. G... M... est le fils de notre plus cruel ennemi; il faut nous venger du père; non pas sur le fils mais sur sa bourse. Je veux l'écouter, accepter ses présents, et me moquer de lui. Le projet est joli, lui dis-je, mais tu ne songes pas, mon pauvre enfant, que c'est le chemin qui nous a conduits tout droit à l'Hôpital. J'eus beau lui représenter le péril de cette entreprise. Elle me dit qu'il ne s'agissait que de bien prendre nos mesures, et elle répondit à toutes mes objections. Donnez-moi un amant qui n'entre point aveuglément dans tous les caprices d'une maîtresse adorée, et je conviendrai que j'eus tort de céder si facilement à la mienne. La résolution fut prise de faire une dupe de G... M... et par un tour bizarre de mon sort, il arriva que je devins la sienne.

Nous vîmes paraître son carrosse vers les onze heures. Il nous fit des compliments honnêtes sur la liberté qu'il prenait de venir dîner avec nous. Il ne fut pas surpris de trouver Mr. de T... qui lui avait promis la veille de s'y rendre aussi, et qui avait prétexté quelques affaires pour se dispenser de venir dans la même voiture. Quoiqu'il n'y eût pas un seul de nous qui ne portât la trahison dans le cœur, nous nous mîmes à table avec un air de confiance, et d'amitié. G... M... trouva aisément l'occasion de déclarer ses sentiments à Manon; je ne dus pas lui paraître gênant, car je m'absentai exprès pendant quelques minutes. Je m'aperçus à mon

retour qu'on ne l'avait pas désespéré par un excès de
rigueur. Il était de la meilleure humeur du monde.
J'affectai de le paraître aussi, il riait intérieurement de
ma simplicité, et moi de la sienne : nous fûmes l'un
pour l'autre, une scène fort agréable, pendant tout
l'après-midi. Je lui ménageai encore avant son départ
un moment d'entretien particulier avec Manon, de
sorte qu'il eut lieu de s'applaudir de ma complaisance
autant que de la bonne chère. Aussitôt qu'il fut monté
en carrosse avec Mr. de T... Manon accourut à moi les
bras ouverts, et elle m'embrassa en éclatant de rire.
Elle me répéta ses discours et ses propositions sans y
changer un mot. Ils se réduisaient à ceci : Il l'adorait.
Il voulait partager avec elle quarante mille livres de
rente dont il jouissait déjà, sans compter ce qu'il attendait après la mort de son père. Elle serait la maîtresse
de son cœur et de sa bourse; et pour le commencement
de ses bienfaits, il était prêt à lui donner un carrosse,
un hôtel meublé, une femme de chambre, trois laquais,
et un cuisinier. Voilà un fils, dis-je à Manon, bien
autrement généreux que son père. Parlons de bonne
foi, ajoutai-je, cette offre ne vous tente-t-elle point?
Moi? répondit-elle en ajustant à sa pensée deux vers
de Racine [62],

> *Moi? vous me soupçonnez de cette perfidie?*
> *Moi? je pourrais souffrir un visage odieux,*
> *Qui rappelle toujours l'Hôpital, à mes yeux?*

Non, repris-je en continuant la parodie.

> *J'aurais peine à penser que l'Hôpital, Madame,*
> *Fût un trait dont l'amour l'eût gravé dans votre âme.*

Mais c'en est un bien séduisant qu'un hôtel meublé
avec un carrosse, et trois laquais; et l'amour en a peu

d'aussi forts. Elle me protesta que son cœur était à moi pour toujours, et qu'il ne recevrait jamais d'autres traits que les miens. Les promesses qu'il m'a faites, me dit-elle, sont un aiguillon de vengeance, plutôt qu'un trait d'amour. Je lui demandai si elle était dans le dessein d'accepter l'hôtel, et le carrosse. Elle me répondit qu'elle n'en voulait qu'à son argent. La difficulté était d'obtenir l'un sans l'autre. Nous résolûmes d'attendre l'entière explication du projet de G... M... dans une lettre qu'il lui avait promis de lui écrire. Elle la reçut en effet le lendemain par un laquais sans livrée, qui se procura adroitement l'occasion de lui parler sans témoin. Elle lui dit d'attendre sa réponse, et elle vint m'apporter aussitôt sa lettre. Nous l'ouvrîmes ensemble. Outre les lieux communs de tendresse, elle contenait le détail des promesses de mon rival. Il ne bornait point sa dépense. Il s'engageait à lui compter dix mille francs en prenant possession de l'hôtel, et à réparer tellement les diminutions de cette somme, qu'elle l'eût toujours devant elle en argent comptant. Le jour de l'inauguration n'était pas reculé trop loin. Il ne lui en demandait que deux pour disposer les choses à la recevoir, et il lui marquait le nom de la rue, et de l'hôtel, où il lui promettait de l'attendre l'après-midi du second jour, si elle pouvait se dérober de mes mains. C'était l'unique point sur lequel il la conjurait de le tirer d'inquiétude; parce qu'il paraissait être assuré de tout le reste; il ajoutait que si elle prévoyait de la difficulté à m'échapper, il trouverait le moyen de rendre sa fuite aisée.

G... M... était plus raffiné que son père. Il voulait tenir sa proie avant que de compter ses espèces. Nous délibérâmes sur la conduite que Manon avait à tenir. Je fis encore des efforts pour lui ôter cette entreprise de la tête, et je lui en représentai tous les dangers. Elle s'obstina à terminer l'aventure. Elle fit une courte réponse à G... M... pour l'assurer que rien ne lui serait plus facile que de se rendre à Paris le jour marqué, et qu'il pourrait l'attendre avec certitude. Nous réglâmes ensuite que je partirais sur-le-champ pour aller louer un nouveau logement dans quelque village à l'autre côté de Paris, et que je transporterais avec moi notre petit équipage; que le lendemain après-midi qui était le temps de son assignation [63], elle se rendrait de bonne heure à Paris, qu'après avoir reçu les présents de G... M... elle le prierait instamment de la conduire à la Comédie, qu'elle prendrait avec elle tout ce qu'elle pourrait porter de la somme, et qu'elle chargerait du reste mon valet qu'elle voulait mener avec elle. C'était le même qui l'avait délivrée de l'Hôpital, et qui nous était infiniment attaché. Je devais me retrouver avec un fiacre à l'entrée de la rue Saint-André-des-Arts, et l'y laisser vers les sept heures pour m'avancer dans l'obscurité à la porte de la Comédie. Manon me promettait d'inventer un prétexte pour sortir un instant de sa loge, et de l'employer à descendre pour me rejoindre; l'exécution du reste était facile. Nous aurions regagné mon fiacre en un moment, et nous serions sortis de Paris par le faubourg Saint-Antoine qui était le chemin de notre nouvelle demeure. Ce dessein tout extravagant qu'il était nous parut assez bien arrangé; mais il y avait dans le fond une folle imprudence à s'imaginer, que quand il eût réussi le plus heureusement du monde, nous eussions jamais pu nous mettre à couvert des suites. Cependant nous nous exposâmes avec la plus téméraire confiance. Manon partit avec Marcel (c'est ainsi que se nommait notre valet). Je la vis partir avec douleur. Je lui dis en l'embrassant : Manon ne me trompez point; me serez-vous fidèle? Elle se plaignit tendrement de ma défiance, et elle me réitéra tous ses serments. Son compte était d'arriver à Paris sur les trois heures. Je partis après elle. J'allai me morfondre le reste de l'après-midi dans le café de Feré au Pont Saint-Michel. J'y demeurai jusqu'à six heures. J'en sortis alors pour prendre un fiacre, que je postai selon notre projet à l'entrée de la rue de Saint-André-des-Arts; ensuite je gagnai à pied la porte de la Comédie. Je fus surpris de n'y pas trouver Marcel qui devait être à m'attendre. Je pris patience pendant une heure, confondu parmi une foule de laquais et occupé à examiner les passants. Enfin sept heures étant sonnées sans que j'eusse rien aperçu qui eût rapport à nos desseins, je pris un billet de parterre pour aller voir si je découvrirais Manon, et G... M... dans les loges. Ils n'y étaient ni l'un, ni l'autre. Je retournai à la porte où je passai encore un quart d'heure, transporté d'impatience, et d'inquiétudes. N'ayant rien vu paraître, je rejoignis mon fiacre sans pouvoir m'arrêter à une résolution assurée. Le cocher m'ayant aperçu vint quelques pas au-devant de moi pour me dire doucement qu'il y avait une jolie demoiselle qui m'attendait depuis une heure dans le carrosse, qu'elle m'avait demandé à des signes qu'il avait bien reconnus, et qu'ayant appris que je devais revenir, elle avait dit qu'elle ne s'impatienterait point à m'attendre. Je me figurai aussitôt que c'était Manon. J'approchai, mais je vis un joli petit visage qui n'était pas le sien. C'était une étrangère qui me demanda d'abord si elle n'avait pas l'honneur de parler à Mr. le Chevalier Des Grieux? Je lui dis que c'était mon nom. J'ai une lettre à vous rendre, reprit-elle, qui vous instruira du sujet qui m'amène, et par quel rapport j'ai l'avantage de connaître votre nom. Je la priai de me donner le temps de la lire dans un cabaret voisin. Elle voulut me suivre, et elle me conseilla de demander une chambre à part. De qui vient cette lettre? lui dis-je, en montant : elle me remit à la lecture [64].

Je reconnus le caractère de Manon; voici à peu près ce qu'elle me marquait. G... M... l'avait reçue avec une

politesse et une magnificence au-delà de toutes mes
idées. Il l'avait comblée de présents, et il lui faisait
envisager un sort de reine. Elle m'assurait néanmoins
qu'elle ne m'oubliait pas dans cette nouvelle splendeur;
mais que n'ayant pu faire consentir G... M... à la mener
ce soir à la Comédie, elle remettait à un autre jour le
plaisir de me voir, et que pour me consoler un peu de la
peine qu'elle prévoyait que cette nouvelle pourrait me
causer, elle avait trouvé le moyen de me procurer une
des plus jolies filles de Paris, qui serait la porteuse de
son billet. Signé, votre fidèle amante, Manon Lescaut.

Il y avait quelque chose de si cruel et de si insultant
pour moi dans cette lettre, que demeurant suspendu
quelque temps entre la colère, et la douleur, j'entrepris
de faire un effort pour oublier éternellement mon ingrate
et parjure maîtresse. Je jetai les yeux sur la fille qui
était auprès de moi. Elle était extrêmement jolie, et
j'aurais souhaité qu'elle l'eût été assez pour me rendre
parjure et infidèle à mon tour; mais je n'y trouvai
point ces yeux fins et languissants, ce port divin, ce
teint de la composition de l'amour, enfin ce fond iné-
puisable de charmes que la nature avait prodigués à la
perfide Manon. Non, non, lui dis-je en cessant de la
regarder, l'ingrate qui vous envoie savait fort bien
qu'elle vous faisait faire une démarche inutile. Retour-
nez à elle, et dites-lui de ma part, qu'elle jouisse tranquillement de son crime, et qu'elle en jouisse s'il se
peut sans remords. Je l'abandonne sans retour, et je
renonce en même temps à toutes les femmes, qui ne
sauraient être aussi aimables qu'elle, et qui sont sans
doute aussi lâches, et d'aussi mauvaise foi. Je fus alors
sur le point de descendre, et de me retirer sans prétendre davantage à Manon; et la jalousie mortelle qui
me déchirait le cœur se déguisant en une morne et
sombre tranquillité, je me crus d'autant plus proche
de ma guérison, que je ne sentais nul de ces mouvements

violents dont j'avais été agité dans les mêmes occasions. Hélas! j'étais la dupe de l'amour autant que je croyais l'être de G... M... et de Manon. Cette fille qui m'avait apporté la lettre me voyant prêt à descendre l'escalier, me demanda ce que je voulais donc qu'elle rapportât à Mr. de G... M... et à la dame qui était avec lui. Je rentrai dans la chambre à ces paroles, et par un changement incroyable à ceux qui n'ont jamais senti de passions violentes, je me trouvai tout d'un coup de la tranquillité où je croyais être dans un transport terrible de fureur. Va, lui dis-je, rapporte au traître G... M... et à sa perfide maîtresse le désespoir où ta maudite lettre m'a jeté, mais apprends-leur qu'ils n'en riront pas longtemps, et que je les poignarderai tous deux de ma propre main. Je me jetai sur une chaise. Mon chapeau tomba d'un côté et ma canne de l'autre. Deux ruisseaux de larmes amères commencèrent à couler de mes yeux. L'accès de rage que je venais de sentir se changea en une profonde douleur. Je ne fis plus que pleurer en poussant des gémissements et des soupirs. Approche, mon enfant, approche, m'écriai-je en parlant à la jeune fille, approche puisque c'est toi qu'on envoie pour me consoler. Dis-moi si tu sais des consolations contre la rage et le désespoir, contre l'envie de se donner la mort à soi-même, après avoir tué deux perfides qui ne méritent pas de vivre. Oui, approche, continuai-je en voyant qu'elle faisait vers moi quelques pas timides, et incertains. Viens essuyer mes larmes. Viens rendre la paix à mon cœur. Viens me dire que tu m'aimes, afin que je m'accoutume à l'être d'une autre que mon infidèle. Tu es jolie, je pourrai peut-être t'aimer à mon tour. Cette pauvre enfant qui n'avait pas seize ou dix-sept ans, et qui paraissait avoir plus de pudeur que ses pareilles, était extraordinairement surprise d'une si étrange scène. Elle s'approcha pourtant pour me faire quelques caresses, mais je l'écartai aussitôt en la repoussant de mes mains. Que veux-tu de moi, lui dis-je? Ah! tu es une femme, tu es d'un sexe que je déteste, et que je ne puis plus souffrir. La douceur de ton visage me menace encore de quelque trahison. Va-t'en, et laisse-moi seul ici. Elle me fit une révérence sans oser rien dire, et elle se tourna pour sortir. Je lui criai de s'arrêter; mais apprends-moi du moins, repris-je, pourquoi, comment, à quel dessein tu as été envoyée ici? Comment as-tu découvert mon nom, et le lieu où tu pouvais me trouver? Elle me dit qu'elle connaissait de longue main Mr. de G... M..., qu'il l'avait envoyé chercher à cinq heures, qu'ayant suivi le laquais qui l'avait avertie, elle était allée dans une grande maison où elle l'avait trouvé qui jouait au piquet avec une jolie dame, et qu'ils l'avaient chargée tous deux de me rendre la lettre qu'elle m'avait apportée, après lui avoir appris qu'elle me trouverait dans un carrosse au bout de la rue Saint-André. Je lui demandai s'ils ne lui avaient rien dit davantage, elle me répondit en rougissant qu'ils lui avaient fait espérer que je la prendrais pour me tenir compagnie. On t'a trompée, lui dis-je, ma pauvre fille. On t'a trompée. Tu es une femme, il te faut un homme, mais il t'en faut un qui soit riche et heureux, et ce n'est pas ici que tu le peux trouver. Retourne, retourne à Mr. de G... M...; il a tout ce qu'il faut pour être aimé des belles, il a des hôtels meublés et des équipages à donner; pour moi qui n'ai que de l'amour, et de la constance à offrir, les femmes méprisent ma misère, et font leur jouet de ma simplicité.

J'ajoutai mille choses ou tristes, ou violentes, suivant que les passions qui m'agitaient tour à tour cédaient ou emportaient le dessus; cependant à force de me tourmenter, mes transports diminuèrent assez pour faire place à un peu de réflexion. Je comparai cette dernière infortune à quelques autres que j'avais déjà essuyées dans le même genre et je ne trouvai pas qu'il y eût plus

à désespérer que dans les premières. Je connaissais
Manon; pourquoi m'affliger tant d'un malheur que
j'avais dû prévoir [65]? Pourquoi ne pas m'employer plutôt à y chercher du remède? Il était encore temps. Je
devais du moins n'y pas épargner mes soins si je ne
voulais pas avoir à me reprocher d'avoir contribué par
ma négligence à mes propres peines. Je me mis là-dessus
à considérer tous les moyens qui pouvaient m'ouvrir un
chemin à l'espérance.

Entreprendre de l'arracher avec violence des mains
de G... M... c'était un parti désespéré qui n'était propre
qu'à me perdre, et qui n'avait pas la moindre apparence
de succès; mais il me semblait que si j'eusse pu me
procurer le moindre entretien avec elle, j'aurais gagné
infailliblement quelque chose sur son cœur. J'en connaissais si bien tous les endroits sensibles! J'étais si sûr
d'être aimé d'elle! Cette bizarrerie même de m'avoir
envoyé une jolie fille pour me consoler, j'aurais juré
que cela venait de son invention, et que c'était un effet
de son amour, et de sa compassion pour mes peines. Je
résolus d'employer toute mon industrie pour la voir.
Parmi quantité de voies que j'examinai l'une après
l'autre, je m'arrêtai à celle-ci. Mr. de T... avait commencé
à me rendre service avec trop d'affection, pour que je
doutasse de sa sincérité et de son zèle. Je me proposai
d'aller chez lui sur-le-champ, et de le prier de faire
appeler G... M... sous le prétexte d'une affaire importante. Il ne me fallait qu'une demi-heure pour parler à
Manon. Mon dessein était de me faire introduire dans
sa chambre même, et je crus que cela me serait aisé
dans l'absence de G... M... Cette résolution m'ayant
rendu plus tranquille, je payai libéralement la jeune
fille qui était encore avec moi; et pour lui ôter l'envie
de retourner chez ceux qui me l'avaient envoyée, je
pris son adresse en lui faisant espérer que j'irais passer
la nuit avec elle. Je montai dans mon fiacre, et je me

fis conduire à grand train chez Mr. de T... Je fus assez heureux pour l'y trouver. J'avais eu là-dessus de l'inquiétude en allant. Je le mis aussitôt au fait de mes peines et du service que je venais lui demander. Il fut si étonné d'apprendre que G... M... avait pu séduire Manon, qu'ignorant que j'avais eu part moi-même à ce malheur, il m'offrit généreusement de ramasser tous ses amis pour employer leurs bras et leurs épées à la délivrance de ma maîtresse. Je lui fis comprendre que cet éclat pouvait être pernicieux à Manon et à moi. Réservons notre sang, lui dis-je, pour l'extrémité. Je médite une voie plus douce, et dont je n'espère pas moins de succès. Il s'engagea à faire tout ce que je lui demanderais, sans exception; et lui ayant répété qu'il ne s'agissait que de faire avertir G... M... qu'il avait à lui parler, et de le tenir dehors une heure ou deux, il partit aussitôt avec moi pour me satisfaire. Nous cherchâmes en allant de quel expédient il pourrait se servir pour l'arrêter si longtemps. Je lui conseillai de lui écrire d'abord un billet simple, daté d'un cabaret, par lequel il le prierait de s'y rendre aussitôt pour une affaire si importante, qu'elle ne pouvait souffrir de délai. J'observerai, ajoutai-je, le moment de sa sortie, et je m'introduirai sans peine dans la maison, n'y étant connu que de Manon et de Marcel qui est mon valet. Pour vous qui serez pendant ce temps-là avec G... M..., vous pourrez lui dire que cette affaire importante pour laquelle vous souhaitez de lui parler, est un besoin d'argent; que vous venez de perdre le vôtre au jeu, et que vous avez joué beaucoup plus sur votre parole avec le même malheur. Il lui faudra du temps pour vous mener à son coffre-fort, et j'en aurai suffisamment pour exécuter mon dessein.

Mr. de T... suivit cet arrangement de point en point. Je le laissai dans un cabaret où il écrivit promptement sa lettre. J'allai me placer à quelques pas de la maison

de Manon. Je vis arriver le porteur du message, et
G... M... sortit à pied un moment après suivi d'un
laquais. Lui ayant laissé le temps de s'éloigner de la
rue, je m'avançai à la porte de mon infidèle, et malgré
toute ma colère je frappai avec tout le respect qu'on a
pour un temple. Heureusement ce fut Marcel qui vint
m'ouvrir. Je lui fis signe de se taire. Quoique je n'eusse
rien à craindre des autres domestiques, je lui demandai
tout bas s'il pouvait me conduire dans la chambre
où était Manon, sans que je fusse aperçu. Il me dit
que cela était aisé en montant doucement par le grand
escalier. Allons donc promptement, lui dis-je, et tâche
d'empêcher pendant que j'y serai qu'il n'y monte personne. Je pénétrai sans obstacle jusqu'à l'appartement.
Manon était occupée à lire. Ce fut là que j'eus lieu
d'admirer le caractère de cette étrange fille. Loin d'être
effrayée, et de paraître timide en m'apercevant, elle ne
donna que ces marques légères de surprise, dont on
n'est pas le maître à la vue d'une personne qu'on croit
éloignée : Ha! c'est vous, mon amour, me dit-elle, en
venant m'embrasser avec sa tendresse ordinaire, bon
Dieu! que vous êtes hardi! qui vous aurait attendu
aujourd'hui dans ce lieu? Je me dégageai de ses bras,
et loin de répondre à ses caresses je la repoussai avec
dédain, et je fis deux ou trois pas en arrière pour
m'éloigner d'elle. Ce mouvement ne laissa pas de la
déconcerter. Elle demeura dans la situation où elle
était, et elle jeta les yeux sur moi en changeant de
couleur. J'étais dans le fond si charmé de la revoir
qu'avec tant de justes sujets de colère, j'avais à peine
la force d'ouvrir la bouche pour la quereller. Cependant
mon cœur saignait du cruel outrage qu'elle m'avait fait,
je le rappelais vivement en ma mémoire pour exciter mon
dépit; et je tâchais de faire briller dans mes yeux un autre
feu que celui de l'amour. Comme je demeurai quelque
temps en silence, et qu'elle remarqua mon agitation, je la

vis trembler, apparemment par un effet de sa crainte.

Je ne pus soutenir ce spectacle. Ah! Manon, lui dis-je, d'un ton tendre, infidèle et parjure Manon, par où commencerai-je à me plaindre? Je vous vois pâle et tremblante, et je suis encore si sensible à vos moindres peines, que je crains de vous affliger trop par mes reproches. Mais, Manon, je vous le dis, j'ai le cœur percé de la douleur de votre trahison. Ce sont là des coups qu'on ne porte point à un amant quand on n'a pas résolu sa mort. Voici la troisième fois, Manon, je les ai bien comptées, il est impossible que cela s'oublie. C'est à vous de considérer à l'heure même quel parti vous voulez prendre; car mon triste cœur n'est plus à l'épreuve d'un si cruel traitement. Je sens qu'il succombe, et qu'il est prêt à se fendre de douleur. Je n'en puis plus, ajoutai-je en m'asseyant sur une chaise, j'ai à peine la force de parler et de me soutenir. Elle ne me répondit point; mais lorsque je fus assis, elle se laissa tomber à genoux, et elle appuya sa tête sur les miens, en cachant son visage de mes mains. Je sentis en un instant qu'elle les mouillait de ses larmes. Dieux! de quels mouvements n'étais-je point agité! Ah Manon, Manon, repris-je, avec un soupir, il est bien tard de me donner des larmes, lorsque vous avez causé ma mort. Vous affectez une tristesse que vous ne sauriez sentir. Le plus grand de vos maux est sans doute ma présence, qui a toujours été importune à vos plaisirs. Ouvrez les yeux, voyez qui je suis, on ne verse pas des pleurs si tendres pour un malheureux qu'on a trahi, et abandonné cruellement. Elle baisait mes mains sans changer de posture. Inconstante Manon, repris-je encore; fille ingrate, et sans foi, où sont vos promesses, et vos serments? Amante mille fois volage et cruelle, qu'as-tu fait de cet amour que tu me jurais encore aujourd'hui? Juste Ciel! ajoutai-je, est-ce ainsi qu'une infidèle se rit de vous, après vous avoir attesté si saintement? c'est

donc le parjure qui est récompensé! Le désespoir,
et l'abandon sont pour la constance et la fidélité.

Ces paroles furent accompagnées d'une réflexion si
amère, que j'en laissai échapper malgré moi quelques
larmes. Manon s'en aperçut au changement de ma voix.
Elle rompit enfin le silence. Il faut bien que je sois
coupable, me dit-elle tristement, puisque j'ai pu vous
causer tant de douleur et d'émotion; mais que le Ciel
me punisse si j'ai cru l'être, ou si j'ai eu la pensée de le
devenir. Ce discours me parut si dépourvu de sens, et
de bonne foi que je ne pus me défendre d'un vif mouvement de colère. Horrible dissimulation! m'écriai-je;
je vois mieux que jamais que tu es une coquine, et une
perfide. C'est à présent que je connais ton misérable
caractère. Adieu, lâche créature, continuai-je en me
levant; j'aime mieux mourir mille fois que d'avoir le
moindre commerce désormais avec toi. Que le Ciel me
punisse moi-même si je t'honore jamais du moindre
regard. Demeure avec ton nouvel amant, aime-le,
déteste-moi, renonce à l'honneur, au bon sens, je m'en
ris, tout m'est égal. Elle fut si épouvantée de ce transport, que demeurant à genoux auprès de la chaise
d'où je m'étais levé, elle me regardait en tremblant,
et sans oser respirer. Je fis encore quelques pas vers la
porte en tournant la tête, et tenant les yeux fixés sur
elle. Mais il aurait fallu que j'eusse perdu tous sentiments d'humanité pour m'endurcir contre tant de
charmes. J'étais si éloigné d'avoir cette force barbare,
que passant au contraire tout d'un coup à l'extrémité
opposée, je retournai vers elle, ou plutôt je m'y pré-
cipitai sans réflexion. Je la pris entre mes bras. Je lui
donnai mille tendres baisers. Je lui demandai pardon
de mon emportement. Je confessai que j'étais un
brutal, et que je ne méritais pas le bonheur d'être aimé
d'une fille comme elle. Je la fis asseoir, et m'étant mis à
genoux à mon tour, je la conjurai de m'écouter en cet

état. Là tout ce qu'un amant soumis et passionné peut
imaginer de plus respectueux, et de plus tendre, je le
renfermai en peu de mots dans mes excuses. Je lui
demandai en grâce de prononcer qu'elle me pardonnait.
Elle laissa tomber ses bras sur mon cou en disant, que
c'était elle-même qui avait besoin de ma bonté pour me
faire oublier les chagrins qu'elle me causait, et qu'elle
commençait à craindre avec raison que je ne goûtasse
point ce qu'elle avait à me dire pour se justifier. Moi?
interrompis-je aussitôt, ah! je ne vous demande point
de justification, j'approuve tout ce que vous avez fait;
ce n'est point à moi d'exiger des raisons de votre
conduite. Trop content, trop heureux, si ma chère
Manon ne m'ôte point la tendresse de son cœur! Mais,
continuai-je en réfléchissant sur l'état de mon sort,
toute-puissante Manon! vous qui faites à votre gré mes
joies, et mes douleurs, après vous avoir satisfaite par mes
humiliations, et par les marques de mon repentir, ne me
sera-t-il point permis de vous parler de ma tristesse et
de mes peines? Apprendrai-je de vous ce qu'il faut que
je devienne aujourd'hui, et si c'est sans retour que vous
allez signer ma mort en passant la nuit avec mon rival?
 Elle fut quelque temps à penser à sa réponse. Mon
Chevalier, me dit-elle, en reprenant un air tranquille;
si vous vous étiez d'abord expliqué si nettement, vous
vous seriez épargné bien du trouble, et à moi une scène
bien affligeante. Puisque votre peine ne vient que de
votre jalousie, je l'aurais guérie en m'offrant à vous
suivre sur-le-champ au bout du monde. Mais je me suis
figuré que c'était la lettre que je vous ai écrite sous les
yeux de Mr. de G... M... et la fille qu'il vous a envoyée
qui causaient votre chagrin. J'ai cru que vous auriez
pu regarder ma lettre comme une raillerie, et cette fille,
en vous imaginant qu'elle était allée vous trouver de
ma part, comme une déclaration que je renonçais à
tout pour m'attacher à G... M... C'est cette pensée qui

m'a jetée tout d'un coup dans la consternation; **car**
quelque innocente que je fusse, je trouvais en y pensant
que les apparences ne m'étaient pas favorables. Cependant, continua-t-elle, je veux que vous soyez mon juge,
après que je vous aurai expliqué la vérité du fait. Elle
m'apprit alors tout ce qui lui était arrivé depuis qu'elle
avait trouvé G... M... qui l'attendait dans le lieu où
nous étions. Il l'avait reçue effectivement, comme la
première princesse du monde. Il lui avait montré tous
les appartements, qui étaient d'un goût et d'une propreté admirables. Il lui avait compté dix mille livres
dans son cabinet, et il y avait ajouté quelques bijoux,
parmi lesquels étaient le collier, et les bracelets de perles
qu'elle avait déjà eus de son père; il l'avait menée de là
dans un salon qu'elle n'avait pas encore vu, où elle
avait trouvé une collation exquise. Il l'avait fait servir
par les nouveaux domestiques qu'il avait pris pour elle,
en leur ordonnant de la regarder désormais comme leur
maîtresse, enfin il lui avait fait voir le carrosse, les chevaux, et tout le reste de ses présents, après quoi il
lui avait proposé une partie de jeu pour attendre le
souper. Je vous avoue, continua-t-elle, que j'ai été
frappée de cette magnificence. J'ai fait réflexion que
ce serait dommage de nous priver tout d'un coup de
tant de biens, en me contentant d'emporter les dix
mille francs et les bijoux; que c'était une fortune toute
faite pour vous, et pour moi, et que nous pourrions
vivre agréablement aux dépens de G... M... Au lieu
de lui proposer la Comédie, je me suis mis dans la tête
de le sonder sur votre sujet, pour pressentir quelles
facilités nous aurions à nous voir, en supposant l'exécution de mon système. Je l'ai trouvé d'un caractère
fort traitable. Il m'a demandé ce que je pensais de vous,
et si je n'avais pas eu quelque regret à vous quitter.
Je lui ai dit que vous étiez si aimable, et que vous en
aviez toujours usé si honnêtement avec moi, qu'il n'était

pas naturel que je pusse vous haïr. Il a confessé que
vous aviez du mérite, et qu'il s'était senti porté à désirer
votre amitié. Il a voulu savoir de quelle manière je
croyais que vous prendriez mon départ, surtout lorsque
vous viendriez à savoir que j'étais entre ses mains. Je
lui ai répondu que la date de notre amour était déjà si
ancienne, qu'il avait eu le temps de se refroidir un peu;
que vous n'étiez pas d'ailleurs fort à votre aise, et que
vous ne regarderiez peut-être pas ma perte comme un
grand malheur, parce qu'elle vous déchargerait d'un
fardeau qui vous pesait sur les bras. J'ai ajouté que
j'étais si convaincue que vous agiriez pacifiquement
que je n'avais pas fait difficulté de vous dire que je
venais à Paris pour quelques affaires; que vous y aviez
consenti, et qu'y étant venu vous-même, vous n'aviez
pas paru extrêmement inquiet, lorsque je vous avais
quitté. Si je croyais, m'a-t-il dit, qu'il fût d'humeur à
bien vivre avec moi, je serais le premier à lui offrir mes
services et mes civilités. Je l'ai assuré que du caractère
dont je vous connaissais, je ne doutais point que vous
n'y répondissiez honnêtement; surtout, lui ai-je dit,
s'il pouvait vous servir dans vos affaires qui étaient
fort dérangées depuis que vous étiez mal avec votre
famille. Il m'a interrompue pour me protester qu'il vous
rendrait tous les services qui dépendraient de lui; et
que si vous vouliez même vous embarquer dans un
autre amour, il vous procurerait une jolie maîtresse qu'il
avait quittée pour s'attacher à moi. J'ai applaudi à son
idée, ajouta-t-elle, pour prévenir plus parfaitement
tous ses soupçons; et me confirmant de plus en plus
dans mon projet, je ne souhaitais que de pouvoir trouver le moyen de vous en informer, de peur que vous
ne fussiez trop alarmé lorsque vous me verriez manquer
à notre assignation [66]. C'est dans cette vue que je lui
ai proposé de vous envoyer cette nouvelle maîtresse
dès le soir même, afin d'avoir une occasion de vous

écrire; j'étais obligée d'avoir recours à cette adresse,
parce que je ne pouvais pas espérer qu'il me laissât
libre un moment. Il a ri de ma proposition. Il a appelé
son laquais, et lui ayant demandé s'il pourrait retrouver
sur-le-champ son ancienne maîtresse, il l'a envoyé
de côté et d'autre pour la chercher. Il s'imaginait que
c'était à Chaillot qu'il fallait qu'elle allât vous trouver;
mais je lui ai appris qu'en vous quittant, je vous avais
promis de vous rejoindre à la Comédie; ou que si
quelque raison m'empêchait d'y aller, vous vous étiez
engagé de m'attendre dans un carrosse au bout de la
rue Saint-André; qu'il valait mieux par conséquent
vous envoyer là votre nouvelle amante, ne fût-ce que
pour vous empêcher de vous y morfondre pendant
toute la nuit. Je lui ai dit encore qu'il était à propos
de vous écrire un mot pour vous avertir de cet échange
que vous auriez peine à comprendre sans cela. Il y a
consenti, mais j'ai été obligée d'écrire en sa présence
et je me suis bien gardée de m'expliquer trop ouvertement dans ma lettre. Voilà, ajouta Manon, de quelle
manière les choses se sont passées. Je ne vous déguise rien
ni de ma conduite ni de mes desseins. La jeune fille
est venue, je l'ai trouvée jolie, et comme je ne doutais
point que mon absence ne vous causât de la peine,
c'était sincèrement que je souhaitais qu'elle pût servir
à vous désennuyer quelques moments; car la fidélité
que je souhaite de vous est celle du cœur. J'aurais été
ravie de pouvoir vous envoyer Marcel; mais je n'ai pu
me procurer un moment pour l'instruire de ce que
j'avais à vous faire savoir. Elle conclut enfin son récit
en m'apprenant l'embarras où G... M... s'était trouvé
en recevant le billet de Mr. de T... Il a balancé, me dit-
elle, s'il devait me quitter, et il m'a assuré que son
retour ne tarderait point. C'est ce qui fait que je ne
vous vois point ici sans inquiétude, et que j'ai marqué
de la surprise à votre arrivée.

J'écoutai ce discours avec beaucoup de patience, j'y
trouvais assurément quantité de traits cruels et morti-
fiants pour moi; car le dessein de son infidélité était si
clair qu'elle n'avait pas même eu le soin de me le déguiser. Elle ne pouvait espérer que G... M... la laissât
toute la nuit comme une vestale. C'était donc avec lui
qu'elle comptait de la passer. Quel aveu à faire à un
amant! cependant je considérai que j'étais cause en
partie de sa faute par la connaissance que je lui avais
donnée d'abord des sentiments que G... M... avait
pour elle, et par la complaisance que j'avais eue d'entrer aveuglément dans le plan téméraire de son aventure. D'ailleurs par un tour naturel de génie qui m'est
tout particulier, je fus touché de l'ingénuité [67] de son
récit, et de cette manière bonne et ouverte avec laquelle
elle me racontait jusqu'aux circonstances mêmes dont
j'étais le plus offensé. Elle pèche sans malice, disais-je
en moi-même. Elle est légère, et imprudente; mais elle
est droite, et sincère. Ajoutez que l'amour suffisait
seul pour me fermer les yeux sur toutes ses fautes.
J'étais trop satisfait de l'espérance de l'enlever le soir
même à mon rival. Je lui dis néanmoins : Et la nuit,
avec qui l'auriez-vous passée! Cette question que je lui
fis tristement l'embarrassa. Elle ne me répondit que
par des mais, et des si interrompus. J'eus pitié de sa
peine, et rompant ce discours, je lui déclarai naturellement que j'attendais d'elle qu'elle me suivît à l'heure
même. Je le veux bien, me dit-elle, mais vous n'approuvez donc pas mon projet? ah! n'est-ce pas assez, repar-
tis-je, que j'approuve tout ce que vous avez fait jusqu'à
présent? quoi, nous n'emporterons pas même les dix
mille francs? répliqua-t-elle, il me les a donnés. Ils sont
à moi. Je lui conseillai d'abandonner tout, et de ne
penser qu'à nous éloigner promptement; car quoiqu'il
y eût à peine une demi-heure que j'étais avec elle, je
craignais le retour de G... M... Cependant elle me fit de si

pressantes instances pour me faire consentir à ne pas sortir. les mains vides, que je crus lui devoir accorder quelque chose après avoir tant obtenu d'elle.

Dans le temps que nous nous préparions au départ, j'entendis frapper à la porte de la rue. Je ne doutai nullement que ce ne fût G... M... et dans le trouble où cette pensée me jeta, je dis à Manon que c'était un homme mort s'il paraissait. Effectivement je n'étais pas assez revenu de mes transports pour me modérer à sa vue. Marcel finit ma peine, en m'apportant un billet qu'il avait reçu pour moi à la porte. Il était de Mr. de T... Il me marquait que G... M... étant allé lui quérir de l'argent à sa maison, il profitait de son absence, pour me communiquer une pensée fort plaisante; qu'il lui semblait que je ne pouvais me venger plus agréablement de mon rival qu'en mangeant son souper et en couchant cette nuit même dans le lit qu'il espérait d'occuper avec ma maîtresse : que cela lui paraissait assez facile si je pouvais m'assurer de trois ou quatre hommes qui eussent assez de résolution pour l'arrêter dans la rue, et de la fidélité pour le garder à vue jusqu'au lendemain, que pour lui il me promettait de l'amuser encore une heure pour le moins par des raisons qu'il tenait prêtes pour son retour. Je montrai ce billet à Manon, et je lui appris de quelle ruse je m'étais servi pour m'introduire librement chez elle. Mon invention, et celle de Mr. de T... lui parurent admirables, nous en rîmes à notre aise pendant quelques moments, mais je fus surpris que lorsque je lui parlai de la dernière comme d'un badinage, elle insista à me la proposer sérieusement comme une chose qu'il fallait exécuter. Je lui demandai en vain où elle voulait que je trouvasse tout d'un coup des gens propres à arrêter G... M... et à le garder fidèlement; elle me dit qu'il fallait du moins tenter, puisque Mr. de T... nous garantissait encore une heure; et pour réponse à mes autres objections elle me dit que je

faisais le tyran, et que je n'avais pas de complaisance
pour elle. Elle ne trouvait rien de si joli que ce projet.
Vous aurez son couvert à souper, me répétait-elle, vous
coucherez dans ses draps, et demain de grand matin
vous enlèverez sa maîtresse et son argent. Vous serez
bien vengé du père et du fils. Je cédai à ses instances,
malgré les mouvements secrets de mon cœur qui semblaient me présager une catastrophe [68] malheureuse. Je
sortis dans le dessein de prier deux ou trois gardes du
corps, avec lesquels Lescaut m'avait mis en liaison, de
se charger du soin d'arrêter G... M... Je n'en trouvai
qu'un au logis, mais c'était un homme entreprenant
qui n'eut pas plus tôt su de quoi il était question qu'il
m'assura du succès. Il me demanda seulement dix
pistoles pour récompenser trois soldats aux Gardes
qu'il prit la résolution d'employer en se mettant à leur
tête. Je le priai de ne pas perdre de temps. Il les assem-
bla en moins d'un quart d'heure, je l'attendais à la
maison, et lorsqu'il fut de retour avec ses associés, je
le conduisis moi-même au coin d'une rue par où G... M...
devait nécessairement rentrer dans celle de Manon. Je
lui recommandai de ne le pas maltraiter, mais de le
garder si étroitement jusqu'à sept heures du matin,
que je pusse être assuré qu'il ne lui échapperait pas. Il
me dit que son dessein était de le conduire à sa chambre,
et de l'obliger à se déshabiller, et à se coucher dans son
lit; tandis qu'il passerait la nuit à boire et à jouer avec
ses trois braves [69]. Je demeurai avec eux jusqu'au
moment que je vis paraître G... M... et me retirai alors
quelques pas au-dessous, dans un endroit obscur, voulant être témoin d'une scène si extraordinaire. Le garde
du corps l'aborda pistolet au poing, et lui expliqua
civilement qu'il n'en voulait ni à sa vie, ni à son argent,
mais que s'il faisait la moindre difficulté de le suivre, ou
s'il jetait le moindre cri, il allait lui brûler la cervelle.
G... M... le voyant soutenu par trois soldats, et craignant

sans doute la bourre du pistolet, ne fit pas de résistance.
Je le vis emmener comme un mouton. Je retournai
aussitôt chez Manon et pour ôter tout soupçon aux
domestiques, je lui dis en entrant qu'il ne fallait pas
attendre Mr. de G... M... pour souper, qu'il lui était
survenu des affaires qui le retenaient malgré lui, et
qu'il m'avait prié de venir lui en faire ses excuses et,
souper avec elle; ce que je regardais comme une grande
faveur auprès d'une si belle dame. Elle seconda adroitement mon dessein. Nous nous mîmes à table, nous y
prîmes un air grave tant que les laquais demeurèrent
à nous servir; les ayant enfin congédiés, nous passâmes
une des plus charmantes soirées de notre vie. J'ordonnai
en secret à Marcel de chercher un fiacre, et de l'avertir
de se trouver le lendemain à la porte avant six heures
du matin. Je feignis de quitter Manon vers minuit, mais
étant rentré doucement par le secours de Marcel, je
me préparai à occuper le lit de G... M... comme j'avais
rempli sa place à table. Notre mauvais génie travaillait
pendant ce temps-là à nous perdre. Nous étions dans
l'ivresse du plaisir, et le glaive était suspendu sur nos
têtes. Le fil qui le soutenait allait se rompre. Mais pour
faire mieux entendre toutes les circonstances de notre
ruine, il faut en éclaircir la cause.

G... M... était suivi d'un laquais, lorsqu'il avait été
arrêté par le garde du corps. Ce garçon effrayé de
l'aventure de son maître, retourna en fuyant sur ses
pas, et la première démarche qu'il fit pour le secourir
fut d'aller avertir le vieux G... M... de ce qui venait
d'arriver. Une si fâcheuse nouvelle ne pouvait manquer
de l'alarmer beaucoup. Il n'avait que ce fils, et il était
d'une extrême vivacité pour son âge. Il voulut savoir
d'abord du laquais tout ce que son fils avait fait l'après-
midi; s'il s'était querellé avec quelqu'un, s'il avait pris
part au démêlé d'un autre, s'il s'était trouvé dans
quelque maison suspecte? Celui-ci, qui croyait son

maître dans le dernier danger, et qui s'imaginait ne
devoir plus rien ménager pour aider à son salut, décou-
vrit tout ce qu'il savait de son amour pour Manon, et
de la dépense qu'il avait faite pour elle, la manière dont
il avait passé l'après-midi dans sa maison jusqu'aux
environs de neuf heures, sa sortie, et le malheur de son
retour. C'en fut assez pour faire soupçonner au vieillard
que l'affaire de son fils était une querelle d'amour.
Quoiqu'il fût au moins dix heures et demie du soir, il
ne balança point à se rendre aussitôt chez Mr. le Lieutenant de Police. Il le pria de faire donner des ordres
particuliers à toutes les escouades du Guet, et lui ayant
demandé une pour le faire accompagner, il courut lui-
même vers la rue où son fils avait été arrêté; il visita
tous les endroits de la ville où il espérait de le pouvoir
trouver, et n'ayant pu découvrir ses traces, il se fit
conduire enfin à la maison de sa maîtresse, où il se
figura qu'il pouvait être retourné. J'allais me mettre
au lit, lorsqu'il arriva; la porte de la chambre étant
fermée, je n'entendis point frapper à celle de la rue.
Mais étant entré, suivi de deux archers, et s'étant
informé inutilement de ce qu'était devenu son fils, il
lui prit envie de voir sa maîtresse pour tirer d'elle
quelque lumière. Il monta à l'appartement, toujours
accompagné de ses archers; nous étions prêts à nous
mettre au lit, il ouvre la porte, et il nous glace le sang
par sa vue. O Dieu! c'est le vieux G... M... dis-je à
Manon. Je saute sur mon épée. Elle était malheureusement entortillée [70] de mon ceinturon. Les archers
qui virent mon mouvement, s'approchèrent assez tôt
pour me la saisir. Un homme en chemise est sans résistance. Ils m'ôtèrent tous les moyens de me défendre.
G... M... quoique troublé par ce spectacle ne tarda
point à me reconnaître. Il remit encore plus aisément
Manon. Est-ce une illusion, nous dit-il gravement, ne
vois-je point le Chevalier Des Grieux et Manon Lescaut?

J'étais si enragé de honte et de douleur que je ne lui fis
pas de réponse. Il parut rouler pendant quelque temps
diverses pensées dans sa tête; et comme si elles eussent
allumé tout d'un coup sa colère, il s'écria en s'adressant
à moi : Ah! malheureux, je suis sûr que tu as tué mon
fils. Cette injure me piqua vivement. Vieux scélérat, lui
répondis-je avec fierté, si j'avais eu à tuer quelqu'un
de ta famille, c'est par toi que j'aurais commencé.
Tenez-le bien, dit-il aux archers, il faut qu'il me dise
des nouvelles de mon fils; je le ferai pendre demain
s'il ne m'apprend tout à l'heure ce qu'il en a fait. Tu
me feras pendre? repris-je, infâme; ce sont tes pareils
qu'il faut chercher au gibet; apprends que je suis d'un
sang plus noble et plus pur que le tien. Oui, ajoutai-je,
je sais ce qui est arrivé à ton fils, et si tu m'irrites
davantage, je le ferai étrangler avant qu'il soit demain,
et je te promets le même sort après lui. Je commis une
imprudence, en lui confessant que je savais où était
son fils; mais l'excès de ma colère me fit faire cette
indiscrétion. Il appela aussitôt cinq ou six autres
archers qui l'attendaient à la porte, et il leur ordonna
de s'assurer de tous les domestiques de la maison.
Ha! Monsieur le Chevalier, reprit-il d'un ton railleur,
vous savez où est mon fils, et vous le ferez étrangler,
dites-vous? comptez que nous y mettrons bon ordre.
Je sentis aussitôt la faute que j'avais commise. Il
s'approcha de Manon, qui était assise sur le lit en pleurant; il lui dit quelques galanteries ironiques sur l'empire
qu'elle avait sur le père, et sur le fils, et sur le bon usage
qu'elle en faisait. Ce vieux monstre d'incontinence voulut prendre quelques familiarités avec elle. Garde-
toi de la toucher, m'écriai-je, il n'y aurait rien de sacré
qui te pût sauver de mes mains. Il sortit en laissant
trois archers dans la chambre, auxquels il ordonna de
nous faire prendre promptement nos habits.

Je ne sais quels étaient alors ses desseins sur nous.

Peut-être eussions-nous obtenu la liberté en lui apprenant où était son fils. Je méditais en m'habillant, si ce n'était pas le meilleur parti que je pusse prendre; mais s'il était dans cette disposition en quittant notre chambre, elle était bien changée lorsqu'il y revint. Il était allé interroger les domestiques de Manon que les archers avaient arrêtés. Il ne put rien apprendre de ceux qu'elle avait reçus de son fils; mais lorsqu'il sut que Marcel nous avait servis auparavant, il résolut de le faire parler en l'intimidant par des menaces. C'était un garçon fidèle, mais simple, et grossier. Le souvenir de ce qu'il avait fait à l'Hôpital pour délivrer Manon, joint à la terreur que G... M... lui inspirait, fit tant d'impression sur son esprit faible, qu'il s'imagina qu'on allait le conduire à la potence ou sur la roue. Il promit de découvrir tout ce qui était venu à sa connaissance, si l'on voulait lui sauver la vie. G... M... se persuada là-dessus qu'il y avait quelque chose dans nos affaires de plus sérieux et de plus criminel qu'il n'avait eu lieu jusque-là de se le figurer. Il offrit à Marcel non seulement la vie, mais des récompenses pour sa confession. Le malheureux lui apprit une partie de notre dessein, sur lequel nous n'avions pas fait difficulté de nous entretenir devant lui, parce qu'il devait y entrer pour quelque chose. Il est vrai qu'il ignorait entièrement les changements que nous y avions faits à Paris; mais il avait été informé en partant de Chaillot du plan de l'entreprise et du rôle qu'il y devait jouer. Il lui déclara donc que notre vue était de duper son fils, et que Manon devait recevoir ou avait déjà reçu dix mille francs, qui selon notre projet ne retourneraient jamais aux héritiers de la maison de G... M...

Après cette découverte, le vieillard emporté remonta brusquement dans notre chambre. Il passa sans parler dans le cabinet, où il n'eut pas de peine à trouver la somme, et les bijoux. Il revint à nous avec un visage

enflammé, et nous montrant ce qu'il lui plut de nommer
notre larcin, il nous accabla de reproches outrageants.
Il fit voir de près à Manon le collier de perles et les
bracelets; les reconnaissez-vous? lui dit-il, avec un
souris moqueur; ce n'était pas la première fois que vous
les eussiez vus. Ce sont les mêmes sur ma foi. Ils étaient
de votre goût ma belle, je me le persuade aisément.
Les pauvres enfants! ajouta-t-il, ils sont bien aimables
en effet l'un et l'autre, mais ils sont un peu fripons.
Mon cœur crevait de rage à ce discours insultant.
J'aurais donné pour être libre un moment... Juste Ciel!
que n'aurais-je pas donné! Enfin je me fis violence
pour lui dire avec une modération qui n'était qu'un
raffinement de fureur : Finissons, Monsieur, ces inso-
lentes railleries; de quoi est-il question? voyons, que
prétendez-vous faire de nous? Il est question, Monsieur
le Chevalier, me répondit-il, d'aller de ce pas au Châtelet.
Il fera jour demain, nous verrons plus clair dans nos
affaires, et j'espère que vous me ferez la grâce à la fin
de m'apprendre où est mon fils. Je compris sans beaucoup de réflexions que c'était une chose d'une terrible
conséquence pour nous que d'être une fois renfermés au
Châtelet. J'en prévis en tremblant tous les dangers.
Malgré toute ma fierté, je reconnus qu'il fallait plier
sous le poids de ma fortune [71], et flatter mon plus cruel
ennemi pour en obtenir quelque chose par la soumission.
Je le priai d'un ton honnête de m'écouter un moment.
Je me rends justice, Monsieur, lui dis-je, je confesse
que la jeunesse m'a fait commettre de grandes fautes,
et que vous en êtes assez blessé pour vous plaindre;
mais si vous connaissez la force de l'amour; si vous
pouvez juger de ce que souffre un malheureux jeune
homme à qui l'on enlève tout ce qu'il aime, vous me
trouverez peut-être pardonnable d'avoir cherché le plaisir d'une petite vengeance ou du moins vous me croirez
assez puni par l'affront que je viens de recevoir. Il n'est

besoin ni de prison, ni de supplice pour me forcer à vous
découvrir où est Monsieur votre fils. Il est en sûreté;
mon dessein n'a pas été de lui nuire, ni de vous offenser;
je suis prêt à vous nommer le lieu où il passe tranquillement la nuit si vous me faites la grâce de nous accorder
la liberté. Ce vieux tigre, loin d'être touché de ma
prière, me tourna le dos en riant. Il lâcha seulement
quelques mots pour me faire comprendre qu'il savait
notre dessein jusqu'à l'origine. Pour ce qui regardait
son fils, il ajouta brutalement qu'il se retrouverait assez,
puisque je ne l'avais pas assassiné. Conduisez-les au
petit Châtelet, dit-il aux archers, et prenez garde que
le Chevalier ne vous échappe. C'est un rusé qui s'est
déjà sauvé de Saint-Lazare.

Il sortit, et me laissa dans l'état que vous pouvez
vous imaginer. O Ciel! m'écriai-je, je recevrai avec
soumission tous les coups qui viennent de ta main,
mais qu'un malheureux coquin ait le pouvoir de me
traiter avec cette tyrannie; c'est ce qui me réduit au
dernier désespoir. Les archers nous prièrent de ne pas
les faire attendre plus longtemps. Ils avaient un carrosse tout prêt à la porte. Je tendis la main à Manon
pour descendre. Venez, ma chère reine [72], lui dis-je,
venez vous soumettre à toute la rigueur de votre sort.
Il plaira peut-être au Ciel, de nous rendre quelque jour
plus heureux. Nous partîmes dans le même carrosse.
Elle se mit dans mes bras; je ne l'avais pas entendue
ouvrir la bouche depuis le premier moment de l'arrivée
de G... M... mais se trouvant seule alors avec moi, elle
me dit mille tendresses en se reprochant d'être la cause
de mon malheur. Je l'assurai que je ne me plaindrais
jamais de mon sort, tant qu'elle continuerait à m'aimer.
Ce n'est pas moi qui suis à plaindre, continuai-je;
quelques mois de prison ne m'effraient nullement, et
je préférerai toujours le Châtelet à Saint-Lazare; mais
c'est pour toi, ma chère âme, que mon cœur s'intéresse :

quel sort pour une créature aussi charmante que toi!
Ciel! comment traitez-vous avec tant de rigueur le plus
parfait de vos ouvrages! Pourquoi ne sommes-nous pas
nés l'un et l'autre avec des qualités conformes à notre
misère? Nous avons reçu de l'esprit, du goût, des sentiments. Hélas! quel triste usage en faisons-nous? tandis que tant d'âmes basses, et dignes de notre sort
jouissent de toutes les faveurs de la fortune! Ces
réflexions me pénétraient de douleur, mais ce n'était
rien en comparaison de celles que me causait la pensée
de l'avenir; car je séchais de crainte pour Manon.
Elle avait déjà été à l'Hôpital, et quand elle en fût
sortie par la bonne porte, je savais que les rechutes
en ce genre étaient d'une conséquence extrêmement
dangereuse. J'aurais voulu lui exprimer mes frayeurs.
J'appréhendais de lui en causer trop, je tremblais pour
elle sans oser l'avertir du danger, et je l'embrassais en
soupirant pour l'assurer du moins de mon amour, qui
était presque le seul sentiment que j'osasse exprimer.
Manon, lui dis-je, parlez sincèrement, m'aimerez-vous
toujours? Elle me répondit qu'elle était bien malheureuse que j'en pusse douter. Hé bien, repris-je, je n'en
doute point, et je veux braver tous nos ennemis avec
cette assurance. J'emploierai ma famille pour sortir du
Châtelet, et tout mon sang ne sera utile à rien si je ne
vous en tire pas aussitôt que je serai libre. Nous arrivâmes à la prison. On nous mit chacun dans un lieu
séparé. Ce coup me fut moins rude, parce que je l'avais
prévu. Je recommandai Manon au concierge, en lui
apprenant que j'étais un homme de quelque distinction,
et lui promettant une récompense considérable. J'embrassai ma pauvre maîtresse avant que de la quitter.
Je la conjurai de ne pas s'affliger excessivement, et de
ne rien craindre tant que je serais au monde. Je n'étais
pas sans argent. Je lui en donnai une partie, et je
payai au concierge sur ce qui me restait un mois

de grosse pension par avance pour elle et pour moi.

Mon argent eut un fort bon effet : On me mit dans une chambre proprement meublée, et l'on m'assura que Manon en avait une pareille. Je m'occupai aussitôt des moyens de hâter ma liberté. Il était clair qu'il n'y avait rien d'absolument criminel dans mon affaire; et supposant même que le dessein de notre vol fût prouvé par la déposition de Marcel, je savais fort bien qu'on ne punit point les simples volontés. Je résolus d'écrire promptement à mon père, et de le prier de venir en personne à Paris. J'avais bien moins de honte, comme j'ai déjà dit, d'être au Châtelet qu'à Saint-Lazare. D'ailleurs quoique je conservasse tout le respect dû à l'autorité paternelle, l'âge et l'expérience avaient diminué beaucoup ma timidité. J'écrivis donc, et l'on ne fit pas difficulté au Châtelet de laisser sortir ma lettre; mais c'était une peine que j'aurais pu m'épargner, si j'eusse su que mon père devait arriver le lendemain à Paris. Il avait reçu celle que je lui avais écrite huit jours auparavant. Il en avait ressenti une joie extrême; mais de quelque espérance que je l'eusse flatté au sujet de ma conversion, il n'avait pas cru devoir s'arrêter tout à fait à mes promesses. Il avait pris le parti de venir s'assurer de mon changement par ses yeux et régler sa conduite sur la sincérité de mon repentir. Il arriva le lendemain de mon emprisonnement; sa première visite fut celle qu'il rendit à Tiberge, à qui je l'avais prié d'adresser sa réponse. Il ne put savoir de lui ni ma demeure, ni ma condition présente. Il en apprit seulement mes principales aventures, depuis que je m'étais échappé de Saint-Sulpice. Tiberge lui parla fort avantageusement des dispositions que je lui avais marquées pour le bien dans notre dernière entrevue. Il ajouta qu'il me croyait entièrement dégagé de Manon; mais qu'il était surpris néanmoins que je ne lui eusse pas donné de mes nouvelles depuis huit jours. Mon père

n'était pas dupe. Il comprit qu'il y avait quelque chose
qui échappait à la pénétration de Tiberge dans le silence
dont il se plaignait, et il employa tant de soins pour
découvrir mes traces, que deux jours après son arrivée,
il apprit que j'étais au Châtelet. Avant que de recevoir
sa visite à laquelle j'étais fort éloigné de m'attendre si
tôt, je reçus celle de Mr. le Lieutenant de Police, ou,
pour expliquer les chosés par leur nom, je subis l'in-
terrogatoire. Il me fit quelques reproches; mais ils
n'étaient ni durs ni désobligeants. Il me dit avec douceur qu'il plaignait ma mauvaise conduite; que j'avais
manqué de sagesse en me faisant un ennemi tel que
Mr. de G... M...; qu'à la vérité il était aisé de remarquer
qu'il y avait dans mon affaire plus d'imprudence et
légèreté que de malice; mais que c'était néanmoins
la seconde fois que je me trouvais sujet à son tribunal,
et qu'il avait espéré que je fusse devenu plus sage après
avoir pris deux ou trois mois de leçons à Saint-Lazare.
Charmé d'avoir affaire à un juge raisonnable, je m'expliquai avec lui d'une manière si respectueuse, et si modérée, qu'il parut extrêmement satisfait de mes réponses.
Il me dit que je ne devais point me livrer trop au chagrin, et qu'il se sentait disposé à me rendre service en
faveur de ma naissance, et de ma jeunesse. Je me hasar-
dai à lui recommander Manon et à lui faire l'éloge de
sa douceur, et de son bon naturel. Il me répondit en
riant qu'il ne l'avait point encore vue; mais qu'on la
représentait comme une dangereuse personne. Ce mot
excita tellement ma tendresse, que je lui dis mille
choses passionnées pour la défense de ma pauvre maîtresse; et je ne pus même m'empêcher de répandre
quelques larmes. Il ordonna qu'on me reconduisît à
ma chambre. Amour, amour, s'écria ce grave magistrat
en me voyant sortir, ne te réconcilieras-tu jamais
avec la sagesse?

J'étais à m'entretenir tristement de mes idées et à

réfléchir sur la conversation que j'avais eue avec
Mr. le Lieutenant de Police, lorsque j'entendis ouvrir
la porte de ma chambre : c'était mon père. Quoique
je dusse être à demi préparé à cette vue, puisque je m'y
attendais quelques jours plus tard, je ne laissai pas
d'en être frappé si vivement, que je me serais précipité
au fond de la terre, si elle s'était entrouverte à mes
pieds. J'allai l'embrasser avec toutes les marques d'une
extrême confusion. Il s'assit sans que ni lui, ni moi
eussions encore ouvert la bouche. Comme je demeurais
debout les yeux baissés, et la tête découverte : Asseyez-
vous, Monsieur, me dit-il gravement, asseyez-vous.
Grâce au scandale de votre libertinage et de vos fri-
ponneries, j'ai découvert le lieu de votre demeure.
C'est l'avantage d'un mérite tel que le vôtre, de ne
pouvoir demeurer caché. Vous allez à la renommée par
un chemin infaillible. J'espère que le terme en sera
bientôt la Grève [73], et que vous aurez effectivement la
gloire d'y être exposé à l'admiration de tout le monde.
Je ne répondis rien. Il continua : Qu'un père est malheureux, lorsqu'après avoir aimé tendrement un fils, et
n'avoir rien épargné pour en faire un honnête homme,
il n'y trouve à la fin qu'un fripon qui le déshonore!
On se console d'un malheur de fortune : le temps l'ef-
face, et le chagrin diminue : mais quel remède contre
un mal qui augmente tous les jours, tel que les désordres
d'un fils vicieux, qui a perdu tous sentiments d'honneur!
Tu ne dis rien, malheureux, ajouta-t-il; voyez cette
modestie contrefaite, et cet air de douceur hypocrite;
ne le prendrait-on pas pour le plus honnête homme de
sa race? Quoique je fusse obligé de reconnaître que
je méritais une partie de ces outrages, il me parut
néanmoins que c'était les porter à l'excès. Je crus
qu'il m'était permis d'expliquer naturellement ma pensée. Je vous assure, Monsieur, lui dis-je, que la modestie
où vous me voyez devant vous, n'est nullement affectée;

c'est la situation naturelle d'un fils bien né qui respecte
infiniment son père, et surtout un père irrité. Je ne
prétends pas non plus passer pour l'homme le plus réglé
de notre race; je me connais digne de vos reproches;
mais je vous conjure d'y mettre un peu plus de bonté,
et de ne pas me traiter comme le plus infâme de tous
les hommes. Je ne mérite pas des noms si durs. C'est
l'amour, vous le savez, qui a causé toutes mes fautes.
Fatale passion! Hélas! n'en connaissez-vous pas la force,
et se peut-il que votre sang qui est la source du mien,
n'ait jamais ressenti les mêmes ardeurs! L'amour m'a
rendu trop tendre, trop passionné, trop fidèle, et peut-
être trop complaisant pour les désirs d'une maîtresse
toute charmante; voilà mes crimes. En voyez-vous là
quelqu'un qui vous déshonore? Allons, mon cher père,
ajoutai-je tendrement, un peu de pitié pour un fils qui
a toujours été plein de respect, et d'affection pour vous,
qui n'a pas renoncé comme vous pensez à l'honneur et
au devoir, et qui est mille fois plus à plaindre que vous
ne sauriez vous l'imaginer. Je laissai tomber quelques
larmes en finissant ces paroles.

Un cœur de père est le chef-d'œuvre de la nature;
elle y règne pour ainsi parler avec complaisance, et elle
en règle elle-même tous les ressorts. Le mien qui était
avec cela homme d'esprit et de bon goût, fut si touché
du tour que j'avais donné à mes excuses qu'il ne fut
pas le maître de me cacher ce changement. Viens, mon
pauvre Chevalier, me dit-il, viens m'embrasser. Tu me
fais pitié. Je l'embrassai. Il me serra d'une manière
qui me fit juger de ce qui se passait dans son cœur;
mais quel moyen prendrons-nous donc, reprit-il, pour
te tirer d'ici? explique-moi toutes tes affaires sans
déguisement. Comme il n'y avait rien après tout dans
le gros de ma conduite qui pût me déshonorer absolument, du moins en la mesurant sur celle des jeunes gens
d'un certain monde, et qu'une maîtresse entretenue ne

passe point pour une infamie dans le siècle où nous
sommes, non plus qu'un peu d'adresse à s'attirer la
fortune du jeu, je fis sincèrement à mon père le détail
de la vie que j'avais menée. A chaque faute dont je
lui faisais l'aveu, j'avais soin de joindre des exemples
célèbres, pour en diminuer la honte. Je vis avec une
maîtresse, lui disais-je, sans être lié par les cérémonies
du mariage; Mr. le Duc de... en entretient deux aux
yeux de tout Paris, Mr. de F... en a une depuis dix ans
qu'il aime avec une fidélité qu'il n'a jamais eue pour
sa femme. Les deux tiers des habitants de Paris se
font un honneur d'en avoir. J'ai usé de quelque supercherie au jeu : Mr. le Marquis de... et le Comte de...
n'ont point d'autres revenus, Mr. le Prince de... et
Mr. le Duc de... sont les chefs d'une bande de Chevaliers du même Ordre. Pour ce qui regardait mes desseins sur la bourse des deux G... M... j'aurais pu trouver
aussi facilement que je n'étais pas sans modèles; mais
il me restait trop d'honneur pour ne pas me condamner
moi-même avec tous ceux dont j'aurais pu me proposer
l'exemple : de sorte que je priai mon père de pardonner
cette faiblesse aux deux violentes passions qui m'avaient
agité, la vengeance et l'amour. Il me demanda si je
pouvais lui donner quelques ouvertures sur les plus
courts moyens d'obtenir ma liberté, surtout d'une
manière qui pût lui faire éviter l'éclat. Je lui appris les
sentiments de bonté que le Lieutenant de Police avait
pour moi. Si vous trouvez quelques difficultés, lui dis-je,
elles ne peuvent venir que de la part des G... M...;
ainsi je crois qu'il serait à propos que vous prissiez la
peine de les voir. Il me le promit. Je n'osai le prier
de solliciter pour Manon. Ce ne fut point un défaut de
hardiesse, mais un effet de la crainte où j'étais de le
révolter par cette proposition, et de lui faire naître
quelque dessein funeste à elle et à moi. Je suis encore
à savoir si cette crainte n'a pas causé mes plus grandes

infortunes, en m'empêchant de tenter les dispositions
de mon père, et de faire des efforts pour lui en inspirer
de favorables à ma malheureuse maîtresse. J'aurais
peut-être excité encore une fois sa pitié. Je l'aurais mis
en garde contre les impressions qu'il allait recevoir trop
facilement du vieux G... M... que sais-je? ma mauvaise
destinée l'aurait peut-être emporté sur tous mes efforts;
mais je n'aurais eu qu'elle du moins, et la cruauté de
mes ennemis à accuser de mon malheur.

En me quittant mon père alla faire une visite à
Mr. de G... M... Il le trouva avec son fils, à qui le garde
du corps avait honnêtement rendu la liberté. Je n'ai
jamais su les particularités de leur conversation; mais
il ne m'a été que trop facile d'en juger par ses mortels
effets. Ils allèrent ensemble, je dis les deux pères,
chez Mr. le Lieutenant de Police, à qui ils demandèrent
deux grâces : l'une de me faire sortir sur-le-champ du
Châtelet; l'autre d'enfermer Manon pour le reste de ses
jours, ou de l'envoyer en Amérique. On commençait
dans ce temps-là à embarquer quantité de gens sans
aveu pour le Mississippi [74]. Mr. le Lieutenant de Police
leur donna la parole de faire partir Manon par le premier vaisseau. Mr. de G... M... et mon père vinrent
aussitôt m'apporter ensemble la nouvelle de ma liberté.
Mr. de G... M... me fit un compliment civil sur le passé,
et m'ayant félicité sur le bonheur que j'avais d'avoir
un tel père, il m'exhorta à profiter désormais de ses
leçons, et de ses exemples. Mon père m'ordonna de
lui faire des excuses des injures prétendues que j'avais
faites à sa famille, et de le remercier de s'être employé
avec lui pour mon élargissement. Nous sortîmes ensemble
sans faire mention de ma maîtresse. Je n'osai même
parler d'elle aux guichetiers en leur présence. Hélas!
mes tristes recommandations eussent été bien inutiles!
L'ordre cruel était venu en même temps que celui de
ma délivrance. Cette fille infortunée fut conduite une

heure après à l'Hôpital pour y être associée à quelques
malheureuses, qui étaient condamnées à subir le même
sort. Mon père m'ayant obligé de le suivre à la maison
où il avait pris sa demeure, il était presque six heures
du soir, lorsque je trouvai le moment de me dérober de
ses yeux pour retourner au Châtelet. Je n'avais dessein
que de faire tenir quelques rafraîchissements à Manon,
et de la recommander au concierge; car je ne me pro-
mettais pas que la liberté de la voir me fût accordée.
Je n'avais point encore eu le temps non plus de réfléchir
aux moyens de la délivrer.

Je demandai à parler au concierge. Il avait été
content de ma libéralité, et de ma douceur; de sorte
qu'ayant quelques sentiments de bienveillance pour
moi, il me parla du sort de Manon, comme d'un malheur
dont il avait beaucoup de regret, parce qu'il pouvait
m'affliger. Je ne compris point ce langage. Nous nous
entretînmes quelques moments sans nous entendre; à la
fin s'apercevant que j'avais besoin d'une explication,
il me la donna telle que j'ai déjà eu horreur de vous
la dire, et que j'ai encore de la répéter. Jamais apoplexie
violente ne causa d'effet plus subit et plus terrible. Je
tombai avec une palpitation de cœur si douloureuse,
qu'à l'instant que je perdis la connaissance, je me crus
délivré de la vie pour toujours. Il me resta même quelque
chose de cette pensée, lorsque je revins à moi. Je tournai
mes regards vers toutes les parties de la chambre, et
sur moi-même, pour m'assurer si je portais encore la
malheureuse qualité d'homme vivant. Il est certain
qu'en ne suivant que le mouvement naturel qui fait
chercher à se délivrer de ses peines, rien ne pouvait
me paraître plus doux que la mort dans ce moment de
désespoir, et de consternation. La religion même ne
pouvait me faire envisager rien de plus insupportable
après la vie, que les convulsions cruelles dont j'étais
tourmenté. Cependant par un miracle propre à l'amour,

je retrouvai bientôt assez de forces pour remercier le
Ciel de m'avoir rendu la connaissance et la raison. Ma
mort n'eût été utile qu'à moi; Manon avait besoin de ma
vie pour la délivrer, pour la secourir, pour la venger;
je jurai de m'y employer sans ménagement. Le concierge
me donna toute l'assistance que j'eusse pu attendre du
meilleur de mes amis. Je reçus ses services avec une
vive reconnaissance. Hélas! lui dis-je, vous êtes donc
touché de mes peines! Tout le monde m'abandonne.
Mon père même est sans doute un de mes plus cruels
persécuteurs, personne n'a pitié de moi. Vous seul,
dans le séjour de la dureté, et de la barbarie, marquez
de la compassion pour le plus misérable de tous les
hommes. Il me conseillait de ne point paraître dans la
rue sans être un peu remis du trouble où j'étais. Laissez,
laissez, répondis-je en sortant, je vous reverrai plus
tôt que vous ne pensez. Préparez-moi le plus noir de
vos cachots, je vais travailler à le mériter. En effet mes
premières résolutions n'allaient à rien moins qu'à me
défaire des deux G... M..., et du Lieutenant de Police,
et à fondre ensuite à main armée sur l'Hôpital avec
tous ceux que je pourrais engager à soutenir ma querelle. Mon père lui-même eût été à peine respecté dans
une vengeance qui me paraissait si juste; car le concierge
ne m'avait pas caché que lui, et G... M... étaient les
auteurs de ma perte; mais lorsque j'eus fait quelques
pas dans les rues, et que l'air eut un peu rafraîchi mon
sang et mes humeurs, ma fureur fit place peu à peu
à des sentiments plus raisonnables. La mort de nos
ennemis eût été d'une faible utilité pour Manon, et elle
m'eût exposé sans doute à me voir ôter tous les moyens
de la secourir. D'ailleurs aurais-je eu recours à un lâche
assassinat! quelle autre voie pouvais-je m'ouvrir à la
vengeance? Je recueillis toutes mes forces et tous mes
esprits pour travailler d'abord à la délivrance de Manon,
remettant tout le reste après le succès de cette impor-

tante entreprise. Il me restait peu d'argent. C'étai
néanmoins un fondement nécessaire par lequel il falla
commencer; je ne voyais que trois personnes de q
j'en pusse attendre; Mr. de T..., mon père, et Tiberge.
Il y avait peu d'apparence d'obtenir quelque chose des
deux derniers, et j'avais honte de fatiguer l'autre par
mes importunités; mais ce n'est point dans le désespoir
qu'on garde des ménagements. J'allai sur-le-champ
au Séminaire de Saint-Sulpice, sans m'embarrasser si j'y
serais reconnu. Je fis appeler Tiberge. Ses premières
paroles me firent comprendre qu'il ignorait encore mes
dernières aventures. Cela me fit changer le dessein que
j'avais de l'attendrir par la compassion. Je lui parlai
en général du plaisir que j'avais eu de revoir mon père,
et je le priai ensuite naturellement de me prêter quelque
argent, sous prétexte de payer avant mon départ
de Paris quelques dettes que je souhaitais de tenir
inconnues. Il me présenta aussitôt sa bourse. Je pris
cinq cents livres sur six cents que j'y trouvai. Je lui
offris mon billet; il était trop généreux pour l'accepter.

Je tournai de là chez Mr. de T... je n'eus point de
réserve avec lui. Je lui fis l'exposition de mes malheurs,
et de mes peines. Il en savait déjà jusqu'aux moindres
circonstances par le soin qu'il avait eu de suivre l'aventure du jeune G... M... Il m'écouta néanmoins, et il
me plaignit beaucoup. Lorsque je lui demandai ses
conseils sur les moyens de délivrer Manon, il me répondit tristement, qu'il y voyait si peu de jour qu'à moins
d'un secours extraordinaire du Ciel, il fallait renoncer
à l'espérance, qu'il avait passé exprès à l'Hôpital depuis
qu'elle y était renfermée; qu'il n'avait pu obtenir lui-
même la liberté de la voir; que les ordres du Lieutenant
de Police étaient de la dernière rigueur, et que pour
comble d'infortune la malheureuse bande où elle devait
entrer, était destinée à partir le surlendemain du jour
où nous étions. J'étais si consterné de son discours, qu'il

eût pu parler une heure sans que j'eusse songé à l'inter-
rompre. Il continua à me dire, qu'il ne m'était point allé
voir au Châtelet pour se donner plus de facilité à me
servir, lorsqu'on le croirait sans liaison avec moi; que
depuis quelques heures que j'en étais sorti, il avait eu
beaucoup de chagrin d'ignorer où je m'étais retiré, et
qu'il avait souhaité de me voir promptement pour
me donner le seul conseil dont il semblait que je pusse
espérer du changement dans le sort de Manon; mais
un conseil dangereux, et auquel il me priait de cacher
éternellement qu'il eût eu part : c'était de choisir
quelques braves [75] qui eussent le courage d'attaquer les
gardes de Manon, lorsqu'ils seraient sortis de Paris avec
elle. Il n'attendit point que je lui parlasse de mon
indigence. Voilà cent pistoles, me dit-il, en me présen-
tant une bourse, qui pourront vous être de quelque
usage. Vous me les remettrez lorsque la fortune aura
rétabli vos affaires. Il ajouta que si le soin de sa réputation lui eût permis d'entreprendre lui-même la délivrance de ma maîtresse, il m'eût offert son bras et son
épée.

Cette excessive générosité me toucha jusqu'aux
larmes. J'employai pour lui marquer ma reconnaissance, toute la vivacité que mon affection me laissait
de reste. Je lui demandai s'il n'y avait rien à espérer
par la voie des intercessions, auprès du Lieutenant de
Police. Il me dit qu'il y avait pensé; mais qu'il croyait
cette ressource très faible, parce qu'une grâce de cette
nature ne pouvait se demander sans motif, et qu'il ne
voyait pas bien duquel on pourrait se servir pour se
faire un intercesseur d'une personne grave, et puissante;
que si l'on pouvait se flatter de quelque chose de ce
côté-là, ce ne pouvait être qu'en faisant changer de
sentiment à Mr. de G... M..., et à mon père, et en les
engageant à prier eux-mêmes Mr. le Lieutenant de
Police de révoquer sa sentence. Il s'offrit à faire tous

ses efforts pour gagner le jeune G... M..., quoiqu'il le
crût un peu refroidi à son égard par quelques soupçons
qu'il avait conçus de lui à l'occasion de notre affaire;
et il m'exhorta à ne rien omettre de mon côté pour
fléchir l'esprit de mon père.

Ce n'était pas une légère entreprise pour moi; je ne
dis pas seulement par la difficulté que je devais naturellement trouver à la vaincre; mais par une autre
raison qui me faisait même redouter ses approches; je
m'étais dérobé de son logis contre ses ordres, et j'étais
fort résolu de n'y pas retourner depuis que j'avais
appris la triste destinée de Manon. J'appréhendais avec
sujet qu'il ne m'y fît retenir, malgré moi, et qu'il ne
me reconduisît de même en province. Mon frère aîné
avait usé autrefois de cette méthode. Il est vrai que
j'étais devenu plus âgé; mais l'âge était une faible
raison contre la force. Cependant je trouvai une voie
qui me sauvait du danger; c'était de le faire appeler
dans un endroit public, et de m'annoncer à lui sous un
autre nom. Je pris aussitôt ce parti. Mr. de T... s'en
alla chez G... M..., et moi au Luxembourg, d'où j'envoyai avertir mon père qu'un gentilhomme de ses
serviteurs était à l'attendre. Je craignais qu'il n'eût
quelque peine à venir parce qu'il commençait à faire
nuit. Il parut néanmoins peu après, suivi de son laquais.
Je le priai de prendre une allée où nous puissions être
seuls. Nous fîmes cent pas pour le moins sans parler.
Il s'imaginait bien sans doute que tant de préparations
ne s'étaient pas faites sans un dessein d'importance. Il
attendait ma harangue, et je la méditais. Enfin j'ouvris
la bouche : Monsieur, lui dis-je en tremblant, vous êtes
un bon père. Vous m'avez comblé de grâces, et vous
m'avez pardonné un nombre infini de fautes. Aussi le
Ciel m'est-il témoin que j'ai pour vous tous les sentiments du fils le plus tendre, et le plus respectueux;
mais il me semble... que votre rigueur... Hé bien, ma

rigueur, interrompit mon père, qui trouvait sans doute
que je parlais lentement pour son impatience : Ah!
Monsieur, repris-je, il me semble que votre rigueur est
extrême dans le traitement que vous avez fait à la
malheureuse Manon. Vous vous en êtes rapporté à
Mr. de G... M... Sa haine vous l'a représentée sous les
plus noires couleurs. Vous vous êtes formé d'elle une
affreuse idée; cependant c'est la plus douce et la plus
aimable créature qui fut jamais. Que n'a-t-il plu au
Ciel de vous inspirer l'envie de la voir un moment! Je
ne suis pas plus sûr qu'elle est charmante que je le suis
qu'elle vous l'aurait paru. Vous auriez pris parti pour
elle. Vous auriez détesté les noirs artifices de G... M...
Vous auriez eu compassion d'elle et de moi. Hélas! j'en
suis sûr. Votre cœur n'est pas insensible, vous vous
seriez laissé attendrir. Il m'interrompit encore, voyant
que je parlais avec une ardeur qui ne m'aurait pas
permis de finir si tôt. Il voulait savoir à quoi j'avais
dessein d'en venir par un discours si passionné. A vous
demander la vie, répondis-je, que je ne puis conserver
un moment, si Manon part une fois pour l'Amérique.
Non, non, me dit-il, d'un ton sévère, j'aime mieux te
voir sans vie que sans sagesse, et sans honneur. N'allons
donc pas plus loin, m'écriai-je en l'arrêtant par le bras;
ôtez-la-moi cette vie odieuse et insupportable; car dans
le désespoir où vous me jetez, la mort sera une faveur
pour moi. C'est un présent digne de la main d'un père.
Je ne te donnerais que ce que tu mérites, répliqua-t-il.
Je connais bien des pères qui n'auraient pas attendu si
longtemps pour être eux-mêmes tes bourreaux; mais
c'est ma bonté excessive qui t'a perdu. Je me jetai à
ses genoux : Ah? s'il vous en reste encore, lui dis-je
en les embrassant, ne vous endurcissez donc pas contre
mes pleurs. Songez que je suis votre fils... Hélas!
souvenez-vous de ma mère. Vous l'aimiez si tendrement. Auriez-vous souffert qu'on l'eût arrachée de vos

bras? Vous l'auriez défendue jusqu'à la mort. Les
autres n'ont-ils pas un cœur comme vous? Peut-on être
barbare quand on a une fois éprouvé ce que c'est que
la tendresse, et la douleur? Ne me parle pas davantage
de ta mère, reprit-il d'une voix irritée, ce souvenir
échauffe mon indignation. Tes désordres la feraient
mourir de douleur, si elle eût assez vécu pour les voir.
Finissons cet entretien, ajouta-t-il, il m'importune, et
ne me fera point changer de résolution. Je t'ordonne
de me suivre. Le ton sec et dur avec lequel il m'intima
cet ordre me fit trop comprendre que son cœur était
inflexible. Je m'éloignai de quelques pas, dans la crainte
qu'il ne lui prît envie de m'arrêter de ses propres mains.
N'augmentez pas mon désespoir, lui dis-je, en me for-
çant à vous désobéir. Il est impossible que je vous
suive, il ne l'est pas moins que je vive après la dureté
avec laquelle vous me traitez. Ainsi je vous dis un
éternel adieu. Ma mort que vous apprendrez bientôt,
ajoutai-je tristement, vous fera peut-être reprendre
pour moi des sentiments de père. Comme je me tour-
nais pour le quitter : Tu refuses donc de me suivre,
s'écria-t-il avec une vive colère? Va, cours à ta perte.
Adieu, fils ingrat et rebelle. Adieu, lui dis-je dans mon
transport, adieu, père barbare et dénaturé.

Je sortis aussitôt du Luxembourg. Je marchai dans
les rues comme un furieux, jusqu'à la maison de
Mr. de T... Je levais, en marchant, les yeux et les mains
pour invoquer toutes les puissances célestes. O Ciel!
disais-je, serez-vous aussi impitoyable que les hommes?
Je n'ai plus de secours à attendre que de vous. Mr. de T...
n'était point encore retourné chez lui; mais il revint
après que je l'y eus attendu quelques moments. Sa
négociation n'avait pas réussi mieux que la mienne. Il
me le dit d'un visage abattu. Le jeune G... M... quoique
moins irrité que son père contre Manon et contre moi,
n'avait pas voulu entreprendre de le solliciter en notre

faveur. Il s'en était défendu par la crainte qu'il avait
lui-même de ce vieillard vindicatif, qui s'était déjà fort
emporté contre lui, en lui reprochant ses desseins de
commerce avec Manon. Il ne me restait donc que la
voie de la violence, telle que Mr. de T... m'en avait
tracé le plan; j'y réduisis toutes mes espérances. Elles
sont bien incertaines, lui dis-je, mais la plus solide et
la plus consolante pour moi est celle de périr du moins
dans l'entreprise. Je le quittai en le priant de me secourir
par ses vœux, et je ne pensai plus qu'à m'associer des
camarades à qui je pusse communiquer une étincelle
de mon courage, et de ma résolution.

Le premier qui s'offrit à mon esprit fut le même
garde du corps, que j'avais employé pour arrêter G... M...
J'avais dessein aussi d'aller passer la nuit dans sa
chambre, n'ayant point eu l'esprit assez libre pendant
l'après-midi pour me procurer un logement. Je le trouvai seul. Il eut de la joie de me voir sorti du Châtelet.
Il m'offrit affectueusement ses services. Je lui expliquai
ceux qu'il pouvait me rendre. Il avait assez de bon
sens pour en apercevoir toutes les difficultés; mais il fut
assez généreux pour entreprendre de les surmonter.
Nous employâmes une partie de la nuit à raisonner sur
mon dessein. Il me parla des trois soldats aux Gardes
dont il s'était servi dans la dernière occasion, comme de
trois braves à l'épreuve; Mr. de T... m'avait informé
exactement du nombre des archers qui devaient conduire
Manon, ils n'étaient que six. Cinq hommes hardis, et
résolus suffisaient pour donner l'épouvante à ces misérables, qui ne sont point capables de se défendre hono-
rablement, lorsqu'ils peuvent éviter le péril du combat
par une lâcheté. Comme je ne manquais point d'argent,
le garde du corps me conseilla de ne rien ménager pour
assurer le succès de notre attaque. Il nous faut des
chevaux, me dit-il, avec des pistolets, et chacun un
mousqueton. Je me charge de prendre demain le soin

de ces préparatifs. Il faudra aussi trois habits communs
pour nos soldats qui n'oseraient paraître dans une affaire
de cette nature avec l'uniforme du Régiment. Je lui
remis entre les mains les cent pistoles que j'avais reçues
de Mr. de T... Elles furent employées le lendemain
jusqu'au dernier sou. Les trois soldats passèrent en
revue devant moi. Je les animai par de grandes promesses; et pour leur ôter toute défiance, je commençai
par leur faire présent à chacun de dix pistoles. Le jour
de l'exécution étant venu, j'en envoyai un de grand
matin à l'Hôpital, pour s'instruire par ses propres yeux
du moment auquel les archers partiraient avec leur
proie. Quoique je n'eusse pris cette précaution que
par un excès d'inquiétude et de prévoyance, il se
trouva qu'elle avait été absolument nécessaire. J'avais
compté sur quelques fausses informations qu'on m'avait
données de leur route, et m'étant persuadé que c'était
à la Rochelle que cette déplorable troupe devait être
embarquée, j'aurais perdu mes peines à l'attendre sur
le chemin d'Orléans; cependant je fus informé par le
rapport du soldat aux Gardes qu'elle prenait le chemin
de Normandie, et que c'était du Havre de Grâce qu'elle
devait partir pour l'Amérique. Nous nous rendîmes
aussitôt à la porte Saint-Honoré, observant de marcher
par des rues différentes. Nous nous réunîmes au bout
du Faubourg; nos chevaux étaient frais. Nous ne tardâmes point à découvrir les six gardes, et les deux
misérables voitures que vous vîtes à Pacy, il y a environ deux ans. Ce spectacle faillit à m'ôter la force, et
la connaissance. O fortune, m'écriai-je, fortune cruelle,
accorde-moi ici du moins la mort ou la victoire. Nous
tînmes conseil un moment sur la manière dont nous
ferions notre attaque. Les archers n'étaient guère plus
de quatre cents pas devant nous, et nous pouvions les
couper en passant au travers d'un petit champ, autour
duquel le grand chemin tournait. Le garde du corps fut

d'avis de prendre cette voie pour les surprendre en
fondant tout d'un coup sur eux. J'approuvai sa pensée,
et je fus le premier à piquer mon cheval, mais la fortune avait rejeté impitoyablement mes vœux. Les
archers voyant cinq cavaliers courir vers eux, ne doutèrent point que ce ne fût pour les attaquer. Ils se
mirent en défense, en préparant leurs baïonnettes, et
leurs fusils d'un air assez résolu. Cette vue qui ne fit
que nous animer le garde du corps et moi, ôta tout
d'un coup le courage à nos trois lâches compagnons.
Ils s'arrêtèrent comme de concert, et s'étant dit entre
eux quelques mots que je n'entendis point, ils tournè-
rent la tête de leurs chevaux pour reprendre le chemin
de Paris à bride abattue. Dieux! me dit le garde du corps
qui paraissait aussi éperdu que moi de cette infâme
désertion, qu'allons-nous faire, nous ne sommes plus
que deux. J'avais perdu la voix, de fureur, et d'étonnement. Je m'arrêtai, incertain si ma première vengeance
ne devait pas s'employer à la poursuite, et au châtiment des lâches qui m'abandonnaient. Je les regardais
fuir, je jetais les yeux de l'autre côté sur les archers;
s'il m'eût été possible de me partager, j'aurais fondu
tout à la fois sur ces deux objets de ma rage. Je les
dévorais tous ensemble. Le garde du corps qui jugeait
de mon incertitude par le mouvement· égaré de mes
yeux, me pria d'écouter son conseil. N'étant que deux,
me dit-il, il y aurait de la folie à attaquer six hommes
aussi bien armés que nous, et qui paraissent nous
attendre de pied ferme. Il faut retourner à Paris, et
tâcher de réussir mieux dans le choix de nos braves.
Les archers ne sauraient faire de grandes journées avec
deux pesantes voitures, nous les rejoindrons demain
sans peine. Je fis un moment de réflexion sur ce parti;
mais ne voyant de tous côtés que des sujets de désespoir,
je pris une résolution véritablement désespérée. Ce fut
de remercier mon compagnon de ses services; et loin

d'attaquer les archers, d'aller avec soumission les prier
de me recevoir dans leur troupe, pour accompagner
Manon avec eux jusqu'au Havre de Grâce, et passer
ensuite au-delà des mers avec elle. Tout le monde me
persécute ou me trahit, dis-je au garde du corps, je
n'ai plus de fond à faire sur personne. Je n'attends
plus rien ni de la fortune ni du secours des hommes.
Mes malheurs sont au comble, il ne me reste plus que
de m'y soumettre. Ainsi je ferme les yeux à toute
espérance. Puisse le Ciel récompenser votre générosité.
Adieu, je vais aider mon mauvais sort à consommer
ma ruine, en y courant moi-même volontairement. Il
fit inutilement ses efforts pour m'engager à retourner à
Paris. Je le priai de me laisser suivre mes résolutions,
et de me quitter sur-le-champ, de peur que les archers
ne continuassent à croire que notre dessein était de les
attaquer.

J'allai seul vers eux d'un pas lent, et le visage si
consterné qu'ils ne durent rien trouver d'effrayant
dans mes approches. Ils se tenaient toujours néanmoins
en posture de défense. Rassurez-vous, Messieurs, leur
dis-je, en les abordant : je ne vous apporte point la
guerre, je viens vous demander des grâces. Je les priai
de continuer leur chemin sans défiance, et je leur
appris en marchant les faveurs que j'attendais d'eux.
Ils consultèrent ensemble de quelle manière ils devaient
recevoir cette ouverture.

Le chef de la bande prit la parole pour les autres.
Il me répondit, que les ordres qu'ils avaient de veiller
sur leurs captives étaient d'une extrême rigueur; que
je lui paraissais néanmoins si joli homme, que lui et ses
compagnons se relâcheraient un peu de leur devoir;
mais que je devais bien comprendre qu'il fallait qu'il
m'en coûtât quelque chose. Il me restait environ quinze
pistoles; je leur dis naturellement en quoi consistait
le fond de ma bourse. Hé bien, me dit l'archer, nous en

userons généreusement. Il ne vous en coûtera qu'un
écu par heure pour entretenir celle de nos filles qui
vous plaira le plus, c'est le prix courant de Paris. Je
ne leur avais pas parlé de Manon en particulier; parce
que je n'avais pas dessein qu'ils connussent ma passion.
Ils s'imaginèrent d'abord que ce n'était qu'une fantaisie
de jeune homme qui me faisait chercher un peu de
passe-temps avec les créatures; mais lorsqu'ils crurent
s'être aperçus que j'étais amoureux, ils augmentèrent
tellement le tribut, que ma bourse se trouva épuisée en
partant de Mantes où nous avions couché le jour que
nous arrivâmes à Pacy.

Vous dirai-je quel fut le déplorable sujet de mes
entretiens avec Manon pendant cette route; ou quelle
impression sa vue fit sur moi, lorsque j'eus obtenu des
gardes la liberté d'approcher de son chariot? Ah! les
expressions ne rendent jamais qu'à demi les sentiments
du cœur; mais figurez-vous ma pauvre maîtresse enchaî-
née par le milieu du corps, assise sur quelques poignées
de paille, la tête appuyée languissamment sur un côté
de la voiture, le visage pâle, et mouillé d'un ruisseau de
larmes qui se faisaient un passage au travers de ses
paupières, quoiqu'elle eût continuellement les yeux
fermés. Elle n'avait pas même eu la curiosité de les
ouvrir lorsqu'elle avait entendu le bruit de ses gardes
qui craignaient d'être attaqués. Son linge était sale, et
dérangé, ses mains délicates exposées à l'injure de l'air;
enfin tout ce composé charmant, cette figure capable
de ramener l'univers à l'idolâtrie, paraissait dans un
désordre, et un abattement inexprimable. J'employai
quelque temps à la considérer, en allant à cheval à
côté du chariot. J'étais si peu à moi-même, que je fus
sur le point plusieurs fois de tomber dangereusement.
Mes soupirs, et mes exclamations fréquentes, m'attirèrent
d'elle quelques regards. Elle me reconnut, et je remarquai
que dans le premier mouvement, elle tenta de se pré-

cipiter hors de la voiture pour venir à moi, mais étant
retenue par sa chaîne, elle retomba dans sa première
attitude. Je priai les archers d'arrêter un moment par
compassion, ils y consentirent par avarice. Je quittai
mon cheval pour m'asseoir auprès d'elle. Elle était si
languissante, et si affaiblie qu'elle fut longtemps sans
pouvoir se servir de sa langue, ni remuer ses mains. Je
les mouillais pendant ce temps-là de mes pleurs, et
ne pouvant proférer moi-même une seule parole, nous
étions l'un et l'autre dans une des plus tristes situations dont il y ait jamais eu d'exemple. Nos expressions
ne le furent pas moins, lorsque nous eûmes retrouvé
la liberté de parler. Manon parla peu; il semblait que la
honte, et la douleur eussent altéré les organes de sa
voix; le son en était faible et tremblant. Elle me remercia de ne l'avoir pas oubliée, et de la satisfaction que je
lui accordais, dit-elle en soupirant, de me voir du moins
encore une fois, et de me dire le dernier adieu. Mais
lorsque je l'eus assurée que rien n'était capable de me
séparer d'elle, et que j'étais disposé à la suivre jusqu'à
l'extrémité du monde, pour prendre soin d'elle, pour la
servir, pour l'aimer, et pour attacher inséparablement
ma misérable destinée à la sienne, cette pauvre fille
se livra à des sentiments si tendres et si douloureux, que
j'appréhendai quelque chose pour sa vie d'une si violente émotion. Tous les mouvements de son âme semblaient se réunir dans ses yeux. Elle les tenait fixés sur
moi. Quelquefois elle ouvrait la bouche sans avoir la
force d'achever quelques mots qu'elle commençait. Il
lui en échappait néanmoins quelques-uns. C'étaient
des marques d'admiration sur mon amour, de tendres
plaintes de son excès, des doutes qu'elle pût être assez
heureuse pour m'avoir inspiré une passion si parfaite,
des instances pour me faire renoncer au dessein de la
suivre, et chercher ailleurs un bonheur digne de moi,
qu'elle me disait que je ne pouvais espérer avec elle.

En dépit du plus cruel de tous les sorts, je trouvais ma félicité dans ses regards, et dans la certitude que j'avais de son affection. J'avais perdu à la vérité tout ce que le reste des hommes estime, mais j'étais le maître du cœur de Manon, le seul bien que j'estimais. Vivre en Europe, vivre en Amérique, que m'importait-il en quel endroit vivre si j'étais assuré d'y être heureux en y vivant avec ma maîtresse? Tout l'univers n'est-il pas la patrie de deux amants fidèles? Ne trouvent-ils pas l'un dans l'autre père, mère, parents, amis, richesses et félicité? Si quelque chose me causait de l'inquiétude, c'était la crainte de voir Manon exposée aux besoins de l'indigence. Je me supposais déjà avec elle dans une région inculte et habitée par des sauvages. Je suis bien sûr, disais-je, qu'il ne saurait y en avoir d'aussi cruels que G... M... et mon père. Ils nous laisseront du moins vivre en paix. Si les relations qu'on en fait sont fidèles, ils suivent les lois de la nature. Ils ne connaissent ni les fureurs de l'avarice qui possèdent G... M..., ni les idées fantastiques de l'honneur qui m'ont fait un ennemi de mon père. Ils ne troubleront point deux amants qu'ils verront vivre avec autant de simplicité qu'eux. J'étais donc tranquille de ce côté-là. Mais je ne me formais point des idées romanesques par rapport aux besoins communs de la vie. J'avais éprouvé trop souvent qu'il y a des nécessités insupportables, surtout pour une fille délicate, qui est accoutumée à une vie commode, et abondante. J'étais au désespoir d'avoir épuisé inutilement ma bourse, et que le peu d'argent qui me restait, fût encore sur le point de m'être ravi par la friponnerie des archers. Je concevais qu'avec une petite somme, j'aurais pu espérer non seulement de me soutenir quelque temps contre la misère en Amérique, où l'argent était rare; mais d'y former même quelque entreprise pour un établissement durable. Cette considération me fit naître la pensée d'écrire à Tiberge que j'avais toujours trouvé si prompt à m'offrir les secours de l'amitié. J'écrivis dès la première ville où nous passâmes. Je ne lui apportai point d'autre motif que le pressant besoin dans lequel je prévoyais que je me trouverais au Havre de Grâce; où je lui confessais que j'étais allé conduire Manon. Je lui demandais cent pistoles; faites-les-moi tenir au Havre, lui disais-je, par le maître de la poste. Vous voyez bien que c'est la dernière fois que j'importune votre affection, et que ma malheureuse maîtresse m'étant enlevée pour toujours, je ne puis la laisser partir sans quelques soulagements qui adoucissent son sort, et mes mortels regrets.

Les archers devinrent si intraitables, lorsqu'ils eurent découvert la violence de ma passion, que redoublant continuellement le prix de leurs moindres faveurs, ils me réduisirent bientôt à la dernière indigence. L'amour d'ailleurs ne me permettait guère de ménager ma bourse. Je m'oubliais du matin au soir auprès de Manon, et ce n'était plus par heure que le temps m'était mesuré, c'était par la longueur entière des jours. Enfin ma bourse étant tout à fait vide, je me trouvai exposé aux caprices, et à la brutalité de six misérables qui me traitaient avec une hauteur insupportable. Vous en fûtes témoin à Pacy. Votre rencontre fut un heureux moment de relâche qui me fut accordé par la fortune. Votre pitié à la vue de mes peines fut ma seule recommandation auprès de votre cœur généreux. Le secours que vous m'accordâtes libéralement servit à me faire gagner le Havre, et les archers tinrent leur promesse avec plus de fidélité que je ne l'espérais. Nous arrivâmes au Havre. J'allai d'abord à la poste. Tiberge n'avait point encore eu le temps de me répondre. Je m'informai exactement quel jour je pourrais attendre sa lettre. Ce ne pouvait être que deux jours après; et par une étrange disposition de mon mauvais sort, il se trouva que notre vaisseau devait partir le matin de celui auquel j'attendais l'ordinaire. Je ne puis vous représenter quel fut mon désespoir. Quoi? disais-je, dans le malheur même il faudra toujours que je sois distingué par des excès? Manon répondit : Hélas! une vie si malheureuse mérite-t-elle le soin que nous en prenons! Mourons au Havre, mon cher Chevalier, finissons tout d'un coup nos misères. Irons-nous les traîner dans un pays inconnu, où nous devons nous attendre sans doute à des extrémités horribles, puisqu'on a eu dessein de m'en faire un supplice! mourons, me répéta-t-elle, ou du moins donne-moi la mort, et va chercher un autre sort dans les bras d'une amante plus heureuse. Non, non, lui dis-je, c'est pour moi un sort digne d'envie que d'être malheureux avec vous. Son discours me fit trembler. Je jugeai qu'elle était accablée de ses maux. Je m'efforçai de prendre un air plus tranquille pour lui ôter ses funestes pensées de mort et de désespoir. Je résolus de tenir la même conduite à l'avenir, et j'ai éprouvé dans la suite que rien n'est plus capable d'inspirer du courage à une femme, que l'intrépidité d'un homme qu'elle aime...

Voyant que je n'avais point de secours à attendre de Tiberge, je vendis mon cheval. L'argent que j'en tirai joint à ce qui me restait encore de vos libéralités, me composa la petite somme de dix-sept pistoles. J'en employai sept à l'achat de quelques soulagements nécessaires à Manon, et je serrai les dix autres avec soin comme le fondement de notre fortune, et de nos espérances en Amérique. Je n'eus point de peine à me faire recevoir dans le vaisseau. On cherchait de tous côtés de jeunes gens qui fussent disposés à se joindre volontairement à la Colonie. Le passage, et la nourriture me furent accordés gratis. La poste de Paris devant partir le lendemain, j'y laissai une lettre pour Tiberge. Elle était touchante, et capable de l'attendrir sans

doute au dernier point; puisqu'elle lui fit prendre une
résolution qui ne pouvait venir que d'un fond infini
de tendresse et de générosité pour un ami malheureux.

Nous mîmes à la voile. Le vent nous fut continuellement favorable. J'obtins du capitaine un lieu à part
pour Manon, et pour moi. Il eut la bonté de nous regarder
d'un autre œil que le commun de nos misérables associés. Je l'avais pris en particulier dès le premier jour,
et pour m'attirer de lui quelque considération je lui
avais découvert une partie de mes infortunes. Je ne
crus pas me rendre coupable d'un mensonge honteux
en lui disant que j'étais marié à Manon. Il fit semblant
de le croire, et il m'accorda sa protection. Nous en
reçûmes des marques pendant toute la navigation. Il
eut soin de nous faire nourrir honnêtement, et les
égards qu'il eut pour nous servirent à nous faire res-
pecter des compagnons de notre misère. J'avais une
attention continuelle à ne pas laisser souffrir la moindre
incommodité à Manon. Elle le remarquait bien, et cette
vue jointe au vif ressentiment [76] de l'étrange extrémité
où je m'étais réduit pour elle, la rendait si tendre et si
passionnée, si attentive aussi à mes plus légers besoins,
que c'était entre elle et moi une perpétuelle émulation
de services et d'amour. Je ne regrettais point l'Europe.
Au contraire plus nous avancions vers l'Amérique,
plus je sentais mon cœur s'élargir, et devenir tranquille;
si j'eusse pu m'assurer de n'y manquer des nécessités
absolues de la vie, j'aurais remercié la Fortune d'avoir
donné un tour si favorable à nos malheurs.

Après une navigation de deux mois, nous abordâmes
enfin au rivage désiré. Le pays ne nous offrit rien
d'agréable à la première vue. C'étaient des campagnes
stériles, et inhabitées, où l'on voyait à peine quelques
roseaux et quelques arbres dépouillés par le vent. Nulle
trace d'hommes, ni d'animaux. Cependant le capitaine
ayant fait décharger quelques pièces de notre artillerie,

nous ne fûmes pas longtemps sans apercevoir une troupe de citoyens de la Nouvelle-Orléans [77] qui s'approchèrent de nous avec de vives marques de joie. Nous n'avions pas découvert la ville. Elle est cachée de ce côté-là par une petite colline. Nous fûmes reçus comme des gens descendus du ciel. Ces pauvres habitants s'empressaient pour nous faire mille questions sur l'état de la France et sur les différentes provinces où ils étaient nés. Ils nous embrassaient comme leurs frères, et comme de chers compagnons qui venaient partager leur misère et leur solitude. Nous prîmes le chemin de la ville avec eux; mais nous fûmes surpris de découvrir en avançant, que ce qu'on nous avait vanté jusqu'alors comme une bonne ville, n'était qu'un assemblage de quelques pauvres cabanes. Elles étaient habitées par cinq ou six cents personnes. La maison du Gouverneur nous parut un peu distinguée par sa hauteur, et par sa situation. Elle est défendue par quelques ouvrages de terre, autour desquels règne un large fossé.

Nous fûmes d'abord présentés à lui. Il s'entretint longtemps en secret avec le capitaine, et revenant ensuite à nous, il considéra l'une après l'autre toutes les filles qui étaient arrivées par le vaisseau. Elles étaient au nombre de trente, car nous en avions trouvé au Havre une autre bande qui y était à attendre la nôtre. Le Gouverneur les ayant longtemps examinées, fit appeler divers jeunes gens de la ville qui languissaient dans l'attente d'une épouse. Il donna les plus jolies aux principaux, et le reste fut tiré au sort. Il n'avait point encore parlé à Manon; mais lorsqu'il eut ordonné aux autres de se retirer, il nous fit demeurer elle et moi. J'apprends du capitaine, nous dit-il, que vous êtes mariés et qu'il vous a reconnus sur la route pour deux personnes d'esprit et de mérite. Je n'entre point dans les raisons qui ont causé votre malheur; mais s'il est vrai que vous ayez autant de savoir-vivre que votre figure me le

promet, je n'épargnerai rien pour adoucir votre sort
et vous contribuerez vous-mêmes à me faire trouver
quelque agrément dans ce lieu sauvage et désert. Je
lui répondis de la manière que je crus la plus propre
à confirmer l'idée qu'il avait de nous. Il donna quelques
ordres pour nous faire avoir un logement dans la ville,
et il nous retint à souper avec lui. Je lui trouvai beaucoup de politesse [78] pour un chef de malheureux bannis.
Il ne nous fit point de question en public sur le fond de
nos aventures. La conversation fut générale, et malgré
notre tristesse nous nous efforçâmes Manon et moi de
contribuer à la rendre agréable.

Le soir il nous fit conduire au logement qu'on nous
avait préparé. Nous trouvâmes une misérable cabane
composée de planches et de boue, qui consistait en
deux chambres de plain-pied avec un grenier au-dessus.
Il y avait fait mettre deux ou trois chaises, et quelques
commodités nécessaires à la vie. Manon parut effrayée
à la vue d'une si triste demeure. C'était pour moi qu'elle
s'affligeait beaucoup plus que pour elle-même. Elle
s'assit, lorsque nous fûmes seuls, et elle se mit à pleurer
amèrement. J'entrepris d'abord de la consoler; mais
lorsqu'elle m'eut fait entendre que c'était moi seul
qu'elle plaignait et qu'elle ne considérait dans nos
malheurs communs que ce que j'avais à souffrir, j'affectai de montrer assez de courage, et même assez de
joie pour lui en inspirer. De quoi me plaindrais-je, lui
dis-je? Je possède tout ce que je désire. Vous m'aimez,
n'est-ce pas? quel autre bonheur me suis-je jamais
proposé? Laissons au Ciel le soin de notre fortune. Je
ne la trouve pas si désespérée. Le Gouverneur est un
homme civil, il nous a marqué de la considération, il
ne permettra pas que nous manquions du nécessaire.
Pour ce qui regarde la pauvreté de notre cabane, et la
grossièreté de nos meubles, vous avez pu remarquer
qu'il y a peu de personnes ici qui paraissent mieux logées

et mieux meublées que nous; et puis tu es une chimiste [79] admirable, ajoutai-je en l'embrassant, tu transformes tout en or. Vous serez donc la plus riche personne de l'univers, me répondit-elle, car s'il n'y eut jamais d'amour tel que le vôtre, il est impossible aussi d'être aimé plus tendrement que vous l'êtes de moi. Je me rends justice, continua-t-elle. Je sens bien que je n'ai jamais mérité ce prodigieux attachement que vous avez pour moi. Je vous ai causé des chagrins que vous n'avez pu me pardonner sans une bonté extrême. J'ai été légère et volage; et même en vous aimant éperdument comme j'ai toujours fait, je n'étais qu'une ingrate. Mais vous ne sauriez croire combien je suis changée. Mes larmes que vous avez vu couler si souvent depuis notre départ de France, n'ont pas eu une seule fois mes malheurs pour objet. J'ai cessé de les sentir aussitôt que vous avez commencé à les partager. Je n'ai pleuré que de tendresse et de compassion pour vous. Je ne me console point d'avoir pu vous chagriner un moment dans ma vie. Je ne cesse point de me reprocher mes inconstances, et de m'attendrir en admirant de quoi l'amour vous a rendu capable pour une malheureuse qui n'en était pas digne, et qui ne payerait pas bien avec tout son sang, ajouta-t-elle avec une abondance de larmes, la moitié des peines qu'elle vous a causées. Ses pleurs, son discours, et le ton dont elle le prononça firent sur moi une impression si étonnante, que je crus sentir une espèce de division dans mon âme. Prends garde, dis-je, prends garde, ma chère Manon, je n'ai point assez de force pour supporter des marques si vives de ton affection; je ne suis point accoutumé à ces excès de joie. O Dieu! m'écriai-je, je ne vous demande plus rien; je suis assuré du cœur de Manon, il est tel que je l'ai souhaité pour être heureux. Je ne puis plus cesser de l'être à présent. Voilà ma félicité bien établie. Elle l'est, reprit-elle, si vous la faites

dépendre de moi; et je sais bien où je puis compter
aussi de trouver toujours la mienne. Je me couchai
avec ces charmantes idées, qui changèrent ma cabane
en un palais digne du premier roi du monde. L'Amérique me parut un lieu de délices après cela. C'est à la
Nouvelle-Orléans qu'il faut venir, disais-je souvent à
Manon, quand on veut goûter les vraies douceurs de
l'amour. C'est ici qu'on s'aime sans intérêt, sans jalousie, sans inconstance. Nos compatriotes y viennent chercher de l'or, ils ne s'imaginent pas que nous y avons
trouvé des trésors bien plus estimables.

Nous cultivâmes soigneusement l'amitié du Gouverneur. Il eut la bonté quelques semaines après notre
arrivée de me donner un petit emploi qui vint à vaquer
dans le fort; quoiqu'il ne fût pas bien distingué, je
l'acceptai comme une faveur du Ciel. Il me mettait
en état de vivre sans être à charge de personne. Je
pris un val et pour moi, et une servante pour Manon.
Notre petite fortune [80] s'arrangea. J'étais réglé dans ma
conduite, Manon ne l'était pas moins. Nous ne lais-
sions point échapper l'occasion de rendre service et de
faire du bien à nos voisins; cette disposition officieuse, et
la douceur de nos manières nous attirèrent la confiance
et l'affection de toute la Colonie. Nous fûmes en peu de
temps si considérés, que nous passions pour les premières
personnes de la ville après le Gouverneur.

L'innocence de nos occupations, et la tranquillité où
nous étions continuellement, servit à nous ramener peu
à peu à l'esprit des idées de piété et de religion. Manon
n'avait jamais été une fille impie; je n'étais pas non
plus de ces libertins [81] outrés, qui se font gloire d'ajouter l'irréligion à la dépravation des mœurs. L'amour et
la jeunesse avaient causé tous nos désordres. L'expérience commençait à nous tenir lieu d'âge; elle fit sur
nous le même effet que les années. Nos conversations
qui étaient toujours réfléchies, nous mirent insensible-

ment dans le goût d'un amour vertueux. Je fus le
premier qui proposait ce changement à Manon; je
connaissais les principes de son cœur. Elle était droite,
et naturelle dans tous ses sentiments, qualité qui dispose toujours à la vertu. Je lui fis comprendre qu'il
manquait une chose à notre bonheur; c'est, lui dis-je,
de le faire approuver du Ciel. Nous avons l'âme trop
belle, et le cœur trop bien fait l'un et l'autre pour vivre
volontairement dans le crime. Passe d'y avoir vécu en
France, où il nous était également impossible de cesser
de nous aimer, et de nous satisfaire par une voie légi-
time; mais en Amérique où nous ne dépendons que de
nous-mêmes; où nous n'avons plus à ménager les lois
arbitraires du rang, et de la bienséance, où l'on nous
croit même mariés; qui empêche que nous ne le soyons
bientôt effectivement, et que nous en sanctifions notre
amour par des serments que la religion autorise? Pour
moi, ajoutai-je, je ne vous offre rien de nouveau en
vous offrant mon cœur et ma main; mais je suis prêt
à vous en renouveler le don au pied d'un autel. Il me
parut que ce discours la pénétrait de joie. Croiriez-vous,
me répondit-elle, que j'y ai pensé mille fois depuis que
nous sommes en Amérique? La crainte de vous déplaire
m'a fait renfermer ce désir dans mon cœur. Je n'ai
point la présomption de vous solliciter à m'accorder la
qualité de votre épouse. Ah! Manon, répliquai-je, tu le
serais bientôt d'un roi, si le Ciel m'avait fait naître avec
une couronne. Ne balançons plus. Nous n'avons nul
obstacle à appréhender. J'en veux parler dès aujourd'hui
au Gouverneur, et lui avouer que nous l'avons trompé
jusqu'à ce jour. Laissons craindre aux amants vulgaires,
ajoutai-je, les chaînes indissolubles du mariage. Ils ne
les craindraient pas s'ils étaient assurés comme nous
de porter toujours celles de l'amour. Je laissai Manon
au comble de la joie après cette résolution.

Je suis persuadé qu'il n'y a point d'honnête homme

au monde qui n'eût approuvé mes vues dans les circonstances où j'étais, c'est-à-dire, asservi fatalement à
une passion que je ne pouvais vaincre, et combattu
par des remords que je ne devais point étouffer. Mais
se trouvera-t-il quelqu'un qui accuse mes plaintes d'in-
justice, si je gémis de la rigueur du Ciel à rejeter un
dessein que je n'avais formé que pour lui plaire. Hélas!
que dis-je, à le rejeter? Il l'a puni comme un crime.
Il m'avait souffert avec patience lorsque je marchais
aveuglément dans la route du vice; et ses plus rudes
châtiments m'étaient réservés lorsque je commencerais
à retourner à la vertu. Je crains de manquer de force
pour achever le récit du plus funeste événement qui
fut jamais.

J'allai chez le Gouverneur, comme j'en étais convenu
avec Manon, pour le prier de consentir à la cérémonie
de notre mariage. Je me serais bien gardé d'en parler
à lui, ni à personne, si j'eusse pu me promettre que son
aumônier qui était le seul alors prêtre de la ville, m'eût
rendu ce service sans sa participation; mais n'osant
espérer qu'il voulût s'engager au silence, j'avais pris le
parti d'agir ouvertement. Le Gouverneur avait un
neveu nommé Synnelet, qui lui était extrêmement cher.
C'était un homme de trente ans, brave, mais emporté
et violent. Il n'était point marié. La beauté de Manon
l'avait touché dès notre arrivée, et les occasions- sans
nombre qu'il avait eues de la voir pendant neuf ou
dix mois, avaient tellement enflammé sa passion, qu'il se
consumait en secret pour elle. Cependant comme il
était persuadé avec son oncle et toute la ville que j'étais
réellement marié, il s'était rendu maître de son amour,
jusqu'au point de n'en laisser rien apercevoir; et son
zèle s'était même déclaré pour moi dans plusieurs occasions de me rendre service. Je le trouvai avec son oncle,
lorsque j'arrivai dans le fort. Je n'avais nulle raison
qui m'obligeât à lui faire un secret de mon dessein; de

sorte que je ne fis point difficulté de m'expliquer en
sa présence. Le Gouverneur m'écouta avec sa bonté
ordinaire. Je lui racontai une partie de mon histoire
qu'il entendit avec plaisir; et lorsque je le priai d'assis-
ter à la cérémonie que je méditais, il eut la générosité
de s'engager à faire toute la dépense de la fête. Je me
retirai fort content.

Environ une heure après je vis entrer l'aumônier
chez moi. Je m'imaginais qu'il venait me donner
quelques instructions sur mon mariage; mais après
m'avoir salué froidement, il me déclara en deux mots
que Mr. le Gouverneur me défendait d'y penser, et
qu'il avait d'autres vues sur Manon. D'autres vues sur
Manon! lui dis-je avec un saisissement de cœur; et
quelles vues donc Monsieur l'Aumônier? Il me répondit,
que je n'ignorais pas que Mr. le Gouverneur était le
maître, que Manon ayant été envoyée de France pour
la Colonie, c'était à lui de disposer d'elle; qu'il ne l'avait
pas fait jusqu'alors, parce qu'il la croyait mariée; mais
qu'ayant appris de moi-même qu'elle ne l'était point,
il jugeait à propos de la donner à Mr. Synnelet qui en
était amoureux. Ma vivacité l'emporta sur ma prudence.
J'ordonnai fièrement à l'aumônier de sortir de ma
maison, en jurant que le Gouverneur, Synnelet, et toute
la ville, n'oseraient porter la main sur mon épouse, ou
ma maîtresse, comme ils voudraient l'appeler.

Je fis part aussitôt à Manon du funeste message que
je venais de recevoir. Nous jugeâmes que Synnelet
avait séduit l'esprit de son oncle depuis mon retour,
et que c'était l'effet de quelque dessein médité depuis
longtemps. Ils étaient les plus forts. Nous nous trou-
vions dans la Nouvelle-Orléans comme au milieu de la
mer; c'est-à-dire, séparés du reste du monde par des
espaces immenses. Où fuir! dans un pays inconnu,
désert, ou habité par des bêtes féroces, et par des sauvages aussi barbares qu'elles. J'étais estimé dans la

ville, mais je ne pouvais espérer d'émouvoir assez le
peuple en ma faveur pour en espérer un secours proportionné au mal. Il eût fallu de l'argent, j'étais pauvre.
D'ailleurs le succès d'une émotion [82] populaire était
incertain, et si la fortune nous eût manqué, notre
malheur serait devenu sans remède. Je roulais toutes
ces pensées dans ma tête, j'en communiquai une partie
à Manon, j'en formais de nouvelles sans écouter sa
réponse. Je prenais un parti, je le rejetais pour en
prendre un autre. Je parlais seul, je répondais tout haut
à mes pensées; enfin j'étais dans une agitation que je
ne saurais comparer à rien; parce qu'il n'y en eut jamais
d'égale. Manon avait les yeux sur moi, elle jugeait par
mon trouble de la grandeur du péril; et tremblant pour
moi plus que pour elle-même, cette tendre fille n'osait
pas même ouvrir la bouche pour m'exprimer sa crainte.
Après une infinité de réflexions, je m'arrêtai à la résolution d'aller trouver le Gouverneur pour m'efforcer de
le toucher par des considérations d'honneur, et par le
souvenir de mon respect, et de son affection. Manon
voulait s'opposer à ma sortie. Elle me disait en pleurant : Hélas! ils vont vous tuer; je ne vous reverrai
plus que mort. Je veux mourir avant vous. J'eus
besoin de quantité d'efforts pour la persuader de la
nécessité où j'étais de sortir, et de celle qu'il y avait
pour elle de demeurer au logis. Je lui promis qu'elle me
verrait de retour en un moment. Elle ignorait, et moi
aussi, que c'était sur elle-même que devait tomber
toute la colère du Ciel, et la rage de nos ennemis.

Je me rendis au fort. Le Gouverneur était avec son
aumônier. Je m'abaissai pour le toucher à des soumis-
sions qui m'auraient fait mourir de honte, si je les eusse
faites pour toute autre cause. Je le pris par tous les
motifs qui devaient faire une impression certaine sur
un cœur qui n'est pas celui d'un tigre féroce et cruel.
Ce barbare ne fit à mes plaintes, que deux réponses qu'il

répéta cent fois; Manon, me dit-il, dépendait de lui.
Il avait donné sa parole de l'accorder à son neveu.
J'étais résolu de me modérer jusqu'à l'extrémité. Je me
contentai de lui dire que je le croyais trop de mes
amis pour vouloir ma mort, à laquelle je consentirais
plutôt qu'à la perte de ma maîtresse.

Je fus trop persuadé en sortant que je n'avais rien
à espérer de cet opiniâtre vieillard, qui se serait damné
mille fois pour son neveu. Cependant je persistai
dans le dessein d'user jusqu'à la fin de modération;
résolu, si l'on en venait aux excès, de donner à la
Nouvelle-Orléans une des plus sanglantes, et des plus
horribles scènes que l'amour ait jamais produites. Je
retournais chez moi en méditant sur ce projet; lorsque
le sort qui voulait hâter ma ruine me fit rencontrer
Synnelet. Il lut dans mes yeux une partie de mes
pensées. J'ai dit qu'il était brave; il vint à moi, ne me
cherchez-vous pas, me dit-il? Je connais que mes desseins vous offensent, et j'ai bien prévu qu'il faudrait se
couper la gorge avec vous. Allons voir qui sera le plus
heureux. Je lui répondis qu'il avait raison et qu'il n'y
avait que ma mort qui pût finir nos différends. Nous
nous écartâmes d'une centaine de pas hors de la ville.
Nos épées se croisèrent, je le blessai, et je le désarmai
presque en même temps. Il fut si enragé de son malheur,
qu'il refusa de me demander la vie, et de renoncer à
Manon. J'avais peut-être droit de lui ôter tout d'un
coup, l'un et l'autre; mais un sang généreux ne se
dément jamais. Je lui jetai son épée. Recommençons,
lui dis-je, et songez que c'est sans quartier. Il m'attaqua
avec une furie inexprimable. Je dois confesser que je
n'étais point fort dans les armes, n'ayant eu que trois mois
de salle à Paris. L'amour conduisait mon épée. Synnelet
ne laissa pas de me percer le bras d'outre en outre;
mais je le pris sur le temps [83], et je lui fournis un coup
si vigoureux qu'il tomba à mes pieds sans mouvement.

Malgré la joie que donne la victoire après un combat mortel, je réfléchis aussitôt sur les conséquences de cette mort. Il n'y avait pour moi ni grâce, ni délai de supplice à espérer. Connaissant comme je faisais la passion du Gouverneur pour son neveu, j'étais assuré que ma mort ne serait pas différée d'une heure après la connaissance de la sienne. Quelque pressante que fût cette crainte, elle n'était pas la plus forte cause de mon inquiétude. Manon, l'intérêt de Manon, son péril, et la nécessité de la perdre me troublaient jusqu'à répandre de l'obscurité sur mes yeux, et à m'empêcher de reconnaître le lieu où j'étais. Je regrettai le sort de Synnelet; une prompte mort me semblait le seul remède de mes peines. Cependant ce fut cette pensée même qui me fit rappeler vivement mes esprits, et qui me rendit capable de prendre une résolution. Quoi? je veux mourir, m'écriai-je, pour finir mes peines? Il y en a donc que j'appréhende plus que la perte de ma chère maîtresse? ah! souffrons toutes celles auxquelles il faut m'exposer pour la secourir, et remettons à mourir après les avoir souffertes inutilement. Je repris le chemin de la ville. J'entrai chez moi, j'y trouvai Manon à demi morte de frayeur, et d'inquiétude. Ma présence la ranima. Je ne pouvais lui cacher, ni même diminuer le terrible accident qui venait de m'arriver. Elle tomba sans connaissance entre mes bras au récit de la mort de Synnelet et de ma blessure. J'employai plus d'un quart d'heure à lui faire retrouver le sentiment.

J'étais à demi mort moi-même. Je ne voyais pas le moindre jour à sa sûreté, ni à la mienne. Manon, que ferons-nous? lui dis-je lorsqu'elle eut repris un peu ses forces? Hélas! qu'allons-nous faire! Il faut nécessairement que je m'éloigne. Voulez-vous demeurer dans la ville? Oui, demeurez-y. Vous pouvez encore y être heureuse, et moi je vais loin de vous chercher la mort parmi les sauvages, ou entre les griffes des bêtes féroces.

Elle se leva malgré sa faiblesse et elle me prit par la main pour me conduire vers la porte. Fuyons ensemble, me dit-elle, ne perdons pas un instant. Le corps de Synnelet peut avoir été trouvé par hasard, nous n'aurions pas le temps de nous éloigner de la ville. Ma chère Manon, repris-je tout éperdu, dites-moi donc où nous pouvons aller. Voyez-vous quelque ressource? Ne vaut-il pas mieux que vous tâchiez de vivre ici sans moi, et que je porte volontairement ma tête au Gouverneur? Cette proposition ne fit qu'augmenter son ardeur à partir. Il fallut la suivre. J'eus encore assez de présence d'esprit en sortant pour prendre quelques liqueurs que j'avais dans ma chambre, et toutes les provisions que je pus faire entrer dans mes poches, nous dîmes à nos domestiques qui étaient dans la chambre voisine que nous partions pour la promenade du soir, nous avions cette coutume tous les jours, et nous nous éloignâmes de la ville plus promptement que la délicatesse de Manon ne semblait le permettre.

Quoique j'eusse été si irrésolu sur le lieu de notre retraite, je ne laissais pas d'avoir deux espérances, sans lesquelles j'aurais préféré la mort à l'incertitude de ce qui pouvait arriver à Manon. J'avais acquis assez de connaissance du pays depuis près de dix mois que j'étais en Amérique, pour ne pas ignorer de quelle manière on apprivoisait les sauvages. On pouvait se mettre entre leurs mains sans courir à une mort certaine. J'avais même appris quelques mots de leur langue, et quelques-unes de leurs coutumes dans les diverses occasions que j'avais eues de les voir. Avec cette triste ressource j'en avais une autre du côté des Anglais, qui ont comme nous un établissement dans cette partie du nouveau monde; mais j'étais effrayé de l'éloignement. Nous avions à traverser pour aller chez eux de stériles campagnes de plusieurs journées de largeur, et quelques montagnes si hautes et si escarpées, que le chemin en paraissait difficile aux hommes les plus grossiers et les plus vigoureux. Je me flattais néanmoins que nous pourrions tirer parti de ces deux ressources; des sauvages pour aider à nous conduire, et des Anglais pour nous recevoir dans leurs habitations.

Nous marchâmes aussi longtemps que le courage de Manon put la soutenir, c'est-à-dire, environ deux lieues; car cette amante incomparable refusa absolument de s'arrêter plus tôt. Accablée enfin de lassitude, elle me confessa qu'il lui était impossible d'avancer davantage. Il était déjà nuit. Nous nous assîmes au milieu d'une vaste plaine, sans avoir pu trouver un arbre pour nous mettre à couvert. Son premier soin fut de changer le linge de ma blessure, qu'elle avait pansée elle-même avant notre départ. Je m'opposai en vain à ses volontés. J'aurais achevé de l'accabler mortellement si je lui eusse refusé la satisfaction de me croire à mon aise, et sans danger, avant que de penser à sa propre conservation. Je me soumis durant quelques moments à ses désirs. Je reçus ses soins en silence et avec honte; mais lorsqu'elle eut satisfait sa tendresse, avec quelle ardeur la mienne ne prit-elle pas son tour! je me dépouillai de tous mes habits pour lui faire trouver la terre moins dure, en les mettant sous elle. Je la fis consentir malgré elle à me voir employer à son usage tout ce que je pus imaginer de moins incommode.

J'échauffai ses mains par mes baisers ardents et par la chaleur de mes soupirs. Je passai la nuit tout entière à veiller auprès d'elle et à prier le Ciel de lui accorder un sommeil doux et paisible. O Dieu! que mes vœux étaient vifs et sincères; et par quel rigoureux jugement aviez-vous résolu de ne les pas exaucer!

Pardonnez si j'achève en peu de mots un récit qui me tue. Je vous raconte un malheur qui n'eut jamais d'exemple. Toute ma vie est destinée à le pleurer, mais quoique je le porte sans cesse dans ma mémoire, mon âme semble se reculer d'horreur chaque fois que j'entreprends de l'exprimer.

Nous avions passé tranquillement une partie de la nuit. Je croyais ma chère maîtresse endormie, et je n'osais pousser le moindre souffle de crainte de troubler son sommeil. Je m'aperçus dès le point du jour, en touchant ses mains, qu'elle les avait froides et tremblantes. Je les approchai de mon sein pour les échauffer. Elle sentit ce mouvement, et faisant un effort pour saisir les miennes, elle me dit d'une voix faible, qu'elle se croyait à sa dernière heure. Je ne pris d'abord ses paroles que pour une expression ordinaire dans l'infortune, et je n'y répondis que par les tendres consolations que l'amour inspire. Mais ses soupirs fréquents, son silence à mes interrogations, le serrement de ses mains dans lesquelles elle continuait de tenir les miennes, me firent connaître que la fin de ses malheurs approchait. N'exigez point de moi que je vous décrive mes sentiments, ni que je vous rapporte ses dernières expressions. Je la perdis, je reçus d'elle des marques d'amour au moment même qu'elle expirait, c'est tout ce que j'ai la force de vous apprendre de ce fatal et déplorable moment.

Mon âme ne suivit pas la sienne. Le Ciel ne me trouva point sans doute assez rigoureusement puni. Il a voulu que j'aie traîné depuis une vie languissante, et misérable. Je renonce volontairement à en mener jamais une plus heureuse.

Je demeurai deux jours et deux nuits avec la bouche attachée sur le visage et sur les mains de ma chère Manon. Mon dessein était d'y mourir; mais je fis réflexion au commencement du troisième jour [84], que son corps serait exposé après mon trépas à devenir la pâture des bêtes sauvages. Je formai la résolution de l'enterrer, et d'attendre la mort sur sa fosse. J'étais déjà si proche de ma fin par l'affaiblissement que le jeûne et la douleur m'avaient causé, que j'eus besoin de quantité d'efforts pour me tenir debout. Je fus obligé de recourir aux liqueurs que j'avais apportées. Je repris autant de force qu'il en fallait pour le triste office que j'allais exécuter. Il ne m'était pas difficile d'ouvrir la terre dans le lieu où je me trouvais. C'était une campagne couverte de sable. Je rompis mon épée pour m'en servir à creuser, mais j'en tirai moins de secours que de mes mains. J'ouvris une large fosse. J'y plaçai l'idole de mon cœur, après avoir pris soin de l'envelopper de tous mes habits pour empêcher le sable de la toucher. Je ne la mis dans cet état qu'après l'avoir embrassée mille fois avec toute l'ardeur du plus parfait amour. Je m'assis encore auprès d'elle. Je la considérai longtemps. Je ne pouvais me résoudre à fermer sa fosse. Enfin mes forces recommençant à s'affaiblir et craignant d'en manquer tout à fait avant la fin de mon entreprise, j'ensevelis pour toujours dans le sein de la terre tout ce qu'elle avait porté de plus parfait et de plus aimable. Je me couchai ensuite sur la fosse, le visage tourné vers le sable; et fermant les yeux avec le dessein de ne les ouvrir jamais, j'invoquai le secours du Ciel, et j'attendis la mort avec impatience. Ce qui vous paraîtra difficile à croire, c'est que pendant tout l'exercice de ce lugubre ministère, il ne sortit point une larme de mes yeux, ni de soupir de ma bouche. La consternation profonde où j'étais, et le dessein déterminé de mourir avaient coupé le cours à toutes les expressions du désespoir, et de la douleur; aussi ne demeurai-je point longtemps dans la posture où j'étais sur la fosse, sans perdre le peu de connaissance, et de sentiment qui me restait.

Après ce que vous venez d'entendre, la conclusion de mon histoire est de si peu d'importance qu'elle ne mérite point la peine que vous voulez bien prendre à

l'écouter. Le corps de Synnelet ayant été rapporté à la
ville, et ses plaies visitées avec soin, il se trouva non
seulement qu'il n'était pas mort, mais qu'il n'avait pas
même reçu de blessure dangereuse. Il apprit à son oncle
de quelle manière les choses s'étaient passées entre
nous, et sa générosité le porta à publier honnêtement
les effets de la mienne. On me fit chercher aussitôt, et
mon absence avec Manon me fit soupçonner d'avoir pris
le parti de la fuite. Il était trop tard pour envoyer
sur mes traces; mais le lendemain, et les jours suivants
furent employés à me poursuivre. On me trouva sans
apparence de vie sur la fosse de Manon, et ceux qui
me découvrirent en cet état me voyant presque nu,
et sanglant de ma blessure, ne doutèrent point que je
n'eusse été volé et assassiné. Ils me portèrent à la ville.
Le mouvement du transport réveilla en moi quelque
sentiment. Les soupirs que je poussai en ouvrant les
yeux, et en gémissant de me retrouver parmi les vivants
firent connaître que j'étais encore en état de recevoir
du secours. On m'en donna de trop heureux. Je ne laissai
pas en arrivant d'être enfermé dans une étroite prison.
Mon procès fut instruit, et comme Manon ne paraissait
point, on m'accusa de m'être défait d'elle par un mouvement de rage et de jalousie. Je racontai naturellement ma pitoyable aventure. Synnelet malgré les
transports de douleur où ce récit le jeta, eut la générosité
de solliciter ma grâce. Il l'obtint. J'étais si faible qu'on
fut obligé de me transporter de la prison dans mon lit,
où je fus retenu pendant trois mois par une funeste
maladie. Ma haine pour la vie ne diminuait point.
J'invoquais continuellement la mort, et je m'obstinai
longtemps à rejeter tous les remèdes. Mais le Ciel
après m'avoir poursuivi avec tant de rigueur, avait
dessein de me rendre utiles mes malheurs et ses châtiments. Il m'éclaira des lumières de sa grâce [85], et il
m'inspira le dessein de retourner à lui par les voies de

la pénitence. La tranquillité ayant commencé à renaître un peu dans mon âme, ce changement fut suivi de près par ma guérison, je me livrai entièrement aux exercices de piété, et je continuai à remplir mon petit emploi, en attendant les vaisseaux de France qui vont une fois chaque année dans cette partie de l'Amérique. J'étais résolu de retourner dans ma patrie pour y réparer par une vie sage et régulière le scandale de ma conduite passée. Je pris soin de faire transporter le corps de ma chère maîtresse dans un lieu honorable. Ce fut peu après cette cérémonie que me promenant seul un jour sur le rivage, je vis arriver un vaisseau que des affaires de commerce amenaient à la Nouvelle-Orléans. J'étais attentif au débarquement de l'équipage. Je fus frappé de surprise excessive en reconnaissant Tiberge parmi ceux qui s'avançaient vers la ville. Ce fidèle ami me remit de loin malgré les changements que la tristesse avait faits sur mon visage. Il m'apprit que l'unique motif de son voyage avait été le dessein de me voir, et de m'engager à retourner en France; qu'ayant reçu la lettre que je lui avais écrite du Havre, il s'y était rendu en personne pour m'y rendre le service que je lui demandais, qu'il avait ressenti la plus vive douleur en apprenant mon départ, et qu'il fût parti sur-le-champ pour me suivre, s'il eût trouvé un vaisseau prêt à faire voile : qu'il en avait cherché pendant plusieurs mois dans divers ports, et qu'en ayant enfin rencontré un à Saint-Malo qui allait à Québec [86], il s'y était embarqué dans l'espérance de se procurer de là un passage facile à la Nouvelle-Orléans; que le vaisseau malouin ayant été pris en chemin par des corsaires espagnols, et conduit dans une de leurs îles, il s'était échappé par adresse, et qu'après diverses courses, il avait trouvé l'occasion du vaisseau qui venait d'arriver, pour se rendre heureusement auprès de moi.

Je ne pouvais marquer trop de reconnaissance pour

un ami si généreux et si constant. Je le conduisis chez
moi. Je le rendis le maître de tout ce que je possédais.
Je lui appris tout ce qui m'était arrivé depuis mon
départ de France, et pour lui causer une joie à laquelle
il ne s'attendait pas, je lui déclarai que les semences
de vertu qu'il avait jetées autrefois dans mon cœur,
commençaient à produire des fruits dont il serait satisfait. Il me protesta qu'une si heureuse nouvelle le
dédommageait pleinement de toutes les traverses de
son voyage.

Nous avons passé quelques mois ensemble à la Nouvelle-Orléans pour attendre l'arrivée des vaisseaux de
France; et nous étant enfin mis en mer, nous prîmes
terre, il y a quinze jours au Havre de Grâce. J'écrivis
à ma famille, en arrivant. J'ai appris par la réponse
de mon frère aîné, la triste nouvelle de la mort de mon
père [87]. Le vent étant favorable pour Calais, je me
suis embarqué aussitôt dans le dessein de me rendre
auprès de cette ville chez un gentilhomme de mes
parents, où mon frère m'écrit qu'il ne manquera pas
de se trouver.

Dossier

I

VIE DE L'ABBÉ PRÉVOST

1682. 9 avril. *Cavelier de La Salle, aux bouches du Mississippi, fonde la Louisiane.*

1697. 1er avril. *Naissance, à Hesdin, aux confins de l'Artois et de la Picardie, dans l'actuel département du Pas-de-Calais, d'Antoine-François Prévost, fils de Liévin Prévost, procureur et conseiller du roi au bailliage d'Hesdin, et de Marie Duclay, son épouse. Un frère le précède; trois autres le suivront. Le ménage, en outre, eut cinq filles, qui ne vécurent pas.*

1709. *Le petit Antoine-François Prévost multiplie les lectures poétiques et romanesques qui le rendront « esclave de ses passions ».*

1711. *Mort de Marie Prévost. (Des Grieux aussi sera orphelin de sa mère.) Antoine-François est envoyé par son père au collège d'Hesdin, tenu par les jésuites.*

1712. *Brillantes études. On soupçonne le jeune Prévost
de s'être (à la suite d'une mésaventure amoureuse?)
engagé dans les armées du roi.*

1713. *Le traité d'Utrecht met fin à la guerre (succession d'Espagne). On croit retrouver Prévost à Paris,
chez les jésuites du collège d'Harcourt. Par la bulle
Unigenitus, le pape achève et précise la condamnation de la doctrine janséniste.*

1715. *Mort de Louis XIV. On suppose Prévost chez
les jésuites de La Flèche, studieusement occupé à
son noviciat.*

1716. *Disparition de Prévost : nouvelle fugue aux
armées?*

1717. *Début de la colonisation forcée en Louisiane.
Dès le XVIIe siècle on avait exporté des orphelines
vertueuses mais laides; les colons ayant protesté,
on leur envoie maintenant des filles prises parmi les
détenues de la Salpêtrière. Début de la Compagnie
d'Occident, fondée par Law pour exploiter le privilège
du commerce exclusif avec la Louisiane. Mais où
est Prévost? A nouveau rentré chez les jésuites?
Recommençant son noviciat?*

1718. *Fondation de La Nouvelle-Orléans. Law trans-
forme sa Banque générale en Banque royale. Prévost
derechef militaire, mais officier cette fois. Quelque
« affaire sérieuse » (duel avec mort d'homme?, déser-*

tion?) l'oblige cependant à s'expatrier, sans doute en Hollande.

1719-1721. *Rentré en France sous le coup de la « malheureuse fin d'un engagement trop tendre », Prévost est accueilli non plus par les jésuites, mais par les bénédictins de Saint-Maur en leurs abbayes de Saint-Wandrille et de Jumièges; il y prononce ses vœux, non sans restrictions mentales.*
Cependant, les spéculations délirantes auxquelles a donné lieu le système de Law se terminent par une catastrophe financière. Law s'enfuit en Belgique. Arrêt des déportations en Louisiane.

1725. *Crise financière et économique; misère et inflation.*

1726-1728. *Prévost est ordonné prêtre. Il prêche à Évreux avec succès. Puis envoyé à Paris, aux Blancs-Manteaux, enfin à Saint-Germain-des-Prés : il y touche une pension de 600 livres pour s'occuper, en vrai bénédictin, de copieux travaux historiques.*

1728. Juillet. *Publication, sans nom d'auteur, des deux premiers volumes des* Mémoires et aventures d'un homme de qualité qui s'est retiré du monde. *Succès.*
18 octobre. Après avoir écrit une lettre sarcastique à Dom Thibault, son supérieur général, Prévost, dans les jardins du Luxembourg, troque sa robe de moine contre un costume d'abbé, moins voyant. Il se sent libéré.
6 novembre. A la requête de Dom Thibault, le

*lieutenant de police signe un mandat. d'arrêt contre
le nommé Prévost, Antoine-François, « homme d'une
taille médiocre, blond, yeux bleus et bien fendus,
teint vermeil, visage plein ». Prévost passe en Hollande, où il laisse entendre qu'il serait disposé à
abjurer la religion catholique en faveur du protes-
tantisme, — dispositions qui semblent avoir été fruc-
tueusement suivies d'effet.*

*22 novembre. Chaudement recommandé auprès de
l'archevêque de Canterbury, l'abbé débarque en Angleterre. Il y apprend l'anglais, s'intéresse, avec encore
plus de souplesse que Voltaire, au théâtre élisabéthain
et à la poésie moderne, goûte le charme de la campagne
anglaise et surtout les mille et un plaisirs de Londres
où, fréquentant « les meilleures compagnies », il
connaît « tous les agréments possibles ».*

1729. *Mort de Law à Venise. En Louisiane terrible
soulèvement des Natchez excités par les Anglais. A
Londres, l'abbé Prévost est précepteur de Francis
Eyles, fils de John Eyles, ancien directeur de la
Banque d'Angleterre et sous-gouverneur de la South
Sea Company. Publication des tomes III et IV
de l'*Homme de qualité.

*Octobre. A cause d'une « petite affaire de cœur »
(et justement John Eyles va marier sa fille précipitamment), il doit cesser son préceptorat, et quitter
l'Angleterre. Il passe en Hollande, paradis des écrivains. Il s'installe, à Amsterdam, commence les
Mémoires de Cleveland, les vend sans attendre à un
libraire d'Utrecht, déménage pour La Haye. Il y
rencontre Lenki (alias Hélène Eckardt). C'est le
début d'une longue liaison avec une femme sinon
mûre, du moins très entraînée à la pratique de la vie,
et si dépensière qu'un témoin la qualifiera de « véri-*

*table sangsue ». Elle va bientôt entraîner Prévost
dans des dissipations telles que, n'ayant plus le
loisir de travailler ni donc de subvenir par sa plume
à leurs besoins communs, il en sera réduit parfois
à de fâcheux expédients. Il semble exclu, néanmoins,
que Lenki ait pu servir de modèle pour Manon.*

1731. *Prévost publie, en Hollande, d'une part, les
tomes I-IV du* Philosophe anglais ou Histoire de
Monsieur Cleveland, fils naturel de Cromwell *(la
publication des quatre derniers volumes ne s'achèvera
qu'en 1739), et, d'autre part, les tomes V, VI et VII
des* Mémoires et aventures d'un homme de qualité
qui s'est retiré du monde; *le septième et dernier
volume de cette série est constitué par l'*Histoire du
Chevalier Des Grieux et de Manon Lescaut. *(L'hy-
pothèse selon laquelle ce roman n'aurait paru qu'en
1733 est tout à fait abandonnée aujourd'hui.)*

1733. *Traqué par les dettes et par ses éditeurs, qui
attendent la copie, l'abbé Prévost, qui a cru rompre
avec Lenki, part précipitamment pour l'Angleterre
— avec Lenki et 1 500 florins. A La Haye, on vend
ses meubles. A Londres, l'abbé essaie de se remettre
à flot : il commence la rédaction d'un périodique à
la façon d'Addison,* Le Pour et le Contre, *destiné,
entre autres buts, à faire connaître à la France
l'Angleterre et les Anglais.*
13 décembre. *Il est incarcéré à Londres, pour avoir
tenté d'escroquer 50 livres à son ancien élève Francis
Eyles. Faux et usage de faux : il risque la peine
de mort; sa propre victime le fait libérer.*

1734.   *Sorti de ses ennuis, il cherche à changer d'air.
Il obtient son pardon du pape Clément XII, puis des
bénédictins, et rentre à Paris, où son talent littéraire
fait oublier en lui le renégat.*

1735.   *On attaque une réédition de* Manon Lescaut,
*moins peut-être (quoi qu'on en ait dit) à cause du
caractère licencieux du roman qu'en raison des
relents de jansénisme qu'on y subodore. Malgré ses
succès mondains, Dom Prévost doit faire retraite pour
effectuer, selon les règles de son ordre, un nouveau
noviciat, près d'Évreux. En décembre il rentre à
Paris.*

1736.   *Aumônier du prince de Conti, logé chez ce prince
du sang, assuré ainsi d'une haute protection, l'abbé
a conquis sa liberté matérielle et spirituelle. Mais
il ne touche pas de gages. Il lui faut écrire pour
gagner sa vie.*

1737.   *Le scandale soulevé par Manon s'est apaisé;
réimpression à Amsterdam et à Paris. Prévost travaille, mais les difficultés financières continuent.
Il est vrai qu'il fréquente une certaine Mme de Chester,
qui pourrait bien n'être que Lenki mariée et ramenée
en France.*

1739.   *Mort du père de Prévost, lequel travaille (fin de*
Cleveland, Le Doyen de Killerine), *mais reste
malgré tout aux abois.*

1740. *Frédéric II roi de Prusse. Prévost, recommandé par Voltaire, va-t-il se réfugier à Berlin? En automne, il arrête* Le Pour et le Contre. *Il écrit l'*Histoire de Marguerite d'Anjou, reine d'Angleterre, *l'*Histoire d'une Grecque moderne, Les Mémoires pour servir à l'histoire de Malte ou Histoire de la jeunesse du Commandeur, *les* Campagnes philosophiques de M. de Montcal, *tous ouvrages qui paraîtront l'année suivante.*

1741. *Prévost a dû quitter vivement Paris, à nouveau menacé d'arrestation pour avoir collaboré à une feuille satirique clandestine. Exil à Bruxelles, puis à Francfort, — de courte durée : il obtient son pardon. M*me *de Chester s'est remariée et disparaît en province. Lui-même songe à se retirer, sinon dans un couvent, du moins dans sa famille.*

1746. *Grâce à son travail (traductions de l'anglais, travaux historiques, compilations diverses), il peut s'offrir enfin, dans ce même village de Chaillot où se sont réfugiés Des Grieux et Manon, la location d'une petite maison selon son cœur. C'est là, dit-il dans une lettre, qu'il vit « avec la gentille veuve ma gouvernante, Loulou » (qu'on croit être une chienne), « une cuisinière et un laquais... La vue est charmante, les jardins tels que je les aime. Enfin j'y suis le plus content des hommes. Cinq ou six amis... y viennent quelquefois rire avec moi des folles agitations du genre humain. Ma porte est fermée à tout le reste de l'univers ».*

1751. *Traduction par l'abbé Prévost, de* Clarisse Harlowe, *de Richardson, sous le titre* Lettres anglaises *(il ne semble pas qu'il soit l'auteur de la* **Paméla** *française parue en 1742).*

1753.   *Publication, à Amsterdam et par les soins de Didot, d'une belle édition de l'*Histoire du Chevalier Des Grieux et de Manon Lescaut *revue, corrigée, augmentée par l'auteur, et illustrée de huit eaux-fortes de Gravelot. Les variantes font apparaître un auteur assagi, ou du moins plus respectueux des convenances sociales.*

1754.   *Le pape Benoît XIV pourvoit enfin l'abbé Prévost d'un bénéfice, celui du prieuré de Saint-Georges-de-Gesne, dans le diocèse du Mans; l'abbé en prend possession par mandataire. Le prince de Conti l'ayant chargé d'écrire l'histoire de la maison de Condé et de Conti, l'abbé s'installe à Saint-Firmin, près des archives de Chantilly.*

1755.   *Il traduit* The History of Sir Charles Grandison, *de Richardson, sous le titre* Nouvelles lettres anglaises, *et poursuit une importante* Histoire générale des voyages, *d'après John Green.*

1762.   *A Amsterdam paraît une suite de* Manon Lescaut, *attribuée (?) à Laclos :* Manon n'est pas morte, se croit abandonnée par Des Grieux, songe au couvent, retrouve Des Grieux, l'épouse, mais Tiberge aime Manon, *etc. L'abbé Prévost, confiné dans sa maison de Saint-Firmin en compagnie de sa gouvernante, pense-t-il à de pieux ouvrages? On retrouvera dans ses papiers les projets suivants :* La Religion prou-

vée par ce qu'il y a de plus certain dans les connaissances humaines, méthode historique et philosophique qui entraîne la ruine des objections;
Histoire de la conduite de Dieu pour le soutien de
la foi depuis l'origine du christianisme; L'Esprit
de la religion dans l'ordre de la société.

1763. 10 février. *Traité de Paris : fin de la guerre de
Sept ans; la Louisiane passe sous domination espa-
gnole.*
25 novembre. *Mort de l'abbé Prévost, frappé d'apoplexie en forêt de Chantilly, alors qu'il allait (paraît-
il) visiter après dîner des bénédictins du voisinage.
Les bénédictins achètent au curé de la paroisse le
droit de l'enterrer dans leur abbaye.*

1830. Manon Lescaut, *ballet-pantomime en 3 actes, de
Scribe et Halévy.*

1856. Manon Lescaut, *opéra-comique en 3 actes, de
Scribe et Auber.*

1884. Manon, *opéra-comique, 5 actes et 6 tableaux, en
vers libres, paroles de Meilhac et Gille, musique de
Massenet.*

1893. Manon Lescaut, *drame lyrique en 4 actes, de
Olivia et Puccini.*

1918. *La demeure des descendants de la famille Prévost,
le château de Sissonnes, est brûlée par les Allemands :*

perte irréparable de la plupart des autographes de l'abbé.

1948.   Manon, *film de H.-G. Clouzot, réplique moderne du roman de Prévost : Des Grieux est F.F.I., Manon une fille qui s'est montrée trop gentille pour l'occupant nazi, Paris est le Paris de la Libération, mal libéré du marché noir, et théâtre de tous les désordres qui suivent les guerres.*

On a résolu, ou du moins éclairci, un certain nombre des multiples problèmes qui se posent à propos de l'abbé Prévost et de son œuvre. Mais on n'a pas trouvé de réponse réellement satisfaisante à la question probablement la plus importante : comment peut-il se faire que l'on rencontre un vrai chef-d'œuvre — et un seul! — parmi plus de cent volumes d'un auteur inlassable et, avouons-le, fastidieux? Critiques et érudits se sont évertués à dissiper cette irritante obscurité (bornons-nous à citer la thèse récente de M. Jean Sgard, Prévost romancier, *1968) : le mystère s'est rétréci sans doute, mais, pour l'essentiel, il demeure.*

Du roman que nous appelons habituellement Manon Lescaut *le titre exact est* Histoire du Chevalier Des Grieux et de Manon Lescaut; *ce qui permettrait de supposer qu'à l'origine le romancier regardait Des Grieux comme le héros principal, auquel le personnage de Manon eût été, en quelque sorte, subordonné. La postérité a inversé la hiérarchie des deux rôles. Elle a jugé aussi que* Manon Lescaut *n'était nullement à sa place là où Prévost avait d'abord cru devoir ranger ce petit roman. Il en avait fait un simple épisode de ses* Mémoires et aventures d'un Homme de qualité qui s'est retiré du monde, *dont le tome I avait paru en 1728 : en 1731,* Manon Lescaut *vint en former le septième et dernier volume. Mais l'auteur commença dès 1733 à en donner des publications distinctes. Et aujourd'hui personne ne lit plus l'*Homme de qualité, *tandis qu'on ne se lasse pas de reprendre ce qui n'en était, pour commencer, qu'une annexe.*

*Du vivant de l'auteur, l'ouvrage a été l'objet de maintes éditions nouvelles, soit avec l'ensemble de l'*Homme de qualité, *soit séparément. Dans les bibliographies annexées aux travaux de MM. Frédéric Deloffre et Raymond Picard (1965) ou à la thèse déjà citée de M. Jean Sgard on trouvera l'énumération et la description de ces diverses éditions. N'entrons pas dans le détail des analyses critiques auxquelles elles ont donné lieu. Nous n'en retiendrons que la conclusion des spécialistes : à savoir que, quant à l'établissement du texte, seules peuvent être prises en considération l'édition originale de 1731 et la réédition séparée de 1753.*

En effet, les différences de forme que présentent toutes les autres par rapport à ces deux-ci ne sauraient être regardées comme des « variantes ». Ce ne sont souvent que des erreurs, des coquilles, des changements orthographiques tenant aux usages particuliers de tel ou tel atelier d'imprimerie, etc., — rien qui traduise une intention délibérée de l'auteur lui-même. (On a voulu naguère faire grand cas d'une édition de 1759 découverte peu auparavant : à l'examen, elle s'est révélée n'avoir guère d'intérêt que pour les bibliophiles, à cause de sa rareté.)

En revanche, l'édition de 1753 apporte quelque six cents corrections certainement authentiques, hautement significatives, et visiblement destinées, dans l'esprit de l'écrivain, « à tenir compte de l'évolution de la langue, à donner à son style plus d'élégance et de propriété, enfin à rendre plus vraisemblables les sentiments de ses personnages » (F. Deloffre et R. Picard). Aussi la plupart des éditeurs modernes ont-ils choisi le parti de se conformer à la règle

*générale qui veut qu'on reproduise le dernier état du texte
revu par l'auteur de son vivant.*

*Or, cette règle générale comporte, comme il se doit, des
exceptions. Charles Sorel, par exemple, a cédé à des
considérations de prudence en édulcorant la version pri-
mitive de sa* Vraie histoire comique de Francion; *Corneille a flétri la verte fraîcheur de ses pièces de jeunesse en
s'efforçant sur le tard de les adapter à la mode nouvelle;
Chateaubriand, dans les derniers temps de sa vie, vieilli,
fatigué et fâcheusement influençable, n'a plus fait que
gâter les* Mémoires d'outre-tombe, *etc. Et il nous semble
que le cas de* Manon Lescaut *doit être tenu, lui aussi,
pour un cas d'exception.*

*Pourtant on ne peut nier que le style de 1731 ne se
trouve maintes fois amélioré en 1753 : des phrases lourdes
ou contournées sont allégées, dégagées; des expressions
vagues sont accentuées; des mots superflus sont éliminés.
Mais ces remaniements, même les plus heureux, sont
compensés par des inconvénients qui nous paraissent
graves. Il est bien hasardeux pour un écrivain de s'aven-
turer, après vingt ou vingt-cinq ans, à remettre au point
une œuvre de sa jeunesse : il a trop changé dans l'inter-
valle, et entre le censeur tardif et le créateur d'autrefois
les communications en lui sont rompues.*

*En 1731, il y avait une exacte et charmante correspon-
dance entre l'immoralisme naïf du roman et un style tout
simple, un peu gauche sans doute par endroits, mais
ingénument direct. L'homme de 1753 a perdu et cette
aimable spontanéité et cet inconscient cynisme; il est
devenu un professionnel de la littérature (et, de surcroît,
on le soupçonne de quelque complaisance envers les clients
d'une édition luxueuse; certaine annonce publicitaire,
insérée dans* Le Mercure *à l'époque, et légèrement men-
songère selon un usage que notre temps n'a pas inventé,
donne à réfléchir). Il ne se contente pas de mieux assurer
son langage : il le met au nouveau goût du jour, il l'en-*

noblit, il le guinde, il l'académise. Le pire est que le romancier se mêle maintenant de désavouer ses héros, et de porter sur eux des jugements de moralité; il réprouve la truandise, il se range aux côtés des gens de bien, — il se dénature lui-même.

Voilà pourquoi nous avons choisi de présenter ici, comme plus pur, le texte de l'édition de 1731 (dont nous avons seulement modernisé l'orthographe). Au demeurant, c'est le parti qu'avait déjà adopté en 1953 M. Georges Matoré, alors professeur à la Faculté des lettres de Besançon. Mais nous avons pris soin de faire figurer parmi nos notes quelques variantes de 1753 choisies parmi les plus révélatrices; le lecteur se trouvera ainsi en mesure de contrôler notre argumentation.

L'annonce du Mercure dont nous avons parlé plus haut faisait état d' « additions considérables ». En fait, si les corrections étaient multiples, le nombre des additions se réduisait à une seule. Il s'agit du plaisant épisode du prince italien. Notre parti nous interdisait de réintroduire arbitrairement ces pages dans le texte de 1731; et cependant nous ne pouvions nous résigner à en priver le lecteur. Nous les avons donc reproduites à part, en annexe; notre note 59 signale le point où elles s'inséraient dans la dernière version du roman.

III

Annexe

ÉPISODE DU PRINCE ITALIEN

Ainsi, pendant les premières semaines, je ne pensai qu'à jouir de ma situation; et la force de l'honneur, autant qu'un reste de ménagement pour la police, me faisant remettre de jour en jour à renouer avec les associés de l'Hôtel de Transylvanie, je me réduisis à jouer dans quelques assemblées moins décriées, où la faveur du sort m'épargna l'humiliation d'avoir recours à l'industrie. J'allais passer, à la ville, une partie de l'après-midi, et je revenais souper à Chaillot, accompagné fort souvent de M. de T..., dont l'amitié croissait de jour en jour pour nous. Manon trouva des ressources contre l'ennui. Elle se lia, dans le voisinage, avec quelques jeunes personnes que le printemps y avait ramenées. La promenade et les petits exercices de leur sexe faisaient alternativement leur occupation. Une partie de jeu, dont elles avaient réglé les bornes, fournissait aux frais de la voiture. Elles allaient prendre l'air au Bois de Boulogne; et le soir, à mon retour, je retrouvais Manon plus belle, plus contente, et plus passionnée que jamais.

Il s'éleva néanmoins quelques nuages, qui semblèrent menacer l'édifice de mon bonheur. Mais ils furent net-

tement dissipés; et l'humeur folâtre de Manon rendit le
dénouement si comique, que je trouve encore de la
douceur dans un souvenir, qui me représente sa tendresse et les agréments de son esprit.

Le seul valet, qui composait notre domestique, me
prit un jour à l'écart, pour me dire, avec beaucoup
d'embarras qu'il avait un secret d'importance à me
communiquer. Je l'encourageai à parler librement.
Après quelques détours, il me fit entendre qu'un seigneur étranger semblait avoir pris beaucoup d'amour
pour Mademoiselle Manon. Le trouble de mon sang se
fit sentir dans toutes mes veines. En a-t-elle pour lui?
interrompis-je plus brusquement que la prudence ne
permettait pour m'éclaircir. Ma vivacité l'effraya. Il
me répondit, d'un air inquiet, que sa pénétration n'avait
pas été si loin : mais qu'ayant observé, depuis plusieurs
jours, que cet étranger venait assidûment au Bois de
Boulogne, qu'il y descendait de son carrosse, et que
s'engageant seul dans les contre-allées, il paraissait
chercher l'occasion de voir ou de rencontrer Mademoiselle, il lui était venu à l'esprit de faire quelque liaison
avec ses gens, pour apprendre le nom de leur maître;
qu'ils le traitaient de prince italien, et qu'ils le soupçon-
naient eux-mêmes de quelque aventure galante; qu'il
n'avait pu se procurer d'autres lumières, ajouta-t-il en
tremblant, parce que le prince étant alors sorti du Bois,
s'était approché familièrement de lui, et lui avait
demandé son nom; après quoi, comme s'il eût deviné
qu'il était à notre service, il l'avait félicité d'appartenir
à la plus charmante personne du monde.

J'attendais impatiemment la suite de ce récit. Il le
finit par des excuses timides que je n'attribuai qu'à
mes imprudentes agitations. Je le pressai en vain de
continuer sans déguisement. Il me protesta qu'il ne
savait rien de plus, et que ce qu'il venait de me raconter étant arrivé le jour précédent, il n'avait pas revu

les gens du prince. Je le rassurai, non seulement par
des éloges, mais par une honnête récompense; et, sans
lui marquer la moindre défiance de Manon, je lui
recommandai d'un ton plus tranquille, de veiller sur
toutes les démarches de l'étranger.

Au fond, sa frayeur me laissa de cruels doutes. Elle
pouvait lui avoir fait supprimer une partie de la vérité.
Cependant, après quelques réflexions, je revins de mes
alarmes jusqu'à regretter d'avoir donné cette marque
de faiblesse. Je ne pouvais faire un crime à Manon
d'être aimée. Il y avait beaucoup d'apparence qu'elle
ignorait sa conquête : et quelle vie allais-je mener, si
j'étais capable d'ouvrir si facilement l'entrée de mon
cœur à la jalousie? Je retournai à Paris le jour suivant,
sans avoir formé d'autre dessein que de hâter le progrès
de ma fortune en jouant plus gros jeu, pour me mettre
en état de quitter Chaillot, au premier sujet d'inquiétude. Le soir, je n'appris rien de nuisible à mon repos.
L'étranger avait reparu au Bois de Boulogne; et prenant droit de ce qui s'y était passé la veille, pour se
rapprocher de mon confident, il lui avait parlé de son
amour, mais dans des termes qui ne supposaient aucune
intelligence avec Manon. Il l'avait interrogé sur mille
détails. Enfin il avait tenté de le mettre dans ses intérêts par des promesses considérables; et, tirant une
lettre qu'il tenait prête, il lui avait offert inutilement
quelques louis d'or pour la rendre à sa maîtresse.

Deux jours se passèrent sans aucun autre incident.
Le troisième fut plus orageux. J'appris, en arrivant
de la ville assez tard, que Manon, pendant sa promenade,
s'était écartée un moment de ses compagnes; et que
l'étranger, qui la suivait à peu de distance, s'étant
approché d'elle, au signe qu'elle lui en avait fait, elle
lui avait remis une lettre, qu'il avait reçue avec des
transports de joie. Il n'avait eu le temps de les exprimer qu'en baisant amoureusement les caractères, parce

qu'elle s'était aussitôt dérobée. Mais elle avait paru
d'une gaieté extraordinaire pendant le reste du jour; et,
depuis qu'elle était rentrée au logis, cette humeur ne
l'avait plus abandonnée. Je frémis, sans doute, à chaque
mot. Es-tu bien sûr, dis-je tristement à mon valet, que
tes yeux ne t'aient pas trompé? Il prit le Ciel à témoin
de sa bonne foi. Je ne sais à quoi les tourments de mon
cœur m'auraient porté, si Manon, qui m'avait entendu
rentrer, ne fût venue au-devant de moi, avec un air
d'impatience et des plaintes de ma lenteur. Elle n'attendit point ma réponse pour m'accabler de caresses;
et, lorsqu'elle se vit seule avec moi, elle me fit des
reproches fort vifs de l'habitude que je prenais de
revenir si tard. Mon silence lui laissant la liberté de
continuer, elle me dit que, depuis trois semaines je
n'avais pas passé une journée entière avec elle; qu'elle
ne pouvait soutenir de si longues absences; qu'elle me
demandait du moins un jour, par intervalles; et que
dès le lendemain, elle voulait me voir près d'elle du
matin au soir. J'y serai, n'en doutez pas, lui répondis-je
d'un ton assez brusque. Elle marqua peu d'attention
pour mon chagrin; et dans le mouvement de sa joie,
qui me parut en effet d'une vivacité singulière, elle me
fit mille peintures plaisantes de la manière dont elle
avait passé le jour. Étrange fille! me disais-je à moi-
même; que dois-je attendre de ce prélude? L'aventure
de notre première séparation me vint à l'esprit. Cependant je croyais voir dans le fond de sa joie et de ses
caresses, un air de vérité qui s'accordait avec les apparences.

Il ne me fut pas difficile de rejeter la tristesse, dont
je ne pus me défendre pendant notre souper, sur une
perte que je me plaignis d'avoir faite au jeu. J'avais
regardé comme un extrême avantage que l'idée de ne
pas quitter Chaillot le jour suivant, fût venue d'elle-
même. C'était gagner du temps pour mes délibérations.

Ma présence éloignait toutes sortes de craintes pour le lendemain; et, si je ne remarquais rien qui m'obligeât de faire éclater mes découvertes, j'étais déjà résolu de transporter, le jour d'après, mon établissement à la ville, dans un quartier où je n'eusse rien à démêler avec les princes. Cet arrangement me fit passer une nuit plus tranquille : mais il ne m'ôtait pas la douleur, d'avoir à trembler pour une nouvelle infidélité.

A mon réveil, Manon me déclara que pour passer le jour dans notre appartement, elle ne prétendait pas que j'en eusse l'air plus négligé, et qu'elle voulait que mes cheveux fussent accommodés de ses propres mains. Je les avais fort beaux. C'était un amusement qu'elle s'était donné plusieurs fois. Mais elle y apporta plus de soins, que je ne lui en avais jamais vu prendre. Je fus obligé, pour la satisfaire, de m'asseoir devant sa toilette, et d'essuyer toutes les petites recherches qu'elle imagina pour ma parure. Dans le cours de son travail, elle me faisait souvent tourner le visage vers elle; et s'appuyant des deux mains sur mes épaules elle me regardait avec une curiosité avide. Ensuite, exprimant sa satisfaction par un ou deux baisers, elle me faisait reprendre ma situation pour continuer son ouvrage.

Ce badinage nous occupa jusqu'à l'heure du dîner. Le goût qu'elle y avait pris m'avait paru si naturel, et sa gaieté sentait si peu l'artifice, que ne pouvant concilier des apparences si constantes avec le projet d'une noire trahison, je fus tenté plusieurs fois de lui ouvrir mon cœur, et de me décharger d'un fardeau qui commençait à me peser. Mais je me flattais, à chaque instant, que l'ouverture viendrait d'elle et je m'en faisais d'avance un délicieux triomphe.

Nous entrâmes dans son cabinet. Elle se mit à rajuster mes cheveux, et ma complaisance me faisait céder à toutes ses volontés, lorsqu'on vint l'avertir que le prince de... demandait à la voir. Ce nom m'échauffa jusqu'au transport. Quoi donc, m'écriai-je, en la repoussant. Qui? Quel prince? Elle ne répondit point à mes questions. Faites-le monter, dit-elle froidement au valet, et se tournant vers moi : Cher amant, toi que j'adore, reprit-elle d'un ton enchanteur, je te demande un moment de complaisance. Un moment. Un seul moment. Je t'en aimerai mille fois plus; je t'en saurai gré toute ma vie.

L'indignation et la surprise me lièrent la langue. Elle répétait ses instances, et je cherchais des expressions pour les rejeter avec mépris. Mais, entendant ouvrir la porte de l'antichambre, elle empoigna d'une main mes cheveux, qui étaient flottants sur mes épaules, elle prit de l'autre son miroir de toilette; elle employa toute sa force pour me traîner dans cet état jusqu'à la porte du cabinet; et l'ouvrant du genou, elle offrit à l'étranger, que le bruit semblait avoir arrêté au milieu de la chambre, un spectacle qui ne dut pas lui causer peu d'étonnement. Je vis un homme fort bien mis, mais d'assez mauvaise mine. Dans l'embarras où le jetait cette scène, il ne laissa pas de faire une profonde révérence. Manon ne lui laissa pas le temps d'ouvrir la bouche. Elle lui présenta son miroir : Voyez, Monsieur, lui dit-elle; regardez-vous bien, et rendez-moi justice. Vous me demandez de l'amour. Voici l'homme que j'aime, et que j'ai juré d'aimer toute ma vie. Faites la comparaison vous-même. Si vous croyez lui pouvoir disputer mon cœur, apprenez-moi donc sur quel fondement; car je vous déclare qu'aux yeux de votre servante très humble, tous les princes d'Italie ne valent pas un des cheveux que je tiens.

Pendant cette folle harangue, qu'elle avait apparemment méditée, je faisais des efforts inutiles pour me dégager; et prenant pitié d'un homme de considération, je me sentais porté à réparer ce petit outrage par mes politesses. Mais s'étant remis assez facilement,

sa réponse, que je trouvai un peu grossière, me fit
perdre cette disposition. Mademoiselle, Mademoiselle,
lui dit-il avec un sourire forcé, j'ouvre en effet les yeux,
et je vous trouve bien moins novice que je ne me l'étais
figuré. Il se retira aussitôt sans jeter les yeux sur elle,
en ajoutant, d'une voix plus basse, que les femmes de
France ne valaient pas mieux que celles d'Italie. Rien
ne m'invitait, dans cette occasion, à lui faire prendre
une meilleure idée du beau sexe.

Manon quitta mes cheveux, se jeta dans un fauteuil,
et fit retentir la chambre de longs éclats de rire. Je ne
dissimulai pas que je fus touché jusqu'au fond du
cœur, d'un sacrifice que je ne pouvais attribuer qu'à
l'amour. Cependant la plaisanterie me parut excessive.
Je lui en fis des reproches. Elle me raconta que mon
rival, après l'avoir obsédée pendant plusieurs jours, au
Bois de Boulogne, et lui avoir fait deviner ses sentiments par des grimaces, avait pris le parti de lui en
faire une déclaration ouverte, accompagnée de son nom
et de tous ses titres, dans une lettre qu'il lui avait fait
remettre par le cocher qui la conduisait avec ses
compagnes; qu'il lui promettait, au-delà des monts,
une brillante fortune et des adorations éternelles; qu'elle
était revenue à Chaillot, dans la résolution de me communiquer cette aventure; mais qu'ayant conçu que nous
en pouvions tirer de l'amusement, elle n'avait pu résister à son imagination; qu'elle avait offert au prince
italien, par une réponse flatteuse, la liberté de la voir
chez elle, et qu'elle s'était fait un second plaisir de me
faire entrer dans son plan, sans m'en avoir fait naître
le moindre soupçon. Je ne lui dis pas un mot, des
lumières qui m'étaient venues par une autre voie, et
l'ivresse de l'amour triomphant me fit tout approuver.

IV

NOTES

1. *Rappelons qu'à l'origine l'*Histoire du Chevalier Des Grieux et de Manon Lescaut *formait, d'une manière toute fictive, le tome septième et dernier des* Mémoires et aventures d'un homme de qualité qui s'est retiré du monde *(1728-1731). Dans les éditions séparées de* Manon Lescaut, *l'abbé Prévost a maintenu ce préambule ainsi que les divers passages qui y font allusion.*

2. *Dans* L'Art poétique, *v. 43-44 : « Que l'on dise dès maintenant ce qui doit être dit dès maintenant, et que l'on rejette à plus tard tout le détail en l'écartant pour le moment. »*

3. *Délicatesse, distinction.*

4. *Horace*, Satires, *II, VI, 72-76 : « ...quod magis ad nos / Pertinet et nescire malum est, agitamus : utrumne / Divitiis homines, an sint virtute beati; / Quidve ad amicitias, usus rectumne, trahat nos, / Et quae sit natura boni summumque quid ejus (...ce qui nous touche davantage et qu'il est*

mauvais d'ignorer, voilà notre sujet : si ce sont les richesses qui font le bonheur des hommes, ou la vertu; si dans les amitiés c'est l'utilité qui nous mène ou la droiture, et quelle est la nature du bien et où se trouve le souverain bien). »

Boileau, *Épîtres*, VI, v. 153-158 : « *Lamoignon, nous irons libres d'inquiétude, | Discourir des vertus dont tu fais ton étude; | Chercher quels sont les biens véritables et faux : | Si l'honnête homme en soi doit souffrir des défauts : | Quel chemin le plus droit à la gloire nous guide, | Ou la vaste Science, ou la Vertu solide.* »

5. « *A la pratiquer* », dit le texte de *1731. Il s'agit apparemment d'un lapsus ou d'une coquille, que nous corrigeons suivant l'édition de 1753.*

6. *Aujourd'hui dix-huit kilomètres par la Nationale 13, pratiquement rectiligne sur ce parcours.*

7. *C'est au Havre qu'on embarquait les filles déportées aux Antilles et en Louisiane en vue du délassement des colons européens et du peuplement des colonies. La fin du roman donne des détails exacts sur ces pratiques.*

8. *Au lieu de « pour une princesse », l'édition de 1753 porte « pour une personne du premier rang » : apparemment Prévost en vieillissant se souciait davantage de la hiérarchie sociale. Voir dans le même sens les notes 15 et 52.*

9. *L'Hôpital général, à Paris, avait été fondé en 1656 sur l'emplacement de l'actuelle Salpêtrière. Il servait de lieu de détention pour les vagabonds et les filles débauchées. Celles-ci y étaient soumises à un régime d'une dureté extrême.*

10. *L'édition de 1753 atténue le caractère direct et réaliste de l'expression :* « ...malgré leurs menaces, ils ont eu l'insolence de lever contre moi le bout du fusil ».

11. *Sorte de valise assez souple pour être disposée sur la croupe d'un cheval de selle.*

12. *L'édition de 1753 ajoute une nuance de moralité, tout en allégeant la phrase :* « ... pour des vertus quelques marques d'aversion naturelle pour le vice. »

13. *De ma destinée.*

14. *Le vocabulaire de l'astrologie pénétrait alors le langage commun. L'influence des astres faisait bon ménage avec la prédestination janséniste, pour expliquer ou exprimer l'entraînement irrésistible de la passion. Ce rapprochement est particulièrement marqué, un peu plus loin, dans le passage correspondant à notre note 27.*

15. *Édition de 1753 :* « parce qu'étant d'une naissance commune, elle se trouva... ». *Voir la note 8.*

16. *Bagage.*

17. *Imprudence.*

18. *De nous reposer et de nous restaurer.*

19. *Une servante, — sens que confirme la fin de la phrase. Hérault de Séchelles, dans sa* Visite à Buffon, *raconte que celui-ci avait un goût particulier pour les* « petites filles » : *apparemment il s'agissait de jeunes servantes plutôt que de fillettes.*

20. *De me devancer.*

21. *L'édition de 1753 remplace « baisaient » par « caressaient ».*

22. *Au dépourvu. Voici, selon Littré, l'origine de l'expression : « Jouer au vert, jouer un certain jeu qui était en usage dans le mois de mai; ceux qui le jouaient devaient porter, tout le mois, une feuille verte cueillie le jour même; chaque joueur, pris sans être muni de cette feuille, était puni de quelque amende. »*

23. *C'est le livre où l'on voit les amours d'Énée et de Didon se terminer tragiquement par le départ du premier et le suicide de la seconde.*

24. *Corrections successives : « sainte et chrétienne » puis « sage et chrétienne ».*

25. *Convenable, soignée, de bon goût.*

26. *De l'année scolaire.*

27. *Voir la note 14.*

28. *La regarder au visage, la regarder en face.*

29. *Voir encore la note 14, ainsi que la note 49. « Délectation » : terme de théologie.*

30. *Un moyen terme, un accommodement.*

31. *De telle sorte.*

32. *Par habileté, par tromperie.*

33. *L'édition de 1753 corrige la crudité de l'expression :*
« ...*ne lui coûteraient rien pour obtenir les faveurs
d'une fille comme Manon.* »

34. *Tricherie; voir la note 32. L'édition de 1753 s'efforce
de moraliser légèrement la phrase suivante : «* ...*entraîner par une cruelle nécessité.* »

35. *Nouvelle correction moralisante en 1753 : «* ...*de
notre société. Le dirai-je à ma honte? Je profitai...* »

36. *De distinction.*

37. *Atténuation en 1753 : «* la plupart des évêques *», etc.,
devient «* un grand nombre d'évêques *», etc.*

38. *De notre train de vie.*

39. *Correction de 1753 analogue à celle qu'a signalée
notre note 33 : «* ...*je vous jure qu'il ne pourra se
vanter des avantages que je lui ai donnés sur moi,
car* », etc. « *A la ville* » : *au moment où nous aurons
quitté sa maison de campagne pour rentrer en ville.*

40. *Littré : «* Jouer à la chapelle, s'occuper sérieusement de choses frivoles ou inutiles comme les enfants
qui imitent les cérémonies de l'église et construisent
de petites chapelles avec une serviette et quelques
figurines de plâtre, surtout à l'époque de la Fête-
Dieu.* »

41. *Dans l'édition de 1753, la phrase devient plus allu-
sive : «* Enfin, l'heure du sommeil étant arrivée, il
parla d'amour et d'impatience.* »

42. *On appelait libertinage un excès de la liberté poussé
jusqu'à la licence, non pas seulement dans les mœurs*

*mais aussi dans la conduite en général comme dans
la pensée (et notamment dans l'attitude religieuse).*

43. *Sur l'Hôpital général, voir la note 9. A Saint-
Lazare, maison de redressement confiée aux frères
de Saint-Vincent-de-Paul (Lazaristes), étaient déte-
nus les jeunes gens dévoyés et les prêtres indignes.*

44. *« Fut donc enlevée, à mes yeux, et menée dans une
retraite que j'ai horreur de nommer », dit l'édition
de 1753.*

45. *Voir la note 40 et le passage correspondant.*

46. *Voir la note 32.*

47. *Action de demeurer; séjour.*

48. *Voir la note 42.*

49. *Voir les notes 14 et 29.*

50. *Cette expression, tirée du vocabulaire de l'équita-
tion, signifie non pas « agir rapidement », comme
le disent certains commentateurs, mais au contraire
« agir, procéder avec circonspection » (Littré), — sens
d'ailleurs appelé par le début de la phrase.*

51. *Moins familièrement et plus noblement, l'édition
de 1753 remplace la fin de cette phrase par « du
dessein que j'avais conçu ».*

52. *Dans l'édition de 1753, « la chère reine de mon
cœur » devient « l'idole de mon cœur ». Voir la
note 8. Voir néanmoins, en sens inverse, le passage
signalé par notre note 72.*

53. *Compensation.*

54. *Le mot équivaut à notre « pardessus ».*

55. *De mon destin, — ou du destin auquel semblait me promettre ma naissance.*

56. *Noblesse d'âme.*

57. *Les officines d'écrivains publics mettaient aussi les moyens matériels d'écrire à la disposition des clients non illettrés (ou non désireux de demeurer dans l'anonymat).*

58. *Ancien nom des fermiers généraux; on disait aussi traitant. Ce nom avait pour origine les « partis » ou traités passés avec le roi pour la levée des impôts.*

59. *Ici s'insère dans l'édition de 1753 l'épisode du prince italien que nous reproduisons en appendice (voir notre Notice). Il s'agit bien d'une insertion pure et simple entre deux alinéas, rien n'étant changé ni dans les lignes qui la précèdent ni dans celles qui la suivent.*

60. *L'édition de 1753 allège sensiblement cette phrase un peu contournée : « Je me croyais si heureux, avec l'amitié de M. de T... et la tendresse de Manon, qu'on n'aurait pu me faire comprendre que j'eusse à craindre quelque nouveau malheur. »*

61. *Autre allégement de 1753, non moins heureux : « ...nous fit désirer de savoir qui pouvait arriver à cette heure ».*

62. *Sur ces cinq vers d'Iphigénie (acte II, sc. V, v. 674-676 puis 681-682), deux seulement, en effet, sont*

« *ajustés* » *ou franchement parodiés par Manon. Mais
deux autres s'écartent aussi du texte authentique, que
voici :*

Moi? vous me soupçonnez de cette perfidie?
Moi, j'aimerais, Madame, un vainqueur furieux,
Qui toujours tout sanglant se présente à mes yeux...
(...) Ces morts, cette Lesbos, ces cendres, cette flamme,
Sont les traits dont l'amour l'a gravé dans votre âme.

63. *Équipage : bagage. Assignation : rendez-vous.*

64. *Elle me dit de lire d'abord. Le caractère : l'écriture
(« Je reconnus la main de Manon », dit l'édition de
1753). Politesse : distinction.*

65. *Que j'aurais dû prévoir. C'est un tour habituel dans
la langue classique.*

66. *A notre rendez-vous.*

67. *Génie : dispositions innées, aptitudes naturelles.
Ingénuité : simplicité naturelle. C'est la notion de
naturel ou de spontanéité qui est commune à ces deux
mots de même origine* (ingenium).

68. *Dénouement. Le mot appartenait au vocabulaire des
critiques et théoriciens de l'art dramatique : une
« catastrophe » n'était pas « malheureuse » nécessairement. (Étymologiquement, le mot a un sens compa-
rable au mot « chute » que l'on employait couramment
à propos de la technique du sonnet.)*

69. *Gardes du corps, hommes de main, tueurs à gages.
Le terme était calqué sur le mot italien* bravo, *dont
il gardait le sens.*

70. *Le mot ayant paru sans doute trop familier, l'édition de 1753 corrige en « embarrassée dans mon ceinturon ».*

71. *De ma destinée — c'est-à-dire, dans ce cas particulier, de mon infortune.*

72. *Voir la note 52.*

73. *La place de Grève, où étaient exécutés ou exposés les condamnés.*

74. *La Compagnie du Mississippi avait été fondée par Law. Les déportations visaient à fournir la Louisiane d'un peuplement qui la mît en valeur. Voir la note 7.*

75. *Voir la note 69.*

76. *Sentiment de reconnaissance.*

77. *Prévost écrit d'une manière constante (et également dans l'édition de 1753) « le nouvel Orléans ». Nous n'avons pas cru devoir conserver cette forme, qui déjà n'était pas conforme à l'usage de son propre temps, et qui dérouterait inutilement le lecteur moderne. Dans la description de la ville qu'on va lire, quelques détails exacts se mêlent à des éléments généralement fantaisistes. Les notions sur la géographie de la Louisiane y sont fort incertaines.*

78. *Distinction.*

79. *Alchimiste.*

80. *Le sens du mot incline ici vers « situation, état » plutôt que « destinée ».*

81. *Voir la note 42.*

82. *Émouvoir le peuple : soulever le peuple. Émotion :
     émeute.*

83. *« Temps », terme d'escrime, « se dit du moment favo-
     rable que l'on doit choisir pour fondre sur son adver-
     saire. Prendre sur le temps, frapper son adversaire
     d'une botte au moment où il s'occupe de quelque
     mouvement ». (Littré.)*

84. *Corrections raisonnables de l'édition de 1753 : « Je
     demeurai plus de vingt-quatre heures la bouche atta-
     chée... au commencement du second jour... » Sous de
     tels climats, la décomposition est extrêmement rapide.*

85. *Il paraît superflu de supposer dans l'emploi de ce
     mot une arrière-pensée janséniste. Au demeurant, le
     passage a été sensiblement « laïcisé » (pour reprendre
     une expression de MM. Frédéric Deloffre et Raymond
     Picard) dans l'édition de 1753 : « Il m'éclaira de
     ses lumières, qui me firent rappeler des idées dignes
     de ma naissance et de mon éducation. La tranquil-
     lité ayant commencé de renaître un peu dans mon
     âme, ce changement fut suivi de près par ma guérison.
     Je me livrai entièrement aux inspirations de l'hon-
     neur, et je continuai de remplir... »*

86. *Correction opportune de 1753 : « qui levait l'ancre
     pour la Martinique ». Le passage par Québec était
     trop invraisemblable.*

87. *Addition moralisatrice de l'édition de 1753 : « ...de
     mon père, à laquelle je tremble, avec trop de raison,
     que mes égarements n'aient contribué. »*

Impression Société Nouvelle Firmin-Didot
le 4 avril 1995.
Dépôt légal : avril 1995.
1ᵉʳ dépôt légal dans la collection : janvier 1972.
Numéro d'imprimeur : 30372.
ISBN 2-07-036757-6/Imprimé en France.

72284